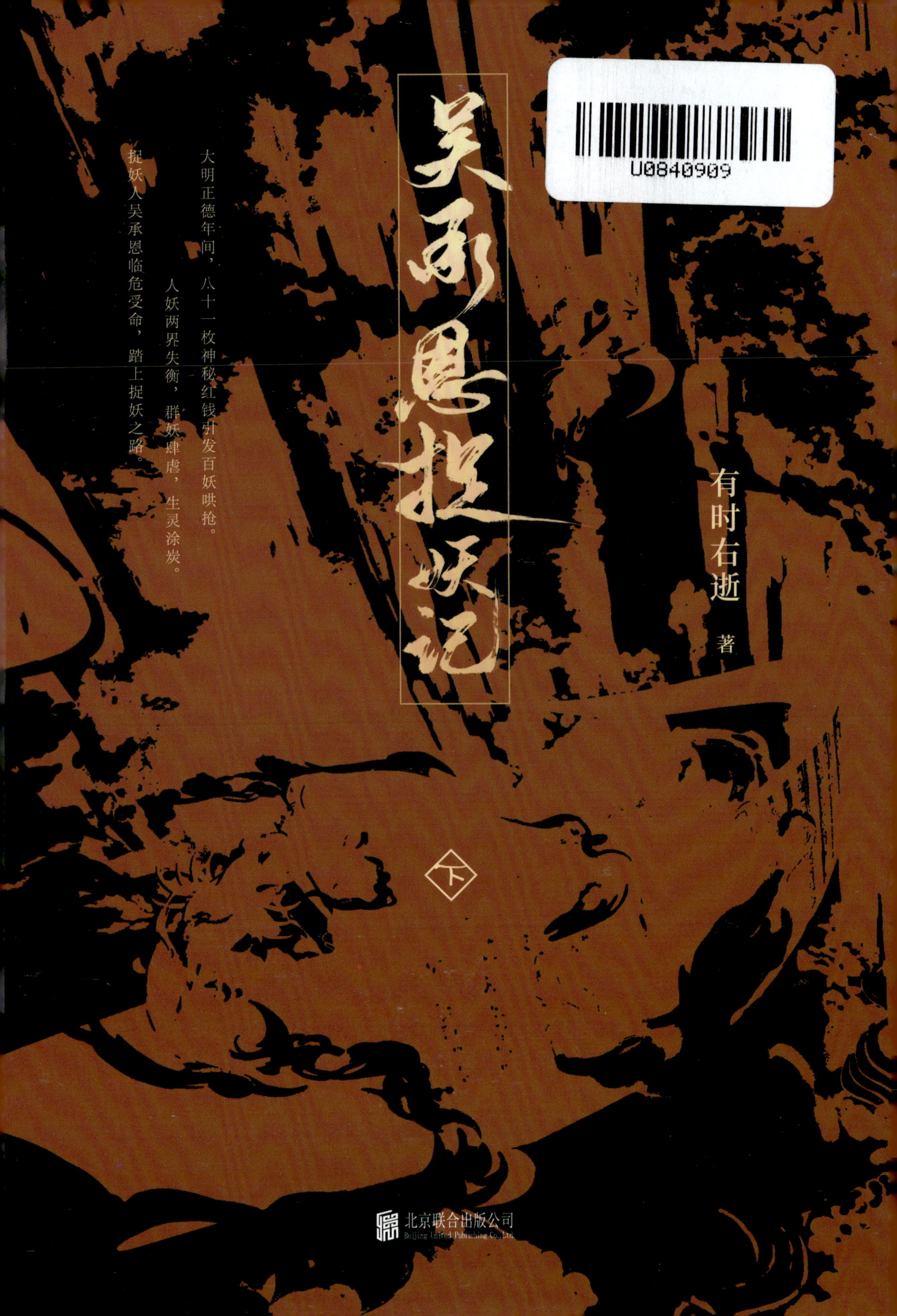

吴承恩捉妖记
大明正德年间，八十一枚神秘红钱引发百妖哄抢。
人妖两界失衡，群妖肆虐，生灵涂炭。
捉妖人吴承恩临危受命，踏上捉妖之路。
有时右逝 著
下
北京联合出版公司
Beijing United Publishing Co.,Ltd.

有时右逝
X
不空文化
BooKong Culture
作品

北京联合出版公司
Beijing United Publishing Co.,Ltd.

目录

目录

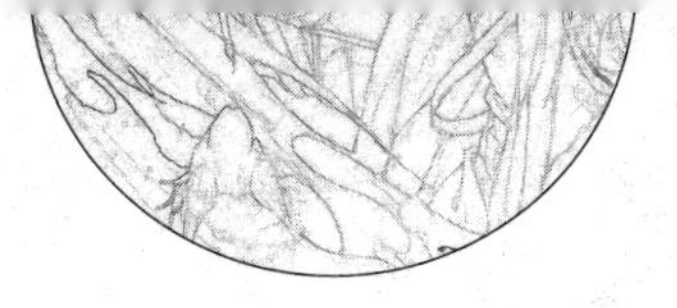

第三十一章

波月府

南疆虽然是蛮夷之地，而且朝向京城的方向被沙神布下了巨大的阵局，但是如果继续向南的话，会发现苗人已经在朝廷未曾知晓的情况下自治为国了。

朝廷派遣的历任镇南将军以及五万大军虽然近在咫尺，却对深山无可奈何。好在苗人并非惹是生非之徒，双方这数十年都相安无事。每个月，镇南将军的全部事务也就是给朝廷派几个信使，报一下自己如何劳苦才守得南疆无事。

朝廷奖励的银子一箱一箱地运到了南疆；而沙神更是个懂规矩的人——每个月的初一深夜，镇南将军被重兵围守的宅邸内，都会有人悄无声息地放下一盒黄金。

起初，镇南将军并不晓得这盒黄金是何人所送，对方又意欲何为，他只是感叹了一下这鸟不拉屎的地方竟然也有人能拿出这么多黄金，然后便若无其事地将黄金收了起来。没想到第二个月，黄金依旧如期而至，且依旧无人注意到黄金是怎么送来的。这倒让镇南将军多少有些不爽：自己好歹也是一方镇守，睡卧的宅邸怎么能容得别人说进便进?

斩了当晚执勤的兵将首领后，镇南将军特意将院子的围墙加高加厚，而且安排了将近百名弓箭手夜里举着火把彻夜巡视。等到下个月的初一，镇南将军又秘密调集了一批刀斧手埋伏进了自己的房间，准备今夜就将那胆大之徒擒下。

镇南将军自以为万无一失，夜里穿戴着盔甲，稳坐于屋内镇守大局。然而一整夜外面都是风平浪静。直到晨光微露，镇南将军料定对方已经知难而退，打个哈欠推开了自己的房门——

门口依旧是一个雕花木盒，透着窗外照射进来的阳光，让人一眼就能看到里面放着的沉甸甸的金子。

镇南将军心中一紧，正打算破口大骂，却看到院子里负责巡视的那些弓箭手已经一个不落地都成了沙雕；镇南将军顿时觉得脚下不稳，狼狈地跌坐在地上。

屋子里面的刀斧手以为贼人到了，纷纷高喊着杀了出来。杂乱的脚步声震动着大地，外面的沙雕一个一个被震得成了粉末……

从这个月开始，镇南将军不再对这无名的“客人”设防。

他已经知道了对方想传达的口信：金子的意思，就是告诉镇南将军不要节外生枝。而这个客人如果真的想要取自己这个将军的性命，实在是易如反掌。

人，都是怕死的，哪怕是出入沙场见惯了生死的将士。如果对方站在面前，镇南将军绝对会拔出自己的佩剑，毫不含糊地与对方迎头拼杀，至死方休。但是，面对着无形的强大敌人，镇南将军最终还是选择了退让……

镇南将军知道南苗素来有着诡异蛊术，也不是没有考虑过上一道奏折，请皇上调派锦衣卫镇邪司过来。但是，这道奏折说着容易，一旦呈上去的话，非但侧面承认了南疆不稳，还会显得自己白白占着五万兵力却办事如此不力，堂堂三军还得仰仗于镇邪司……

好在苗人并没有什么出格的举动。每一任镇南将军都觉得如此便好。

——只要南疆在自己坐镇的五年十年内不招惹朝廷，便一切安好。

皇上远在天边，这南疆，只要不反，便不会引得皇上注意。

“这便是南疆目前的局势了。”

奎木狼喝了口酒，对着面前目瞪口呆的吴承恩和青玄说道。

两人面面相觑，不晓得这奎木狼是否喝醉了，竟然同两人没头没脑地说了这么多国家大事。

青玄休息了一阵，精气神已经好了很多；但是吴承恩此时却已经是一个头两个大，一边不耐烦地听着，一边忍不住朝窗外看去——

窗外的梧桐树荫下，李晋不知从哪儿提来了一只盛满水的大木桶，李棠和杏花正在给哮天洗澡，说说笑笑的。吴承恩真想找个借口溜出去，家国大事太无聊，还是洗哮天比较有趣。

只是……

这奎木狼眼神锐利，气场强大，醉醺醺的样子更是让人觉得他面相凶狠，再加上他手中又不时地把玩着那根狼牙棒，一直露出奇怪的笑容紧盯着面前的吴承恩……

吴承恩只好耐着性子继续听他闲聊。

梧桐树荫下，李晋一边手里摇晃着酒壶饮酒，一边也在走着神——

李晋向来过得比较糊涂，掰着手指头算下来，也不知道满月到底是今天还是明天，索性只是喝酒玩乐，反正哮天有两个姑娘照顾。只是，一直都没有见到久违的百花羞。

李晋把酒壶里的酒喝完了，咂咂嘴感叹道："大小姐，你说百花羞是不是被奎木狼藏起来了？"

"你是来看望奎木狼的，还是来看人家夫人的？若是让奎木狼听到了，免不得要揍你一顿。"李棠还没答话，小杏花先接上了。

"我只是奇怪，都传闻他们恩爱有加，想来定是形影不离的，怎的现在只见奎木狼，却不见那百花羞？"

杏花忍不住咯咯一笑："我猜她一定是人如其名，太害羞了！"

正说着话，忽见到吴承恩垂头丧气地走了出来；后面跟着的青玄，双眉也皱在一起，手中拨弄着念珠略显不安。

李晋抬头，看到一前一后两人表情的区别，饶有兴趣地问道："怎么样？聊得如何？"

"你这朋友，脑袋多少有些问题……"吴承恩没好气地回答道，手中却多了一把精致的梳子：

"他要我和青玄去附近的集市，帮他卖掉此物，然后买些米面回来好开伙。"

李棠忍不住抢白一句："集市又不远，走上一趟还嫌累吗？"

杏花却有点忧心："莫不是觉得我们几个在这里叨扰时间太久，扰了人家的清净吧……”

李晋摆摆手：“怎么会……你们是我带过来的，他断不会如此小气！说不定……奎木狼此举另有深意，只是我们不知道罢了。”

李棠思忖着，目光掠过吴承恩手中的梳子，顿时一滞，这梳子一眼瞧上去就知道价值不菲，手柄处甚至还镶嵌着几颗珍珠。

奎木狼将这样一个十分女孩儿化的物件交给两个大男人去集市上卖，似乎更诡异了。

按照奎木狼的指引，在群山镇的另一个方向，距离奎木狼的波月府十里之外，就有一处南苗集市；平日里隔三差五，奎木狼都会戴上自己的斗篷乔装打扮一番，去集市上买些油米之类的家用。

青玄同吴承恩便是被打发到了这集市上的。

这一路上吴承恩免不了抱怨几句，寻思着奎木狼明明是个流连温柔乡的痴汉，却装模作样信口开河，谈论一番天下大事……

没多久，两人便远远看到了奎木狼嘴里所谓的集市——说穿了，只是山地之中难得的一块平地而已。

这里已经属于南疆的腹地，虽然比不上中原繁华，却也算得上热闹。

不少苗民都是席地而坐，随手铺开一块兽皮当作摊子，上面摆的便是一些汉人可能一辈子闻所未闻的稀罕物。

吴承恩捏着手里的梳子，眼睛却盯紧了摊子上的宝贝们；虽然知道此地不宜久留，但是吴承恩还是眼神可怜地瞅着青玄。

青玄本来不想多事，奈何那吴承恩自从书不见了之后郁郁寡欢，索性当作陪他散心。确实，不少小零碎都吸引了吴承恩的兴趣，少不得要劳烦青玄帮着翻译几句土语。

只是吴承恩实在是囊中羞涩，转了两三个摊子后，本来他看中了一支龙须笔，也只能询询价作罢。

其实，苗人并不如汉人一般精通于买卖，所以这支笔开价并不算高；如果拿出自己身上所有的银两，吴承恩倒也是能将将买下这支宝贝。但是，青玄有些拿不准主意：自己也未曾见过龙须，不晓得这笔的真假……

倒是这集市偏僻，不像是能有如此珍品的地方，多半是什么珍禽异兽身上的毛做的赝品罢了。

想到这里，青玄便三言两语，打消了吴承恩想要倾囊而购的念头。

吴承恩点点头，垂头丧气嘟囔了一句“书都丢了要笔还有什么用”，便继续去转下一个摊子了——至于奎木狼交代的买米买面之事，早就抛之于脑后。

正当吴承恩寻觅着三两银子之内可以买到什么玩意时，青玄忽然间拍了拍吴承恩的肩膀，同时压低了自己的声音：有妖气。

吴承恩霎时间警惕了起来，不动声色地握住了袖管中的纸笔，随着青玄的目光小心翼翼地望了过去——

一个牛头妖正蹲在不远处的摊子前，用蹄子把玩着一把鹰爪小刀。守着摊子的苗人倒是见怪不怪，正在同那牛头妖交谈着。

两人小心观察了一番，确定这妖怪并非是奔着青玄同吴承恩而来的；相反，他甚至没有打算掩盖自己的身份，反而大大咧咧地露着原形，哞哞叫着，同那苗人交流。

这一点，倒是吴承恩同青玄始料未及的：没想到，南苗的人已经可以和妖怪做买卖了，若非在此地眼见为实，说出去实在是无法令人相信。

吴承恩见没有什么异常，便径自去了下一个摊子。

青玄皱皱眉，还是小心地手持念珠就地作法，张开了自己的结界以防万一。

这一探虚实可不要紧，没想到集市中起码有七八只妖怪。

幸好，这些妖怪似乎都无恶意。甚至刚才同吴承恩讲价的那个卖笔的摊主，表面上只是一个毫无破绽的苗人老汉，其实也是妖怪。

唯一值得注意的，便是集市之中的卖家里面，只有这么一只妖怪而已。

不过……能躲过青玄的法眼，青玄自然明白，其修为可见一斑。

这里藏龙卧虎，不知那奎木狼到底为何要引他们来此集市。

哪想到，青玄只是一时没注意，这吴承恩游山玩水一般一路逛下来，不仅梳子没有出手，反而添置了两支玉石簪子——一个幽红，另一个则是微微发白。

吴承恩仿佛得了大便宜，嘴中不断念叨着这簪子买值了，要是一般的集市，起码要四两银子。现在，两支加在一起才三两银子……

“白的送给杏花……看她平日里也不打扮，站在李棠身边简直一副丫鬟的样子。”吴承恩捏着手中的簪子，对青玄说着自己的打算。

“另一支，送给李家小姐吗？”青玄不由得佩服吴承恩对女孩子的心思揣度得当。

“不啊……送给那百花羞。”吴承恩脑袋歪了歪，显然不明白为什么青玄会觉得自己要送给李棠礼物，“毕竟咱们是客，随着那李晋空手而来，吃住于此，实在不大好看。”

正说着，两人漫无目标，再一次来到了最初吸引了吴承恩的地方——那支龙须笔。

吴承恩一下子有些走不动路了，再次蹲下来，拿起笔细细把玩。

这摊主倒也朴实，除了一直盯着吴承恩之外，并没有阻止眼前这个寒酸的书生。

看了半天后，吴承恩咬咬牙，说道：“先生，两百两银子我实在没有，但是我有另一件宝贝，希望先生过目。”

那摊主点点头，开口说道：“如果真是宝贝，以物易物未尝不可。”

吴承恩急忙向怀里一掏，拿出来的不是那梳子，而是将一把火铳放在了摊主手中。

青玄看到这里，面露些许惊讶。

吴承恩使了个眼色，悄悄掀开衣襟——自己原本那把火铳还好好地待在腰间。

“这可是个稀罕物，朝廷管得严……”吴承恩手舞足蹈比画着，倒也不算是吹牛。

神机营的东西，自然是不允许流传于民间的。

也许这苗人压根没有见过这玩意……

那摊主却笑呵呵地摇摇头：“神机营的东西……确实不好入手，却也值不了什么价钱。”

“您倒是有见识！”吴承恩钦佩地惊呼一声，没想到这苗人老头真人不露相，却是吃过见过。

单纯认识火铳，倒也不算稀奇，毕竟民间也有些粗制滥造之物供人赏玩；但是脱口而出这乃是出自神机营，绝对不是一般人能一口咬定的。

“小伙子，还有什么宝贝吗？”摊主上下打量着吴承恩，将那把火铳递了回去。吴承恩想了半天，还未开口，那摊主却眼睛极尖，伸手说道：“如果是你袖口中的梳子……倒是可以。”

吴承恩一愣，匆忙护住了袖口：“这是别人的东西，要用来换米面的……”

“倒也无妨……”那摊主翻身寻摸一番，拿出了一袋粗米，“如果真是宝贝，我愿意以米相换，然后再搭上这支笔，小伙子意下如何？”

“这……”吴承恩一时间有些为难，看着青玄。毕竟这是奎木狼的东西，以他人之物为自己买东西，算不算偷，吴承恩有些说不好。

青玄也在迟疑，吴承恩最终决定先将梳子交给对方把玩。最好这梳子就是个一般玩意，省得自己苦恼。万一要值些个银两，反而会让吴承恩苦恼不堪。

哪想到，两人在转接手的一刹那，那梳子发出了光芒——

青玄一惊，急忙用手按住吴承恩的肩膀，同时另一只手紧握念珠准备见机行事；毕竟青玄知道对方是妖怪，哪怕刚才还是一团和气，也保不齐对方会下杀手。但是，那苗人老汉却没有任何动作，只是突然间老泪纵横。

一时间，吴承恩和青玄都有些无所适从，不知道发生了什么。

“终于，我终于等到你了……玄奘。”那老人盯着吴承恩，开口说道。

吴承恩一下子愣了，目瞪口呆支吾一番，不知该如何辩解——

“我终于等到你们了。”一个声音，在青玄和吴承恩的背后响起。

两人的背后，浑身伤痕的九剑已经将自己的巨伞握在了手中撑开。周围的苗人顿觉不妙，纷纷起身逃走。

青玄并没有像吴承恩一般本能地转身。

因为九把兵刃已经旋转着，贴住了青玄的脖子。

“走吧，带我去见奎木狼。”

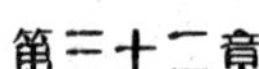

第三十二章

沙底船队

而这时，波月府中，奎木狼正招待杏花、李棠几人。

“奎木狼大哥，在这荒山里一住这么多年，你们夫妻俩不觉得寂寞吗？”李棠看着眼前的荒山，风景虽好，可看上十年，也会觉得无聊吧。

“一个人住当然寂寞，有人相伴便不会。”奎木狼笑笑。

“可是……我们来了这么久，还从来没有见过百花羞呢……”小杏花在一旁微微皱了皱眉头。

奎木狼没有回答这个问题，只看到波月府的门口来了几个路过的苗人，满面风尘，神态疲惫地比画着什么。

奎木狼虽然不大懂得苗语，却爽快至极，不仅拿了几杯酒水，还送了一个满满的酒壶给这些人路上解渴。

送走了千恩万谢的苗人后，奎木狼才走了回来，坐在李晋身边说：

“其实，之前的景色还算不错，从这边到你能看到的最远处，都是森林。只是这些年，树全部都被苗人砍了，只剩下这些光秃秃的石头。”

李晋还没说什么，小杏花突然颤抖了一下，嘴唇也倏地变得惨白。

“奎木狼大哥，别再说了……”小杏花捂住胸口痛苦地说。

奎木狼脸色一变：“怎么，杏花姑娘，难道你知道苗人为什么砍树吗？”

“我……不是……”杏花脸上的痛苦神色加剧了，“我只要听到……那两个字，就会觉得很疼……”

众人忙围上来，李晋努力忍住笑：“小杏花，你说的那两个字，是‘砍树’吗？”

“不要再说……”杏花跪倒在地，眼泪都涌了出来，这次，她的脸上一点血色也没有了。

李晋笑嘻嘻地对奎木狼解释：“你别看她是杏花妖，其实她算不上什么妖，她道行太浅，经常忘不了自己是棵树呢。”

奎木狼看看孱弱的杏花，也忍不住觉得好笑，可是又觉得笑不礼貌，只好强行忍住。

杏花泪眼蒙眬地看着眼前忍笑的人们，有点委屈，不过这也不怪他们。杏花想，他们一个是天下群妖都要惧上三分的李家执金吾，一个是近些年谈者色变的锦衣卫二十八宿的前辈，就像她不能理解他们的烦恼一样，他们也不能理解她的痛苦，出身不同，有些感受无法传达。这不能勉强。

只是，道行浅又怎样？她又不想称王称霸。

忘不了自己是棵树又怎样？她本来就是树啊，为什么要忘记？

杏花默默地转身走开。

李晋愣了一下：“小杏花，我开玩笑的！”

而李棠瞪了李晋一眼，起身追了上去。

“说真的……”李晋抬头看看走远了的杏花和李棠，压低了声音，“说不定过段时间会有执金吾杀过来。到时候你可别怪我不能出手帮你。”

“自然用不着。你的任务是潜伏于李家，没必要为了帮我而扯破身份。”奎木狼笑着摆手，示意李晋想多了。

几年前，镇邪司内部要选取一人前往李家蛰伏，探听李家动向。

本来这个差事怎么想也该是交给奎木狼去做。

毕竟当时他正在追求百花羞，一切都显得那么顺理成章。

偏偏杨晋被皇上钦点，顶了奎木狼的位置。

麦芒伍虽然多次上了密奏，却依旧无法改变皇上的心意。

皇上的理由只有一个："爱卿如何保证奎木狼不会真的背叛朕？"

一番话，倒是让麦芒伍无法辩解。

私底下，麦芒伍本打算同杨晋去说清楚利害关系，然后自己找个借口向皇上请辞——只是杨晋得了皇上的密旨后，却连招呼都没和任何人打，连夜领着哮天走了。

着实，我行我素的杨晋一下子打乱了麦芒伍的算盘。

算起来，麦芒伍和杨晋关系也还凑合，他倒是没觉得杨晋此举有什么坏心眼——这人八成是觉得卧底是个闲差，比起没日没夜除妖的二十八宿要清闲太多，这才躲懒直接跑了……

杨晋的这番误打误撞，虽然令麦芒伍措手不及，反而让皇上赞不绝口：这般行事谨慎，可成大器。确实，杨晋这没头没脑地忽然离开，消息倒是封锁得滴水不漏。加上皇上在内，京城里面知道杨晋去向的人，不会超过五个。

只是，这五个人之中，就有奎木狼。即便素日里再爽快，杨晋这不开眼的举动还是着实惹火了奎木狼；幸好，后来奎木狼去李家提亲时还算顺利。当时的奎木狼早就盘算好了：要么，自己带着百花羞回来；要么，自己带着杨晋的脑袋回来。

一番往事，皆化为笑谈。

原本就行事低调的锦衣卫二十八宿杨晋已经渐渐被人淡忘，诸如九剑这样的晚辈亦不与之相识。

现如今，这家伙倒是在李家做执金吾做得逍遥快活，见面就特意与奎木狼介绍自己已被赐姓为李，要改口叫"李晋"。

不过此时的奎木狼，亦非朝廷的人，自然不会在意这些。

奎木狼抬头看了看日头，算了算时辰。

吴承恩应该已经遇到了等他的那个人了吧……

十里外的苗人集市。九剑正在与青玄和吴承恩两人对峙。

"带我去见奎木狼。"九剑又重复一句，贴着青玄脖颈的剑稍稍下压几分。

虽然他的兵器很钝，但是围绕着剑刃的剑气可不是闹着玩的。

青玄没有轻举妄动，知道自己哪怕此时拿起念珠，背后的九剑也会毫不迟疑地出手。即便九剑本意不打算伤及自己性命，但是刀剑无眼，会是什么结果谁也说不好。

虽然只与这人打过一次交道，但吴承恩心里明白，此人彻头彻尾是个死脑筋，话是肯定说不通的。以青玄的性命冒险？吴承恩可是想也没想过。

夹在吴承恩与摊主之间的那把梳子，闪烁的光芒已经渐渐弱了下去。九剑看到眼前的苗人老汉泪流满面，误以为是被自己吓的，便开口说道：“老人家，此事与您无关，烦请您……姓吴的，住手！”

九剑突然高声一喝，吴承恩伸进怀里的手顿时停住——他的左手其实已经捏住了火铳。

“知道你有暗器，交出来。”九剑其实一直没有放松警惕；本来他就擅长以少打多，盯梢两个人的举动，倒也轻松。

吴承恩悻悻然，无奈地掏出了怀中的火铳，扔到了一旁——他并不着急，因为自己的腰间还藏有一支火铳。只要等一会儿，趁着那九剑大意，便可以……

忽然间，吴承恩觉得自己被什么东西拽住了一般，身子猛地向前一倾。等到吴承恩顿住脚步，却发现自己已经将对面的摊主搂在了怀里，而手中则握住了火铳，指着摊主的脑袋。

“你干什么！”九剑和青玄同时一愣，几乎异口同声地说道。

吴承恩满头大汗，想张嘴说话，却发现自己没办法开口——不对，不对！刚才自己是被什么东西控制住了一般，才做出了连九剑都来不及反应的一连串动作！冷静下来想想，刚才的感觉，就仿佛是自己的骨头扯着自己动起来一样……

而此时吴承恩也已经感觉到了摊主身上散发出来的妖气；即便刚才这妖怪没有显露，但现在自己已经和摊主接触到了，能感受到这妖怪道行不浅。看来，刚才定是这妖怪释放了妖气，通过两人手之间的梳子蔓延于吴承恩的整个经络，进一步控制了他的行动。

眼下，吴承恩已经无法反抗，只能逼住了老汉，做出一副老汉无法反抗的样子。

九剑确实没料到吴承恩会来这么一手，一时间有些拿不定主意。

“狗急跳墙吗？”九剑举着巨伞，同样逼住了面前的青玄，“本以为你不是如此下作之人……但是，这老人与我非亲非故，你觉得我如何会受你的威胁？”

这番话倒是颇有道理，若不是自己动弹不得，吴承恩恨不得点头称是。只是，事已至此，他又始终无法控制自己的下巴，只能装作高深莫测的样子。同时因为不晓得自己怀中的妖怪到底是何居心，他趁机不断地朝青玄眨眼，希望青玄能够看出端倪。

眼见吴承恩并不答话，九剑本以为他打算放弃，没想到火铳突然响了——吴承恩以迅雷不及掩耳之势，放了一枪在老汉的腿上；那老汉即刻惨叫起来。这手法之快，加上因为吴承恩的眼神飘忽不定，就连九剑也有些后知后觉。

而吴承恩只听到了火铳惊雷般的声响，却无法低头看到底发生了什么。

这书生什么时候有了这等身手？难道之前一直在隐藏实力？九剑不由得迟疑起来，良久，还是后退了一步。

吴承恩这才看到，九剑的背后，还站着一个苗人小男孩，小男孩正用小手紧紧抓着九剑的后腰，一脸恐惧……

说来也巧，当日九剑救下男孩之后，竟然是这个男孩领着九剑走出了层层迷阵。

九剑本想背起男孩离开沙海，但是发现自己的脚步只要有微妙的错误，便会在同一个地方打转。

而这苗人孩子却是认路的，他领着九剑一步一步走出了迷阵。

当吴承恩控制住了对面的老者后，这孩子就一直在九剑身后拉扯，似乎是不想让九剑为难对方。九剑心下以为，这孩子的其他同族全部殒命于眼前，此刻自然是不肯再见到有人屠杀同族。

毕竟这孩子有恩于自己……九剑思忖再三，才退了这么一步。但是，他盯着吴承恩的目光，已经充满了厌恶。

“好了，我放开了，你也……”九剑开口说道。

话声未落，几个人同时感到脚下一软——九剑定睛一看，青玄的手已然放在了地面上！

原来，青玄即便没有察觉到吴承恩暗示自己的眼神，却也相信吴承恩必然不会做这种伤天害理的事情。既然已经知道对方是妖，那么吴承恩必定是身不由己！虽然不晓得对方是何目的，但是总不能被人牵着鼻子走……思及于此，在九剑离开自己的那一刻，青玄便捏起念珠，淡淡说了一声：

“水。”

周围的地面霎时间变成了水面，就连那个苗人老汉也始料未及，几个人一下子掉了进去——青玄也没想到，这集市下面的岩石只有薄薄一层，再往下竟然是一个洞穴——上面的岩石化作水面后，几个人径直摔了下去。

匆忙间，吴承恩离了那老者身边，一下子恢复了行动自由；来不及同青玄打招呼，自己便甩开五张宣纸，各自写上一个“伞”字，然后扔给众人。

青玄接过宣纸后，用手高高举起，一下子减缓了飘落的速度。而九剑却并不领情，只是抱紧了那苗人小孩捂住了他的眼睛后，单手撑开了自己的巨伞——一股剑气自伞面荡开，九剑几乎可以悬在空中！照这个情形看，他自然是不用担心这深渊了。

而那老者虽然接过了宣纸，下坠的速度却一点没有减慢，不消一刻便坠入了黑暗之中。只留下了空中一张破碎的宣纸——那宣纸仿佛是被什么重物拉扯过一般不堪重负，被扯得支离破碎。

没多久，下面传来了什么东西落地的闷响——只是这响动实在是有些沉，听起来仿佛是千斤重物坠地。一时间，三人面面相觑，都不知道下面发生了什么。

因为是飘着降落的，几人都没什么时间概念，总感觉似乎是过了好久才落在了久违的地面上。几个人抬头望去，发现这洞穴起码二十丈深，头顶上透过水面照射的阳光，只有巴掌大小了。

除此以外，洞穴之中几乎伸手不见五指。

过了一会儿，一道光芒骤然亮起——吴承恩手中举着一张写着“灯”的宣纸，照亮了洞穴。几人四下望去，却不见刚才坠下的那个妖怪。

“这里到底是……”九剑收了巨伞，不晓得青玄是否故意引自己来这洞穴；但是当他看到了同样迷惑的青玄和吴承恩后，他才确定，这两人也是无意之举。

“本不想让你来这里的……”一个声音突然在黑暗中响起；紧接着，刚才的苗人老汉走了过来，然后朝吴承恩递过去了一个包裹。

吴承恩有些迟疑，联想到刚才自己被控制的经历，竟然不敢伸手去接。那老汉却也没有为难的意思，只是俯下身在地上打开了包裹。

里面只有一支笔、一本书。

那支笔，正是刚才在地面上吴承恩念念不忘的龙须笔；而那本书……

“我的书！”吴承恩脱口而出，再也顾不得提防什么，扑过去捡起了自己的宝贝。好好亲昵了一番后，吴承恩急忙仔细收好了自己的书卷，这才想起一个问题：这妖怪为何有自己的书？

莫非……他与那个白骨夫人有什么关系？

想到这里，吴承恩警惕心起，紧张地看着眼前的老汉。

老汉见吴承恩并没有拿起地上的笔，便亲自捡起，递到了吴承恩的手中。

“以物易物，已经是你的了。”老者说道。

吴承恩迟疑了片刻，伸手接过，随后猛地将笔攥在手中，远离了对方的手，生怕自己又中了对方的邪术。

哪知道，苗人老汉这一次似乎并无此意。

“此处耳目众多，而且尸气很重，你们不便久留。”苗人老汉指了一个方向说道，“那边有密道可以出这洞穴。记住，见到楼梯后，只可一直往下，切不可哪怕往上走一步。否则，便会一辈子困在这洞穴之中了。”

“你到底是谁？为何会有我的书？还有，你给我这支笔是什么意思？”吴承恩思来想去，最终还是问出了口，此人形迹可疑，动机成谜，实在让人无法放心。

老汉看了他一眼，慢慢后退着，似乎并不打算回答他的问题。

吴承恩捏紧了手里的笔，盯着对方一字一顿道：“你是白骨夫人吧？”

此言一出，老汉后退的动作僵住。看到吴承恩眼底充满敌意，老汉叹了口气，语气和声音都恢复成女人的声音，果然正是白骨夫人！

“上次是我鲁莽了，害你受伤，也让你的同伴身陷险境……”白骨夫人道，“这回带你们找到出路，我们的恩怨便一笔勾销吧！”

说完，白骨夫人转过身，消失在了黑暗之中。

一时间，洞穴里就只剩下了吴承恩、青玄，以及九剑和那苗族孩子。

四人互相看看，最终还是青玄先朝着刚才白骨夫人指示的方向前行。

吴承恩也跟了上去。

“喂，那人是妖怪吧？”九剑问道，“妖怪的话你们也信？”

吴承恩和青玄都没有回答他。

九剑愣了一会儿，也决定让步，毕竟那男孩儿可受不住这洞里的尸气。

四人一路无话，似乎都在揣摩着一会儿如何才能摆脱对方……

不大会儿，吴承恩手中那张写着“灯”的宣纸渐渐暗淡了下去，看来是法力耗尽。机会难得，吴承恩急忙抽出一张新的宣纸，用刚到手的龙须笔重新写下了一个“灯”字——

这一次，宣纸明显亮堂了许多，在黑暗之中竟然有几分刺眼；虽比不上白昼，却也将这洞穴照得如同满月。

吴承恩不禁大吃一惊，忍不住和青玄说道：“厉害！没想到这还真是一件宝贝！青玄你看，你……”

青玄一直没说话，因为被照亮的洞穴里面的东西，才真是让人吃惊得合不拢嘴。吴承恩顺着青玄的目光一望，手中的笔差点跌落在地上——

这是在南疆的深山洞穴之中，绝对不应该看到的东西。

是船。

准确地说，是一艘艘、一排排巨大的木船，上面贴满了各种法符封印。从木头的颜色上看，这些船应该是近些年所造。除了没有帆之外，这些战舰已经排好了阵法，犹如随时准备出征一般。整个舰队就这么排布在洞穴里，气势如虹，甚至可以让人感受到即将去征战四海的蓄势待发。

“南疆……有海吗？”吴承恩像是自言自语一般，情不自禁脱口而出。

青玄没有回答。

南疆，自然是没有海的。

而这本来也不是海，而是地下溶洞之间四处连通的沙海……

第三十三章

卷帘

京城，鬼市，内集。

本该是人声鼎沸的时候，鬼市内集却不见半个人影。归根结底，是因为有一个烦人的家伙一直在这里念经，吵得人脑袋疼。

铜雀身后跟着金角和银角，毫不客气地推开了一间草屋的大门。里面端坐着一个行者打扮的家伙，眼睛突兀地睁着，似乎看穿了这大千世界。

这行者是昨日来的，点名要见铜雀。但当日里，铜雀并不在鬼市之中。被回绝之后，这行者不吵不闹，只是找了一个房间，坐地诵起经来，但这经文不似通常的梵音，似要扎穿人的五脏六腑七魂八魄一般，让人不得安宁。

铜雀得到消息，不得不急忙回了鬼市，来处理这位不速之客。

“每个人都有欲望。”行者见鬼市的新任老板杀气腾腾来了这里，却也并不慌张，“欲望太强的人最易被人看穿。阁下如此想要除掉我，想必就是这里的掌柜了。”

铜雀没有出声，身后的金角和银角已经亮出了爪子，越过自己的主子，朝着那行者走去。行者看到两名刺客近了身，似乎打算站起来好好应对一番——

只是一个回合，金角的爪子刺穿了行者的脖子；银角的爪子，则准确地贯穿了行者的心脏。

“痛。”

那行者抖了抖身子，却不见一滴血流出来，脸上是悲悯的表情。

金角暗自一笑，赞叹一句“好身手”，便打算拔出自己的爪子再分高下。

那行者抬起头，手中多了一串念珠：

“只是，两位施主，这痛楚，和世间疾苦比起来，根本不算什么。苦海无边……回头是岸。”

金角、银角还没来得及做出反应，身子便觉得似乎要松散开一般保持不住站立的姿势。行者张开自己的手，金角和银角的躯干便开始化作一股流沙，缓缓落入行者的手中。

两人挣扎一番，却不得逃脱。此时，金角、银角不免眼神慌张，朝着铜雀的方向望去，似是求助。

“卷帘……”铜雀看着流沙，看着陷入绝境的金角、银角，多多少少猜到了对手的身份，随即叹了口气，“不得不说，那个天鼎，还真的挺准……”

“感谢掌柜的配合朝廷办事。”一个声音，在铜雀背后响起。

“大人您言重了。有人闹事，小人自然只能报官。咱们大明的律法不就是这么规定的吗。”铜雀说着，侧身为身后那人让开了一条路，“那么，这里还望伍大人给小人一个公道。”

对面的行者抬起头，看到了来人，似乎略感意外。

“在下锦衣卫镇邪司，麦芒伍。”麦芒伍双手抱拳，俯身施礼，而他的手中，正捧着之前的签子，“今日朝廷有变，在下职责所在。还望大仙赏脸，能随我去衙门一叙。”

门外，又接二连三落下了数个身影，将这草房团团围住。

“你们镇邪司一次出动这么多人登门相邀……我若是随大人去了呢？”行者笑着问道。

“下官自当是以礼相待，绝不怠慢。”麦芒伍开口说道。

“那，倘若我说个不呢？”那行者面色没有变化，语气纵使平淡，却依旧咄咄逼人。

麦芒伍笑了笑，站直了身子，亮出了手中的银针：

“那，在下奉陪到底。”

一时间，气氛剑拔弩张起来，铜雀惯会趋利避害，很快就闪身到了可能的战圈之外，准备静观其变。

这两人都是厉害的角色，再加上麦芒伍带过来的其他二十八宿，众人争斗起来真是颇为精彩，就是毁了不少自己这里的东西，但性命面前，钱财就不值一提了。

铜雀盘算着待会儿要站在哪一边，却发现情况有变。

本来卷帘与麦芒伍等人还在生死之间拼斗，却不知为何那卷帘受了什么刺激一般忽然间停手，朝着南方望了望后，径直走到麦芒伍身边耳语一番。紧接着，他抬起手，凝聚了一股流沙。

流沙渐渐停顿，在卷帘的手中塑造出了一个沙盘；铜雀在一旁望去，惊讶之余认出了那沙盘八九不离十是京城的缩影。

“崩国……”铜雀多少有些见识，显然是认出了这一招之后脱口而出；吃惊之余，他急忙用眼神提醒麦芒伍千万不要乱来。

麦芒伍看到卷帘手中的沙盘后，即刻抬起手示意其他人不要继续出招。他知道，这一招乃是杀招，借由红钱衍生，威力不容小觑。

而那卷帘，也不再反抗，散了沙盘后乖乖任由麦芒伍套上了手镣脚镣，随着这些人去了镇邪司衙门……

一行人临走之前，铜雀小心地上前，同麦芒伍说道：“伍大人，我桃花源为了朝廷安危，不仅通风报信，这鬼市也被你们毁得七七八八……我们的忠心，是否可以让大人点头了？”

麦芒伍捂着自己受伤的肩膀，情不自禁皱了皱眉。他看到的，不仅仅是眼前讨价还价的铜雀，还有他身后那群毫发未伤、随时可以渔翁得利的桃花源帜下的高手。这群家伙一并随着自己的主人，虎视眈眈地注视着麦芒伍。

“掌柜的此次功居首位，如有机会，在下定在皇上面前替掌柜请功。”麦芒伍以退为进，开口说道。

“大人肩膀见红，钱的事情，下回再说吧。”

铜雀似乎并不打算为难对方，只是深深鞠了一躬，然后便让路，目送麦芒伍带着卷帘离开了鬼市……

本来还算规整的内集小镇，此时如同被飓风扫过一般一片狼藉。

铜雀勒令手下收拾着残局。金角和银角正在包扎着自己的伤口；说来也奇怪，当时自己的胳膊明明被那卷帘化作了流沙，但是此时望去，胳膊除了布满细小的伤痕外，却又好好地长在自己的身子上。

“幻术吗？”银角端详了半天自己的手臂，迟疑地问道。

金角没有回答，缠好了自己胳膊上的绷带后，她起身拎起随身携带的玉瓶，瞄了一眼正在忙活的铜雀，转身就朝着鬼市的小门走去。

铜雀头也不回，张口问道：“急匆匆，去哪里？”

金角止住了自己的脚步，却并不打算回身。

“算了，那卷帘的本事你也瞧见了，面对七个二十八宿也没有落得下风。”铜雀俯身，心疼地捡起地上的一块碎瓦扔到了一旁，“幸好刚才他突然束手就擒，否则这鬼市想必难以撑过这一关。唉，这番修缮，不晓得要花多少银子……”

金角晃了晃手中的玉瓶，轻轻咬住了自己的嘴唇：“这番情景多得那厮照顾，怎么可以就这么算了。这笔银子，要么卷帘出，要么镇邪司出。反正，我桃花源不能吃这个哑巴亏。”

“我们在京城伏笔虽久，但是真正走上台面的时间还短。”铜雀叹口气，从怀中掏出一个金枝算盘开始拨弄，“初来乍到，有些亏吃了便吃了。银子能解决的事情，就不要节外生枝了。”

那金角听到这里，迟疑几分，却依旧想要迈出步子——

铜雀拍了两下巴掌，一群妖兵霎时间现身，拔出兵器围住了金角。在一旁的银角见到这般状况，急忙起身要来支援，却冷不防被铜雀一把抓住了动作还不灵活的手腕。

“莫要生事。”铜雀冷冷说道。

金角咬咬嘴唇，试探性地将自己拎着玉瓶的手微微抬起。铜雀显然注意到了这细微的动作，嘴上一笑，手中亮起了金光——

“知道了，掌柜的。”金角即刻单膝跪在地上，恭敬地说道。

铜雀注视了金角一刻长短，才缓缓松开了握着银角的手。

是的，现在不能去找麦芒伍的麻烦；整个京城内，论起心机深浅，铜雀觉得只有麦芒伍算是与自己旗鼓相当。希望自己报官的这场猴戏，能够让麦芒伍察觉到自己真正想说的事情吧。

麦芒伍一行人离开鬼市之后，马不停蹄地前往了镇邪司衙门；那里早就准备好了一口石棺，从里至外贴满了符咒，头部的位置留了几条缝隙供人喘气。等到卷帘人一到，即刻被关入了石棺之中。卷帘试着动了动手脚，便不再挣扎，只是盯着面前的麦芒伍一言不发。

“不用做戏，我知道这石棺肯定关不住你。”麦芒伍不卑不亢与之对视，随即勒令其他人退下，“不妨告诉你，神机营的人就在附近。如果你敢乱来，我锦衣卫镇邪司不惜玉石俱焚。”

卷帘摇摇头，开口说了什么，但是他的声音却被嘴巴附近的符咒消减而熄；这是防止他诵经扰人心智。卷帘左右看了看，随即双眼一瞪——几张符纸顿时化作了流沙灌入了石棺之内。

麦芒伍忍不住退后一步。

“我不会乱来的。”卷帘安然说道，这一次声音顺利传了出来，“因为，大人您很快就会放了我。”

看来，封印声音的符纸已经被卷帘尽数清除了。

麦芒伍没有回答卷帘的疯言疯语，只是抬手朝着卷帘的几大穴位插进去了三寸长短的银针，封了他的穴道。然后，麦芒伍捂着自己的肩膀，走向天楼歇息。

在院子里的管家看到麦芒伍，即刻帮着拉开了天楼的大门。麦芒伍进去前嘱咐道：“今日不再见客。如果有人找我，就说我身体不适。”

管家点头，待麦芒伍进了天楼后，从外面将石门牢牢关上。

麦芒伍没有去思考，他只是等待。所有能计算的，都已经计算过了，京城之中，本就势力庞杂，各为其主，而现在，麦芒伍需要的，不是理清这所有的势力，而只要等待一个结果，一个让他能够找到风暴的核心的结果。

终于，天楼之外传来了敲门声。只听得管家在外面轻声喊道：“大人，烦请您出来一下……有，有要事。”

麦芒伍起身，径自走向大门，出得门来，却看到眼前站着的乃是魏公公。

他即刻施礼，还未开口，魏公公便精神抖擞地低声喝道：“伍大人接旨。”

麦芒伍听完没来得及多想，即刻随着管家一齐跪下。魏公公从袖管中抽出一道圣旨，开口念道：“天下武举，开门纳贤，卷帘乃是南疆人才，本领深得朕心。伍爱卿不可擅生事端，即刻放人。钦此。”

结果，正如麦芒伍所想的，是最坏的一个。当然，还有更坏的一个，但那个，麦芒伍连想都不会想……

皇上足不出户，天下事却什么都知道？其实不是皇上知道，是那个被称为朝廷的庞大体系知道。这些逃不过朝廷法眼的人，他们身上只有一个共同点，那就是：这些人，都有红钱。

红钱来自户部。

朝廷，具体点说就是六部、五寺、三营。

麦芒伍回想着，这惊天变之后，所有的事情，都有他们的影子，从黄花饼到鬼市，到剿灭镇邪司，再到现在这卷帘。最最要紧的是，他们早就将皇帝围在皇宫大内，成了皇帝的耳、皇帝的目和皇帝的手，甚至成为……

如今，只有镇邪司，成为这整个包住皇上体系中，一个无法解决的肉中刺……

麦芒伍不敢深想下去，只能先执行圣旨，放了卷帘。

卷帘离开镇邪司时，满含深意地看了一眼麦芒伍。

一个时辰后。

礼部。

“不枉费我等了数年。诸位大人有心。”卷帘坐在礼部的大堂之内，手边的茶还烫手得很。

大堂之内，除了礼部官员之外，还有一人作陪。

“您言重了。一两张圣旨，还难不倒我们。”那人开口，便道了一句大逆不道之言，“咱们这光禄寺专管皇上膳食，只要皇上吞了那黄花饼，便会由于疲倦而由几位老臣代劳政务。所以大印盖在何处，咱家还是可以一尽绵薄之力的。不过，我们为了救下大仙，也算是大费周章……有些人颇有些怨言，说是不晓得这次买卖是否能够回本，因而，还望大仙之后多多费心，好歹把事情周全一二，咱家也好有个交代。”

一番话，倒不像是诉苦，而更像是在讨价还价。卷帘没有说话，只是伸手朝着袖口掏去。一时间，虽然大堂之内明面上看不到任何人影，但是却隐隐听到了兵器出鞘的细微声响。

粗粗一算，应该埋伏着不下百人。卷帘并未有何不妥的举动，只是摸出了袖子里的东西，放在了桌子上。

“红钱九枚，还请魏公公过目。”卷帘嘴角微微牵了起来，神情却说不上喜怒，说道，“不知道公公觉得，以草民之能是否可将贵方托付之事办成？如果您觉得草民还能在此事上起些作用，他日武举殿前比武之时，便托付于诸位大人了……”

第三十四章

聚首

南疆，波月府院中。

吴承恩有些不知所措地看着身后跟着的这位不速之客——九剑。

九剑从那地穴找到密道后，带着苗人小孩顺从地一直向下走；没多久，自己却从山顶上走了出来。再回头，身后的洞穴却早已消失不见。一炷香之后，吴承恩同青玄神色凝重，也从石壁之中走了出来。

躲在暗处的九剑本能地就要亮兵器；吴承恩却焦急地只想拽着青玄上路，毕竟沙海船队一事事关重大，还是要尽快跟大家说一下。九剑便留了个心眼，没有贸然出手，反倒一路跟着吴承恩和青玄，路过苗市时，顺便将自己身边的男孩托付给了当地的苗人，然后没多久便远远看到了波月府。

当他从吴承恩身边冲过去时，吴承恩才注意到一直跟踪着自己的九剑。

这也不怪吴承恩和青玄大意，那些贴满了符咒、弥漫着腐臭味道的战舰在两人脑海中一直挥之不去。只是这九剑越过大门冲到院中时，反而收了兵器，显然，他认得这满院子的百花并非一般植物。

这种花香，九剑曾经闻到过。细想想，那是在皇上寝宫外面的花园附近。自己依稀记得麦芒伍曾经提醒过，说这股花香会让有杀气的人冥冥入睡，虽是用来提防刺客的，但身为守卫也万不可大意云云。

一时间，九剑有些踟蹰。他虽然想尽快将奎木狼押解回京，但若能避免动手，自然万事大吉。可九剑也明白，此番他到了波月府，与奎木狼动手定是无法避免的。如此一来，这院中的百花，便有些棘手了。

吴承恩见九剑呆住，顿觉机不可失，连忙一把抓住青玄冲了进去，一边跑一边喊道“祸事了祸事了”；然而闻声走出来的却并非奎木狼，反而是无所事事的李晋。

李晋看到了两手空空的吴承恩，以为是晚饭没有着落而已，当下便呵斥了几句，怕大呼小叫的吴承恩扰了正在内府休息的李棠。吴承恩上气不接下气，加上又被李晋抢白噎了几句，比手画脚地更加说不清楚。待到李晋自己看到了站在院子门口的九剑后，却也只是“哦”了一声，随即朝着里面喊道：“奎木狼！找你的！”

听到这么一句话，院子门口的九剑不由得握紧了兵器。

片刻之后，奎木狼走了出来，站在院中，远远地与那九剑对视了一眼。

——几年前，奎木狼大婚之际，九剑也曾这么远远地看过一眼这位昔日的英雄。

昔年内心的憧憬敬仰犹在，如今甫一见面便将是你死我活的场面，着实令人忍不住唏嘘哀叹。

在九剑的心中，奎木狼以前是他敬佩的英雄，如今却是背叛了锦衣卫镇邪司的人……到底该如何面对奎木狼，九剑一路上都在纠结，到了现在，依然是复杂难定。

奎木狼站了一会儿，走到了九剑的面前，示意九剑可以同他进屋说话。

“在下锦衣卫镇邪司二十八……”九剑最终松开了握着伞柄的手，却是冷漠地开口，按照规矩自报家门。其中，锦衣卫这名字九剑是一字一句说出口的，他还顺便抬手扣住一枚腰牌展示给奎木狼看。

这是锦衣卫镇邪司的传统动作，九剑此举的目的，就是唤醒奎木狼心中的情义——他们曾是同僚。

“何必见外。”奎木狼仿佛毫不在意，他随意地摆摆手，示意九剑不必这么多规矩。

“在下镇邪司二十八宿，九剑。”九剑不依不饶还是把刚才的话说完，他做了个“请”的姿势，暗示要奎木狼随他离开波月府，“烦请阁下跟我回京城一趟。有些事情，朝廷自会定夺。”

奎木狼脸上露出了欣喜之情，甚至抬手拍了拍九剑的肩膀：“早就猜到，以你的人品和才能，迟早会被皇上赐号的。”

九剑断没想到对方会如此应对，着实有些意外，但还是抬手将奎木狼的手臂推开。奎木狼看他如此，知道大家各为其主，加上九剑性格确实耿直，便也不再为难九剑。

“看你的样子，风尘仆仆，何不进来吃一杯酒水暂作休息？等到尘埃落定，我再跟你去京城请罪也不迟。”奎木狼依旧没有敌意。

这番从容，反而令九剑更加迟疑，他故意冷下脸来说道：“锦衣卫的规矩，大家懂的。今日你肯随我去，便还好说。一旦嘴里有半个不字，那便别怪我不客气了！”

奎木狼似乎并未对九剑的一番慷慨陈词有反应，只是看着九剑的脸，忍不住轻笑了一下：“怎么觉得……你这说话办事的风格那么像麦芒伍呢。”

九剑还未来得及开口，反倒是走到旁边看热闹的李晋听到这里忍不住说道：“没错，简直一个德行。”

李晋一边说着，一边给奎木狼递过去了他的狼牙棒，然后意味深长地瞅了一眼奎木狼——言外之意就是劝两人赶紧打一架，千万别因为在这里口舌而耽误了晚上那一餐。

既然奎木狼武器都拿出来了，九剑也便没再啰唆——反正早晚都要动手，正好趁机试试奎木狼的武功有没有退步！

“蛟。”九剑脚下未动，举着巨伞的手早已突然间一抖，比出两指，朝着面前的奎木狼开始发难。

九把残刃周遭附着上了浓厚的剑气，依次盘旋离开了伞柄，呼啸着飞起后吹飞了周围的花香，从天而降扑向了目标。

这一击虽然速度并不快，但是兵器首尾相连形成了龙卷风的模样——叠加上围绕着兵刃旋转的剑气，这股剑风简直是铺天盖地而来。被剑风扫过的地方，哪怕是石壁，也会被削下去深深的一层，沦为剑气的食物被撕个粉碎。

而剑风早已将花香吹散，也便不用担心杀气外露了。

奎木狼虽说顺势接了李晋递过来的兵器，却丝毫没有打算动手。面对九剑突然发难的这一招，着实避无可避。

这个距离对九剑来说再有利不过：纵使奎木狼手段再了得，他也不可能避得开“风”。如果这厮目中无人，胆敢用血肉之躯来阻挡自己这一招，那么轻则断手断腿，重一些的话便会被绞入剑气之中尸骨无存。

显然，奎木狼并没有自大到想要空手入白刃——他只是深深吸了一口气，抬起头鼓起了腮帮子，朝着从天而降的龙卷风猛地吹了一口气。霎时间飞沙走石，两股飓风在山涧之中顶在了一起。

九剑顿时觉得自己的两根手指似是被人用力握住一般，向上翘了一寸。连成龙形的九把兵器没有支撑太久，便纷纷散落在地上重新搭成了巨伞的模样，显然是被刚才的飓风卸去了所有力道。

很快，九剑感触到了对方的力量并非是要击破自己的剑气再取自己的人头；奎木狼只是将九把兵器吹到了半空中，手中拎着的狼牙棒纯粹成了摆设。

“我夫人很喜欢这个花园。”一口气吐尽，奎木狼才低下头，有些为难地对九剑说道，“平日里一直用心打理，万一弄坏了……”

九剑沉默下去，没有再动手，却也握紧了手中的剑，心中忖度：若是引奎木狼去府外……

“又有客人吗？”一声夹杂着笑意的问句，在九剑背后响起。这声音听着令人感觉格外悦耳，仿佛春天里的第一声鸟鸣。

奎木狼急忙松开了手中的狼牙棒，然后同九剑擦肩而过。九剑恍惚一下，回过身，才看到了一个身量瘦削的女子，一身缟素，披着樱红色的披风，一双雪腕上挽着的花篮里盛着一把野花，正从不远处走过来，脸上的表情似笑非笑，看看奎木狼，又看看九剑。

九剑迟疑了片刻，最后还是将巨伞收到了身后，然后双手抱拳，恭恭敬敬叫了一声：

“嫂子。”

九剑和奎木狼以及百花羞先穿过了院子。

吴承恩拍了拍胸口，总算不再打了。他拍到怀中的那支在集市上买的簪子时，叫住了杏花："杏花，给你。"

杏花先是一愣，随后满心欢喜地把白色的簪子接了过来，旁边李棠也开玩笑地拍了拍吴承恩的肩膀："不错啊，都知道买礼物送女孩子了。"

"没有没有，顺手而已。"吴承恩犹豫了一下，另外一个簪子就这么送给百花羞是不是不太好？要不就送李棠吧？

李棠却没在意，拉着杏花去一旁，亲自给她把簪子戴上。

杏花本就长得可爱，配上白色簪子更显纯洁。

李棠拉着她有说有笑地也进了院子，吴承恩最终还是没把红色的簪子拿出来。

算了，李棠也不缺这些东西戴……

晚上，夜色正浓。

波月府里难得如此人多，需要用两张方桌拼在一起才够坐得下所有客人。桌子上此时已经摆满了饭菜，一侧正坐着李晋、青玄、吴承恩、李棠、杏花。五人都是低头把玩着筷子，不敢多话。只是因为，桌子的一端，坐着奎木狼；而另一端，则是兵器都没有从背上卸下来的九剑。

一阵细碎的脚步声从门外传来，众人都住了口，看着百花羞端着最后一碟素菜走了进来。她已经脱掉了刚才的樱红色披风，只穿着一身白衣，名嵌"百花"，真人却脂粉不施，也是奇怪。

百花羞抿嘴一笑，说："只有些野菜待客，诸位不要客气。"

小杏花早已看呆，脱口而出："百花羞姐姐，你好漂亮啊！"

李棠也笑："在府上叨扰了这么些天，终于见到了百花羞姐姐，本来我都以为奎木狼大哥故意把姐姐藏起来了呢。"

"哪里。"百花羞柔声笑笑，"我平时一直在后山种花，多少年来都是这样，并不是故意躲着各位的。"

奎木狼忍不住自豪地露出了笑意，顺势端起了自己面前的酒杯。众人纷纷也举起酒杯，气氛总算是松了一些。

“来。”奎木狼不善言辞，只是举杯示意。对面的九剑权衡再三，还是端起了杯子。

“都喝完吧，断头酒留了杯底不吉利……”李晋倒也不客气，自己一扬脖子喝了个干净，只是说的话照旧让人忍不住侧目。李晋也不在乎，自斟自酌，喝得比谁都快。百花羞更是略带惊讶地看了看奎木狼，用眼神询问是不是李晋已经喝醉了。

三言两语，除了九剑之外，大家倒是聊了起来。毕竟祸不及妻儿，九剑眼下自然是不打算当着百花羞的面动手。

奎木狼也像没事人一样，吃喝一番后反而主动同九剑攀谈了起来。

话里话外，多半都是询问镇邪司的近况。说到这些，九剑倒是愿意回答几句，尤其是提到麦芒伍时，九剑说到他头发越发银白之际，奎木狼不免动容。

渐渐地，九剑似乎不再那么防备，甚至主动喝了一杯酒。

李晋并不避讳，借着酒劲直数落奎木狼，说他小心眼，有了漂亮媳妇就藏着掖着。话里话外地，李晋是越发过分，时不时还提几句“当时在京城我没少请你去醉红阁喝酒啊”一类的醉话。

奎木狼即便脾气再好，眼神也有些不对了。为了防止自己就地发作，他只好压着脾气又灌了一杯酒。

“原来，你早就知道了。”青玄忽然开口对奎木狼说道。奎木狼看着青玄，不置可否。吴承恩听得云里雾里，不知道两人唱的是哪一出。

“船的事情。”青玄看到了吴承恩眼睛里的迷惑，开口解释道。

“荒山化沙海，无浪万帆腾。”奎木狼喝了口酒，借着酒劲儿念了一句不成文的诗，之后忍不住摇头叹气。

在旁边一直摸不着头脑的吴承恩突然明白了：荒山变作沙海，这一幕自己之前刚刚见识过了；而这卷帘在南疆折腾了多年，如果他一次性将所有山脉全部化作沙海的话……

恐怕，这一路攻到京城都会所向披靡吧？毕竟沿路守城的兵将即便再多，却也对铺天盖地的沙漠毫无还手之力。如果，卷帘再笼络一批好手坐上提前准备好的战舰一路抵达京城，那么……

吴承恩情不自禁打了个冷战，几乎脱口而出："那卷帘岂不是……"

"喝酒，喝酒。"奎木狼似乎并不打算当着百花羞多说什么，只是继续劝酒。

虽然李晋并没有进入洞穴之中，却依旧毫无意外的样子，对奎木狼说道："既然你和朝廷还有联系，这么重要的事情为何不通禀一声？明摆着南疆这是要谋反嘛。"

这番话一出，对面一直闷头吃饭的九剑霎时间抬起了头。

"我不能跟镇邪司联系，那样会害了镇邪司。"奎木狼想了想后，才缓缓说道，"并不是卷帘要谋反，而是谋反的人，选了卷帘。"

九剑听了个一知半解，可是听了"谋反"二字却还是知道其中轻重的，顿了顿，才开口问道："既然你依旧效忠于锦衣卫，为何还要叛逃？"但没人答他的话。

奎木狼一饮而尽后，歪着身子，对吴承恩说道："我让你去苗市，可不是为了这件事。该见的人，你们见到了吗？"

"逢妖必杀。"九剑眼睛盯着奎木狼，一字一句说道，"你难道忘了吗？"

一个老汉的声音，缓缓响起："先生既然敢在我南苗口出如此狂言，想必是位人物。也难怪先生有此自信，细闻闻的话，先生身上可是有不少妖血的味道。难怪今日入了院子后，我便不自觉地紧张些许。"

"这散发出来的妖气，是该说紧张，还是挑衅呢？"九剑站起身来，朝着门口走去，"而且，里面也有不少苗人的味道……在下前几日被一个苗人朋友出手相助，但是他全家却死在我面前。今日你我相会，必然是缘分。"

"我来不是见你的。"外面的声音没有半分退让，"但是如果先生打算碍事的话，那便请移步去院子外赏月。毕竟花花草草染了血，不大雅致。"

"在下镇邪司二十八宿……"九剑已经将巨伞握在了手里，然后顺势推开了波月府的大门。

门外，刚才搭话的老汉双腿位置唐突长着一副巨大的骨架，正在居高临下地看着九剑：

"将死之人，不必多言。只要记得，杀你的是白骨夫人，这就够了……"

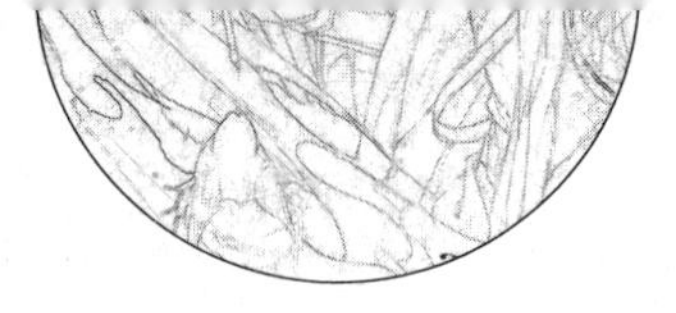

第三十五章

脊蛇

今晚的月色简直美得不像话，照得整个波月府恍如白昼一般。九剑与白骨夫人便是借着月光，在波月府大门口互相用上了本事。李棠站在院子角落，远远看着与九剑过招的白骨夫人，神色忽然凝重起来。

这白骨夫人虽然仍是一副老汉模样，身法却极为灵活——九剑手中的巨伞已经旋出了四五道粗厚的剑气旋风，却依旧无法捕捉到白骨夫人的肉身。表面上，白骨夫人仿佛一直都在见招拆招，在几道剑气之间疲于逃命；但是，九剑也注意到了白骨夫人的左手上缠绕着不同寻常的妖气。

“小姐可还记得家中的《百妖画册》里的白骨夫人？”李晋喝了一口酒，看着院子外边你来我往的白骨夫人和九剑，开口对李棠问道。

“我好像记得。”李棠觉得头脑之中有这么个名字一直盘旋，她捋了捋头发，“小时候，带我的婆婆哄我睡觉时讲过这个故事。记得说，之前那白骨夫人生得美艳无双，说是艳冠妖界群芳也不为过。后来，她迷恋上了一个出家人，惹得天怒人怨……”

“你小时候淘气得很，三更半夜也不睡觉，家里多少丫鬟仆妇挖空心思哄你，后来孙婆婆发现你爱听故事，当然把有的没的都编出来哄你。”

“是吗？那出家人不通情理，心无旁骛，只留下了这白骨夫人郁郁寡欢，无法逃离这劫数，结果疯魔了……”

李棠没有理会李晋的反应，反而抬眼看着树林深处："我还记得，孙婆婆当时说过，那白骨夫人迷恋的男子，名字叫……"

"玄奘。"

李晋说出这个名字时，嘴角忍不住的笑意浮现了出来，他将目光在吴承恩身上停了很久，忽然摇摇头，看向了青玄。而那青玄面对着这打斗，脸上竟没有任何表情。

"脊蛇。"白骨夫人忽然尖声一叫，一直藏在袖口中若隐若现的左手附着妖气隐隐成形，确实像是一条随时都会张嘴咬人的蟒蛇。

吴承恩原本也在注意九剑和白骨夫人的战况，闻言忍不住问道："脊蛇是什么？"

"这白骨夫人乃是白虎岭的一具白骨，受了日月精华日久成妖。而她能在《百妖画册》上留得一名，除了美貌之外，最最得意的便是这一手'脊蛇'。对手的骨头一旦被她的左手捉住，这脊蛇便会咬一个伤口，然后化作妖气窜入骨骼之中。只需要一眨眼的工夫，对手身上血淋淋的骨架便会从皮囊内被完整地抽出。即便是胜负立分，失了全部骨头的对手依旧不会死去，只是变作一摊肉泥任由她摆布。我听说，这一招曾经帮着白骨夫人击退了不少心怀不轨、贪图她美色的妖怪。只是……"李晋就像这战斗的解说一样，一口气将白骨夫人的招数解释了个清楚，"只是这白骨夫人行事也有原则，自知'脊蛇'杀招伤天害理，所以从来不对妖物之外的对象使用。眼下，九剑可明明白白是凡人，白骨夫人这是有多大的仇恨，才……"

九剑即便没有李晋这般见闻，多少也看出了白骨夫人刻意隐藏的左手有些名堂——这女妖单凭一只右手挥舞着骨鞭格挡自己的屡屡剑气，两人已经战了二十回合有余，彼此都实在是难占到什么便宜，她却依旧没有丝毫退让。

想必，那左手便是分出胜负的关键。

想到这里，九剑故意将巨伞横着甩了出去，自己用手无寸铁的假象故意露个破绽。白骨夫人避开仿如龙卷风一般的巨伞后果然上当，急不可耐地朝着门户大开的九剑本人冲杀过去。

九剑心下一喜，却没有大意，两根一直比着的手指急忙弯曲——巨伞顷刻改了方向，砍向了白骨夫人背后。

那巨伞足足撑开，竖着削在了白骨夫人的后身，霎时间发出了无数木匠一起锯树般的刺耳声响。即便在角落围观的众人，也忍不住捂住了耳朵。

白骨夫人自知中计，来不及回头看是什么情景，便已经甩出了骨鞭缠在附近的石头上，想要拉着自己逃离出这般险境。

只是，九剑的剑气此时是从外向内聚拢而来，似是一个逃不开的旋涡，硬生生拉扯住了白骨夫人的双腿。终于，白骨夫人支撑不住，手中的骨鞭也松开了，整个肉身被搅进了巨伞之中。

霎时间血肉横飞，场面惨不忍睹。而九剑，只是比着自己的双指操控巨伞，似乎并未打算住手。

杏花见到这一幕忍不住一声惊叫，李棠赶紧挡住了她的视线，同时转头怒瞪了一眼奎木狼——这是李棠第一次见到所谓的锦衣卫镇邪司如何除妖；杀人不过头点地，镇邪司的人除妖手段未免有些过于凶残。

更何况，奎木狼当年可比眼前这个小子声名显赫几倍不止，想必残暴也胜过九剑许多。只是，奎木狼依旧只是站着，并没有任何劝阻九剑的意思。

“先生，够了吧！”终于，有人开口阻止，众人看去，却是青玄。

九剑朝着青玄瞥了一眼，终于还是张开了手掌——片刻后，巨伞顺从地飘回了他的手中。而从半空跌落在地上的，是已经血肉模糊、勉强还成人形的白骨夫人。

这般情景，竟然连吴承恩也忍不住叹了口气：“唉，你竟然下这样重的手。”

“重手？”九剑冷笑，“你可别被她现在的样子骗了！那不过是幻化出来的皮囊，妖物只是一股精魄，分什么男女老少？她化成这样就是为了让你们心存怜惜的……”九剑长出了口气，看来刚才的一番搏斗也是耗了不少精元，“而且，这妖怪着实厉害。刚才我若是有丝毫留手，恐怕就得被埋在这里了。”

“只要能除妖，就不必讲道理了吗？”李棠在一旁忍不住喝问道，若不是现在她还要顾着杏花，说不定自己就要拔刀上了，“她是妖怪不假，打退便是了，难道非要碎了她的内丹，让她万劫不复才行？”

“当然。”

九剑铿锵回道，然后伸手从腰间摸索一番，亮出了一块好生保管的信物；那是早年间皇上钦赐锦衣卫镇邪司的腰牌。即便九剑一直爱惜有加，腰牌依旧因为这些年的风风雨雨而略显陈旧。腰牌正面，刻着威风凛凛的“镇邪司”三个字，九剑举着腰牌一字一顿地念出一句话——

“镇邪司铁令——逢！妖！必！杀！”

这句话一出口，别人还没说什么，杏花先抖了抖，随后她朝着栽在园子角落里的一株“凝雪”奔去。那是南疆常见的药草，生着繁茂的白色小花，樵夫农妇们如果不小心碰伤了手脚，也会采上一束捣成泥，糊在伤口上。

不过，凡人用的药草对妖怪来说有没有用，杏花也不知道，她只是本能地想救白骨夫人。

只是这杏花用尽了力气，也无法撼动“凝雪”分毫——那株看似细弱的“凝雪”却仿佛生了铁做的根须，有着千斤力气牢牢地吸在泥土之中。

杏花跌坐在地上，眼泪扑簌簌落下，止也止不住。所有人看到这令人心碎的一幕，都默默把头别到一边去。敬生畏死，本就是人之常情。

除了九剑。

“腰牌四十六个。”九剑突然没头没脑地说道。

李棠不禁愣了愣，不晓得九剑在说什么。

“我的家里，还留着四十六个这样的腰牌。”九剑爱惜地拎起自己的腰牌，若有所思，“其实，应该是五十四个……只是，有的同僚别说是身边的东西了，就连尸骨也找不回来……这些腰牌里，绝大多数，都是锦衣卫镇邪司的前辈遗物。后辈，也有。最小的，十六岁。”

说着，九剑抬眼，直视着李棠：“天下万妖丛生，如果真的等到找到真凭实据再下手，那么百姓估计会被吃得剩不下几个了吧。这位小姐，我不晓得你经历过什么，也许你身边的这杏花妖倒真是天地精华自然而成，也没做过坏事。可是这白骨妖怪却不一样，她能有今天的实力，起码要吃过不下百人。运气好的话，里面说不定就有我昔日里一起厮杀一起喝酒的旧友。”

说着，九剑苦笑了两声，将腰牌收了起来：“如今，天下太平，是多少兄弟用命换来的。逢妖必杀，正是因为妖怪残害苍生。真有兴趣的话，你大可以去问问那边的奎木狼——锦衣卫镇邪司建立之初，他们是如何与天下万妖你死我……”

九剑的话一顿，他忽然间低头，忍不住倒吸了一口凉气——不知道什么时候，一只只剩白骨的手掌从他脚下破土而出，牢牢抓住了他的脚踝。

几丈外趴在地上的白骨夫人，终于长出一口气，心满意足地抬起头，却用腾出来的右手遮住了自己的脸。片刻之后，九剑手中的巨伞掉在了地上——他发现，自己浑身的骨头自下而上，开始逐渐用不上一丝力气。

九剑并没有任何徒劳的挣扎，只是尽力扭头，朝着李棠的方向笑了一下：“今日不是这妖物死，便是我亡。”

“自然。”白骨夫人勉强笑了笑，却依旧站不起来。看来刚才的诈死也是无奈之举，她的双腿已经被九剑重伤，下半身可谓是灰飞烟灭，“现在，不会有人能救你了……过一会儿，换上你的双腿后，我便可以……”

一直默不作声的李晋突然间站起，然后从背后摘下弯弓，朝着天空便是一箭——只见哮天呼啸而出，奔着圆月而去。与此同时，大地开始了有频率的震颤，并非平常地震，反而仿佛是活物的脉搏在跳动一般，生生不息。

李棠吓了一跳，几乎站立不稳。细瞧一番，这白骨夫人也是一脸惊异，看来不是她的手段。

“这么快！”奎木狼一愣，随即抄起了自己的狼牙棒，朝着府邸冲了进去——看来，他是要去护着百花羞。临行之前，他还不忘高声提醒其他人，要他们赶紧避开。

同样着急的，还有一旁的白骨夫人。看到现在涌动的流沙，白骨夫人才明白，自己算错了一件事，她早该想到，卷帘会在自己身上埋下机关，一旦发现玄奘……

今晚她不该来找他……

沙海脉搏，南疆的地底，其实已经遍布沙流。而这些沙流无论如何开枝散叶，最终都会连入卷帘的脚下；这些地底纵横无边的流沙，简直就是卷帘的脉络一般，可以操纵自如。

卷帘，其实信不过任何人。真想获得他的信任，便只有一条路可以走：化作这沙海的一部分。

附近荒山落石滚滚，似乎都是被这地震一般的震动引起的。

青玄念了声“金”，张开了一个结界，招手要杏花和李棠赶紧进来避难。李棠也不含糊，直接拉起了还想要拔些花草的杏花，躲进了青玄的结界之内。

剩下的人，只有……

吴承恩抬眼望去，李晋自然是不用担心的。问题是，院子门口的九剑……

如果刚才九剑真被白骨夫人一招杀了，可能吴承恩只会觉得因果轮回，也不会揪心。只是眼下，这九剑也是一条人命。

救与不救，一念之间。

吴承恩看了一眼青玄，转过头咬咬牙，摸出了自己的龙须笔，甩出一张宣纸落笔一个“刀”字——这宣纸横着飞了出去，不偏不倚，恰好斩断了九剑脚下的骨手。不远处的白骨夫人眉头一皱，显然是疼痛难忍。只是妖气已经入了九剑的肉身，一时间清除不得，九剑依旧无法挪动，反而直接瘫在了地上。

眼见九剑不能避险，吴承恩无奈之下，还是冲出了结界，想要去扶一把地上的九剑。只是，现在已经落石累累，就是砸在青玄张开的结界上也是坑坑洼洼，更别提万一要是砸在吴承恩的脑袋上会有什么后果了。

白骨夫人眼见吴承恩涉险，心中一急，想也不想，一把便将九剑扔向了吴承恩。

自从看了吴承恩的书，白骨夫人便认定了他就是前世的玄奘。本就是为了玄奘卧底在卷帘手下，断不能在这节骨眼上令玄奘受伤……

吴承恩大吃一惊，全然没有想到这白骨夫人会在此时以德报怨。他来不及多想，一把接过九剑，将他拖进结界之内，转而不解地看向白骨夫人。

而白骨夫人却笑了：果然，无论过了多久，他这慈悲为怀的气度，永远不会变。

沙海渐渐凝聚成了一个十丈高低的人形，站在了白骨夫人的身边。这沙巨人左右看看，随即俯身，朝着白骨夫人伸出了一根巨大的手指：“这么多年，辛苦了。”

虽然只是分身，但这沙巨人的嗓音，却与卷帘本人如出一辙。

——同样的冰凉。

——同样的，令人倍感绝望。

白骨夫人最后看了一眼一脸吃惊的吴承恩，然后眼前忽然一黑，什么也看不到了。

也罢……最后能看他一眼，便是死了，也……

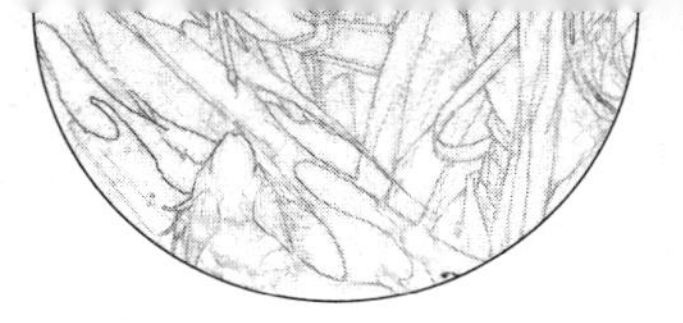

第三十六章

满月

波月府中，巨大的沙巨人俯视众人，忽然举起手，用力拍下。

只是沙巨人的手，被站在院子里的奎木狼稳稳接住。

天色猛地阴沉下来，方才的满月骤然消失，无边无际的黑暗涌了进来。

暗处，李晋的嘴角微微翘起，得手了！

他张开弓，哮天从天而降，落在他身边，浑身散发着闪电一般的颜色，正在心满意足地咂摸嘴。

“来者何人？”沙巨人似乎看不清楚是何人拦住了自己，开口问道。

“吃饱了？”李晋摸了摸哮天的脑袋，看着站在对面的沙巨人，然后不顾吴承恩、李棠等人的目瞪口呆，将一枚红钱牢牢地穿在了自己的箭矢上——

“干活。”

李晋话音未落，周身闪耀着刺眼光芒的哮天便一跃而起，堪堪落在李晋张开的弓弦之上，蓄势待发。而在李晋松开弓弦的瞬间，红色的光芒裹挟着银光倏然升空，宛若两道流星划过，瞬间照亮了整个夜空。哮天在半空一个漂亮的急速转身，张口将方才与它一同蹿上空中的红色光芒吞下，然后在半空中凝聚成了一股箭矢的形状，继而猛地斜斜下坠，钻入了沙巨人的心口位置。

沙巨人被这巨大的冲力冲得连连后退，双手挥舞着在胸前摸索，似乎试图将在它体内狂奔流窜的哮天抓出来。

然而哮天速度太快，沙巨人只觉几道流光闪过，身体顿时仿佛被钉入了无数把刀剑一般割裂翻搅，若非它只是个傀儡，恐怕当场便要四分五裂开来！

“能行吗？”奎木狼本来用狼牙棒阻挡了沙巨人的手指，但此刻沙巨人被哮天冲击得退了好几步，已经远离了他，他一边警惕观察帮忙时机，一边有些担心地问身边的李晋。

“应该没问题……”李晋又连连射出数箭，直至箭矢放空，这才放下了弯弓，“哮天刚吃了满月，这可是全盛状态下的‘天地一色’。再加上红钱的威力——要是这都对付不了卷帘的分身……那咱们也只能再想别的办法了……”

正说着，沙巨人的身躯上骤然布满了龟裂的花纹，从缝隙之中开始崩裂出红色的粉末。不消一刻，哮天从沙巨人胸部钻入的位置探出了身子，利落蹿出，继而朝着沙巨人的咽喉咬去！

与此同时，哮天的身体急速变大，一口向沙巨人的头咬去！沙巨人的头被哮天咬下半边，看起来有些骇人，它缓缓低头，表情似乎是想要露出一个笑容；只是它的下巴只剩了半边，被咬坏的半张脸上沙土崩塌散落在了地上：“原来不是小角色，失策了。”

哮天喘息着落在李晋身边后，骤然变回原来的大小，它拼命抖着身上沾染的沙子，长长的舌头也伸出来甩着，似乎十分嫌弃刚刚那一口所咬下的沙土。

李晋知它已尽全力，便将它召回到了自己的手臂之上。

但是突然间，天崩地裂的一声巨响震得整个波月府都颤了颤！

那沙巨人一拳砸在了奎木狼的身上——刚才奎木狼站的位置，已经化作了一个深坑，迸飞了无数飞沙走石——这一击之后，沙巨人的拳头也渐渐开始化作了散沙。

不仅碎屑乱飞，不断砸在青玄张开的结界上，甚至连李晋也被震飞，摔在了吴承恩身边。

李晋抬头，只见李棠被蒙了一脸土灰，额上还被结界内震起的碎石击出了一个血块。当时李棠反应极快，一边捂着腰间的灵感一边护着身后的杏花。万幸的是，只受了这点轻伤。

但是，这也足以说明情况有些失控。地上的九剑虽然恢复了几分元气，此时的境地却也好不到哪里去——尽管白骨夫人已经手下留情，刚才的一招“脊蛇”并未伤及九剑性命，但他现在却是浑身酸软，无法作战，只能眼睁睁看着，这令九剑十分懊恼，只得暗自调息，希望尽快恢复，以助大家一臂之力。

李晋略带歉意地说：“小姐，避一避吧。”

刚才的一击，他尽了全力，哮天也尽了全力；本来以为这一击能将沙巨人击溃，没想到使用红钱反而留给了沙巨人一口气，让它有了鱼死网破的时间。虽然红钱已经开始侵蚀它的化身，但是究竟它还能撑多久……李晋没什么把握。

看来，这分身的确厉害……毕竟，这是沙神卷帘的分身啊……

眼下，李晋自觉只能听天由命了。

沙巨人忽然抓起已经支离破碎的白骨夫人，举到大家面前。

“时间有限。”沙巨人开口说道，“我只找玄奘一人。说了，便放你一命离了南疆。否则……比死还痛苦万分的方式，要多少有多少。”

白骨夫人勉强抬头，看向众人。是的，她知道，众生所畏惧的死亡，并不是天下最可怕的事，白骨夫人也亲眼见过卷帘是如何处置叛徒的：先是将其血脉与卷帘自己相连，赐予对方不死之身；然后，便是砍手砍脚，百般折磨；更有百余飞剑穿胸之刑；最后，会将对方的精元吸入体内，让被惩罚的人在卷帘体内永生。

是的，永生，便意味着痛苦会持续到永远，永远不会有遁入轮回结束的一天。那么玄奘将在这一世永远定格，而白骨夫人也没有机会在来生与他重逢了。

白骨夫人虽然身受重伤，心中却一片清明。她抬了抬手指，指向一个人……

“是他。”

李晋突然觉得浑身一冷，那白骨夫人枯瘦的指尖分明指着自己的脸……

奶奶的，这婆娘，你就是指一指旁边的九剑也好啊！

再看沙巨人，脸上露出一丝冷笑。

李晋还没来得及有所反应，那沙巨人带着冷笑抬起脚，然后重重落在了白骨夫人的下半身上，用力碾碎：“骗我。”

白骨夫人发出了痛苦的叫声，不自觉地把脖颈咯吱咯吱地转向了吴承恩，虽然没有出声，但那眼神分明是在说两个字：

“快逃。”

吴承恩感念她方才对自己救九剑时以德报怨的举动，见不得她就此死掉，本能地就要冲出去——青玄却抬起手，一把拽住了他。这么冲出去的话，跟送死无异。

随着红光闪烁，沙巨人的脸已经快要崩溃了，但是它依旧敏锐地捕捉到了这一幕。伴随大地一阵震动，沙巨人猛地朝着吴承恩他们转了转身子——心疼白骨夫人的这个书生，很有可能是自己要找的人。

唔，等等……人群之中，竟然还有一只花妖……真是天助我也。

沙巨人扭过头，冷冷问道：“小花妖，你说，谁是玄奘？”

沙巨人心中清楚：活了十几二十年的人，可能并不惧怕自己；但是，这些历经苦难才能成妖的东西，对于自己的修为，则有着更深的认知。对它们的威胁，筹码要重得多。

杏花浑身战栗，却是不发一言。

于是，沙巨人的拳头一抖，突然探到杏花的面前。杏花毫无准备，吓了一跳——

她本能地想要操控草木来抵抗，却发现自己体内的妖力忽然变得十分紊乱，根本不听她的控制，甚至反噬回来，令她喷出一口血来。

青玄的结界虽然剥落了那巨大拳头上厚厚的一层沙，却依旧只是杯水车薪。眼见那拳头距离杏花的头顶还有一尺的距离，忽然在众人的眼前，整齐地裂成了两半。

断面整齐，一点碎肉也没有掉落，空气中还残存着一丝裂帛般的声响，端的是好刀出鞘。

李棠手中紧握锦绣蝉翼刀，稳稳挡在杏花面前。原来，方才那一刀，出自她手。

沙巨人身姿丝毫未乱，将手拔了出来，仔细看看那无比整齐的伤口，然后盯着李棠的脸孔，自言自语道：“李家……”

李棠没有放过对方这一瞬间的松懈，指了指沙巨人的方向，对吴承恩喊道：

“它脚下的沙流！”

吴承恩即便对李棠的指示将信将疑，自己却依旧纵身越出了结界。大地有规律的震颤，以及那沙巨人一缓一缓的行动，让李棠有了一种直观的猜测：她仿佛感受到了这妖怪脚下的沙流正在一股一股输送着妖力，驱使着沙怪的行动。

李棠的直觉，并没有错。

按照一般道理，这沙巨人挨了李晋那厉害的一招后早就该倒下了。之所以还能苟延残喘，正是因为远在京城的卷帘正顺着地底的沙流为其注入生命。

李棠能察觉到这一点，多半是因为与妖怪一起生活多年，对于妖气有一种连青玄都无法比拟的敏锐。刚才整个地面下都蔓延着妖气，反而没有令李棠觉得有什么异样；幸好李晋的一击威力不同凡响，红钱震碎了杂七杂八细一些的沙流，只剩下了沙巨人脚下最后的一道。

仿佛人的主动脉一般，这股沙流正在拼命地为沙巨人争取着时间。奎木狼手中却熟练地挥舞着狼牙棒，一下一下砸在沙巨人的身上，没打几下，那沙巨人已经扛不住体内的灼烧，化作了一大片碎块轰塌于地面。奎木狼多少有些惊讶，低头看了看手中的狼牙棒，并没有想到自己可以这么轻松取胜。

只是，他的惊讶仅仅持续了须臾。

“玄奘！”伴随着沙流，一个索命般的声音低吼着，如同狂沙翻滚，隆隆地从地面喷涌而出。沙流也随之变得狂暴，漫无目标地发泄着自己主人的不满。

青玄急忙俯身用手按住了地面，李晋也同时抬手，哮天呼啸而出，死死压住了沙流。杏花感觉更痛苦了，她知道这是百妖之力的反噬，可能是受了卷帘大妖的影响，自己体内的百妖之力反而被卷帘控制。她拼命咬牙抵抗着卷帘夺取她体内百妖之力的控制权，嘴角的血汹涌而出，视线模糊中，她猛地发现卷帘放弃了与她争夺百妖之力，而是将目标转向了李棠——

不!

那边，李晋同青玄联手制止了最后的沙流，而那低吼的声音，也渐渐消散。百花羞急忙扶起了地上的奎木狼，幸好，并无大碍。

“都没事吧？”李晋见不再有任何动静，开口问道。

“没事！”李棠回道；其实刚才的情况相当凶险，而来去无章的沙流几乎向自己迎面而来。李棠一时慌神，忘记了拔刀，幸好，杏花情急之下从背后推了李棠一把，这才有惊无险——

“多亏了你呀，小杏花。”李棠松了一口气，却只觉得自己的手腕被轻轻握住了，回头一看，杏花拉着她，身子却慢慢地向地上倒去。杏花心口和后背的位置渐渐被明艳的红洇湿，染透了身上的衣物；她头上的白色簪子，也已经被溅得一片血红……

“小杏花，小杏花！”李棠一边托住她的后背一边哑然嘶喊。李棠这才明白过来，刚才沙流转头攻向自己，自己却毫发无损，并不是自己以力降之，完全是杏花为自己挡了这一击……

“马上送到我的房里去。”百花羞冷静地说。吴承恩跑过来抱起杏花，她的头软软地靠在吴承恩的胸口，脸上的血色以肉眼可见的速度迅速褪去，变成一片雪白，只剩下嘴唇上还有一抹红，如同寒冬里的一株红梅，虽然明艳，却透着凄凉。

李棠跟在他们身后，此刻的心早已成了一团乱麻，她浑浑噩噩地想：杏花会没事的，对吧……如果是一个肉体凡胎，出了这么多血可谓危险，可是杏花是妖啊！她应该会没事的，对，她一定会没事的……

杏花再弱小也是妖变了几百年的，你听说过几百年的妖怪因为失血过多而死吗？别开玩笑了。更何况，她还有百妖之力……对啊！杏花还有百妖之力呢！一定会没事的！

李棠勉强定了定神，追进房间。

院中，众人与卷帘操控的沙巨人之间的对峙还未结束。

“别大意了！他可能还没走！”李晋喝道。

青玄、奎木狼都明白，所以从刚才起就没动，尽管他们也都很担心杏花。

正如同李晋预料的一般，方才的安静只是假象，那沙巨人又在作祟——它牢牢地将周围的一切吸入体内，包括红钱的妖力。但它并未再攻击大家。

青玄等人全神戒备地盯着地面——只见地上的碎块慢慢变红，却并没有如同吴承恩上次使用红钱一样有任何外泄的趋势。

半炷香的工夫过去，沙巨人总算没了动静，应该是死透了……

不过在那沙巨人灰飞烟灭的同时，不少红色粉末飘散在院子中；所落之处，花草当即枯萎，寸草不生。

九剑看着如此，咬咬牙，扭了一下自己的身子，以一个极其怪异的姿势抛出了巨伞——巨伞在空中旋转开来，吸着空中飘浮的红色碎屑。奎木狼正在心疼自己夫人精心打理的院子，见到这一幕，不免心存几分感激。

李晋一下子坐在了地上，自言自语道："我就说嘛，天地一色怎么可能失手。"

他拄在地上的手忽然一顿，而后不可思议地将硌手的东西拿起来，是闪着盈盈蓝光的内丹——这里面涌动的百妖之力令李晋一下子确定了——内丹是杏花的！

对了，杏花！

同时，在院子里搜寻了一会儿的青玄开口说道："白骨夫人不见了！"

"怎么可能！她伤得那么重，爬也爬不走啊……"奎木狼走到花园角落，鼻子嗅了嗅之后用脚扫开地上的一层浮土，露出了一片血红；地上的血迹，是白骨夫人留下的没错。

只是这血迹一路延伸，顺着找下去，断在了之前沙巨人脚下的那条沙流附近。那沙流的断口仿佛一个旋涡，正在贪婪地吸入周围的一切。

青玄抬头，顺着沙流消失的方向望了望，嘴中嘟囔出了一个令人绝望的答案："京城……卷帘，他把白骨夫人，带去了京城……"

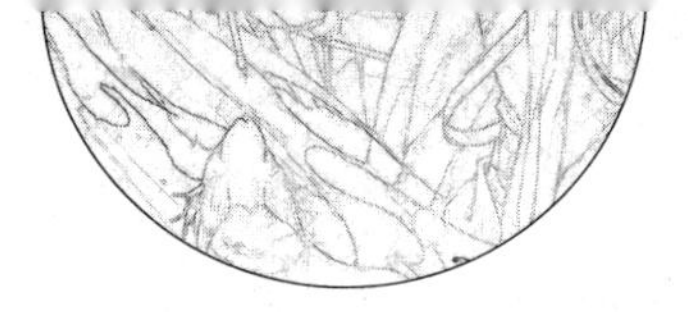

第三十七章

傻子

京城，辰时。

距离武举已经不到一个月了；这几日里，京城来了不少武夫打扮的汉子。有些人是富家子弟，银子有的是，倒也住进客栈，夜了便去青楼逍遥一番，喝醉了难免会打架生事；更多的武夫都是穷苦人出身，不远千里来到京城后发现连馒头都吃不起，只能白天卖艺换点盘缠，晚上则是讨口凉水后露宿街头。

在这群惹人侧目的粗人当中，卷帘反而已经在京城的百姓之中声名显赫，甚至被尊称了一句“活神仙”。原来，卷帘本也是投宿于一家客栈之中，凭空里对面的一座正在翻修的茶馆突然间就塌了。幸好茶楼并没有什么客人，只是埋了两三个工匠在里面苦苦求救。

街上倒也有些前来参加武举的汉子，听到声音后即刻便来救人。很快，从断壁残垣之中救出了两个工匠，伤得都不重。令人挠头的是，里面还有一人被困：这茶楼里有一块大理石，重达千斤不止，正正砸在了其中一人的腿上。几个汉子上前搬弄了一番，却发现那大理石纹丝不动——

围观的人越来越多，却没什么人帮忙，反而窃笑声四起：几个大老爷们连块石头都抬不动，还参加什么武举，赶紧收拾铺盖卷走了便是，省得丢人现眼。

救人的武夫使了半天力气，却不得而终。终于有人听不得身后那些百姓的碎嘴，从背后摸出了一把钉头锤抡弄起来，似乎是想在围观的百姓前露上一手。

只是那群看热闹的百姓却笑而不语，指指点点——那大理石上，可是有着皇上的墨宝。这锤子下去，大理石无论碎不碎，这匹夫可都是大不敬之罪。

幸好这几个武夫之中有一个识字的，看到围观的那些人表情不对，才细细瞅了瞅这大理石，急忙喝住了想要砸石头的人。几个人商量来商量去，眼见被石头压着的工匠脸上血色渐失，已经是只有出的气，没有进的气了。

那抡着锤子的武夫咬咬牙，对工匠说道："兄弟，得罪了！没了腿，总比没了命好！"

说着，这汉子抡举起了锤子，朝着那工匠的大腿根儿就要砸下去。

一只枯瘦的手臂，转眼间抓住了这汉子的胳膊，继而略微用力，便将这两百来斤的汉子一把甩到了街上。这群武夫这才看到，不知道什么时候，这个异域僧人打扮的家伙已经站在了废墟之上。

只见僧人微微抬手，废墟化作一股泥沙流，轻而易举地托举起大理石，朝着一旁流去。下面的工匠一下子长出一口气。看来，这僧人断然是没有使出全力，否则别说一块大理石，就算再沉上几倍的东西也可以手到擒来。

"救人。"这僧人只是丢下了这么一句话后，便转身离开。剩下的，只有目瞪口呆的百姓，还有那几个眼神复杂的武夫。

他们知道，这人就是武举时要面对的对手之一。

此人，便是卷帘。

很快，周边的百姓便知道这人可不是一般的粗野匹夫，甚至开始传唱着关于卷帘的种种善迹：诸如帮着客栈打井、治好了瞎了一辈子的算命先生、庙堂已经残破不堪的菩萨像也被他一点一点重新雕刻出了应有的模样……

很快，不少赌场都收到了京城富贵们的重注，买了卷帘成为今科武状元。一切，看起来都如同往日的京城一般充满着铜臭。

"怎么看？"血菩萨站在镇邪司的天楼顶上，看着不远处街市里穿堂过户的卷帘，一脸凝重。

站在他身旁的麦芒伍也是皱着眉，似乎摸不清卷帘到底意欲何为。只是，如果卷帘是真的来京城收买人心的话，那么他已经成功了：在他走过的一路上，已经开始隔三岔五有人跪下，虔诚地手捧着供奉。而卷帘并没有收取任何财物，反而只是对自己的信众施礼，就地抓起一把泥土捏一个泥僧馈赠，说是带回去供奉便可以逢凶化吉。

“盯紧他便是。”麦芒伍端详许久，终于还是不打算轻举妄动；毕竟此人即便再招摇，却也是别的衙门分内之事。有皇上的圣旨在，锦衣卫镇邪司便不能碰卷帘。这卷帘似乎也知道镇邪司被束缚了手脚，竟然有意无意在镇邪司附近招摇过市。

麦芒伍心中其实还有一虑，却也不知道该从何说起，那就是断不能让镇九州知道卷帘已经到了京城。这几日，老板不断让奔波儿灞传来口信，说那镇九州似乎精神不稳，越发癫狂。如果让他此时知道自己的仇人就在京城，那这厮可不会理会圣旨，一定会与卷帘你死我活，给锦衣卫镇邪司惹出大事端……

当夜，麦芒伍在天楼之中静坐，一个人影出现在了天井之上，磨蹭一番后，从怀中掏出了一个卷帘白天送出去的泥僧，顺着天井丢了进来。

麦芒伍连眼睛都没有睁，抬手接住后，将泥僧摆在了自己面前。

“他一共送出去了一百四十三个。”天楼上的声音开口说道，“已经按照你的吩咐，除了这个之外，全部毁掉了。”

“惊动了百姓没有？”麦芒伍淡淡问了一句；自己下了这道命令不过两个时辰，这么短的时间内，估计很难做到神不知鬼不觉。

“大部分都是偷回来的，但是也有几个是抢来的。有的人嘴上说将这玩意看得比命还重。不过，也就是三拳两脚的事情。最多亮一亮刀子，我倒要看看他敢不敢出去胡说。”天楼上的声音似乎带了几分嘲弄的语气，“说到底，什么能比命重要。”

“尽量不要为难百姓。”麦芒伍睁开了眼，招了招手示意上面的人下来，然后端详着眼前的泥僧，就好比卷帘亲自坐在自己面前一样谨慎，“卷帘想要收买人心，咱们自然不能顺了他的心意。”

天楼上的人似乎有些不情愿，但还是跳了下来；此人，便是当初在户部附近卧底的那个傻子。从他落地的姿势来看，似乎腿脚还有些不够利落。

“伤到骨头了？”麦芒伍并不意外，只是一问。

那傻子笑了笑，揉了揉自己的腿："你倒可以试试，被那大理石砸上一砸。当时围观的人太多，我怕露了破绽也不敢出力，差点连命都丢了……"

"好端端的，为何要弄塌茶楼？"麦芒伍倒也有些意外；确实，傻子是被自己安排去茶楼盯梢的，并不该惹人注意。

"说白了，真是意外。"傻子挠挠头，似乎也是不解，"当时卷帘现身，我以为是自己被人识破，要来杀人灭口……没想到，这厮倒还救了我。也难怪他在南苗拥有大批信众，连我都会觉得这人不坏。"

麦芒伍点点头，继而捧起了面前的泥僧："查过了吗？"

那傻子点头，从怀里掏出了一把泥土，在麦芒伍面前摊开："并未有什么蹊跷，就真的是泥而已。像是障眼法，让我们摸不清他要做什么。"

"不必解读卷帘的一举一动，总之，天鼎不会错。"麦芒伍无意与眼前的泥僧周旋，反而了然于心。

天井之外，起了几道风声。麦芒伍和傻子同时敏感地抬头，盯着夜空。

听声音，是南边。

麦芒伍看了傻子一眼，傻子点点头，一个纵身，消失在了天井之外。

几个匆忙的身影弯着身子拎着弓箭，急匆匆地从城门附近穿插着进了空荡荡的街道之中。他们满头大汗，身上背着的箭壶中也只剩下了几枚屈指可数的箭矢。从他们焦急的神态来看，正在追踪的目标显然绝不能放过。

这些弓箭手隶属于驻扎于京城外围、负责守护京城安危的三千营帜下，按照一般规矩来讲，如果没有调度，他们是不应该带着武器唐突进城的。只是今天的情况确实特殊——一只血红色的乌鸦从南方飞来，越过了守城的兵士。三千营之中，自然有人认得这可是锦衣卫镇邪司的信使。如果平时，可能看到也就看到了，即便朝廷有令京城内不能有飞禽侵入，却也只是睁一只眼闭一只眼的事情而已。只不过眼下，锦衣卫镇邪司正与三营交恶，守将明白大意不得，当即下令放箭。

箭矢只是擦过了乌鸦的翅膀，那鸟儿奋力振翅，起起落落地朝着城内镇邪司的方向努力飞行。

“断是不能放走了这东西！”守将拍着城墙，焦急不堪；且不说万一能抓到什么锦衣卫镇邪司的把柄，只要是在此处擒住这乌鸦，总也能令镇邪司的人哑口无言。但是，如果伤了这乌鸦却毫无所获，那么天亮之后，那血菩萨可不一定会如何刁难于自己：说不定他还会血口喷人，诬赖上射伤了乌鸦的兄弟。

说真的，一想起那枯木一样瘆人的血菩萨，守将心里还真是有几分发毛。

这便是赶鸭子上架了，趁着天还没有亮，几个守城的士兵同看门的将领打了招呼，急匆匆追进了京城之内。好在那乌鸦似乎伤得不轻，飞不了几丈就得找个屋顶落脚休息，起起落落之间倒比不上徒步追赶上来的弓箭手。

那守将已经将一众手下遣散开，目的主要是围；随随便便放上几箭，便将这乌鸦驱赶到了自己这边的方向。这守将自信自己的弓法了得，二十丈之内理应不会失手。待到这乌鸦最后一次落于树枝上喘息时，守将即刻搭弓上箭，闭上一只眼睛瞄了瞄——

嗖的一声，乌鸦都没有叫出声，便从树上落了下来。周围赶过来的几个手下瞅到了这一幕，一个个忍不住拍手叫好。

“还愣着做什么！去捡回来看看！”此时守将算是放下了心中的一块石头，松了口气后赶紧喝令道。几个手下领了命令，匆匆去翻弄了一会儿，然后惊喜地发现了乌鸦腿上缠着的锦条。

只可惜，锦条拆开后，不免令人大失所望；上面的字迹虽然潦草，却依稀也能辨读：“本月俸禄未放。”

几个人互相看看，甚至有人举起锦条想要找出什么隐藏的秘密，但是，翻来覆去就是这么几个字。想必是其他在外面镇守的二十八宿断了俸禄，才传消息回来。

守将觉得，这真是小题大做了，愤愤然之外踢了一脚地上的乌鸦，骂了几声白害得老子追了这么久。锦条，断然是不会交出去的——反正夜黑风高没人看见。这样一来，死的乌鸦也就与自己无关了。

一行人悻悻然，全然没有了刚才富贵当前的期许，步伐懈怠地朝着南城走去。

脚步声已经听不到了。天空已经微微亮，街上已经有了零星的身影，借着晨光开始了一天的忙碌。

等了许久的傻子，从附近的屋顶一跃而下，俯身捧起了地上死去的乌鸦后，朝着那几个官兵消失的方向厌恶地啐了一口吐沫，然后小心地梳理着乌鸦羽毛上脏兮兮的泥土。

“万物都以入土为安，施主又何必再度惊扰亡魂。”一个声音在傻子背后响起。

傻子不需回头，便已听出了背后的人是谁——那正是不日之前，机缘巧合救下自己的那位“救命恩人”。

这里距离镇邪司左右不过七里。傻子轻轻活动了一下自己的右腿，不知道目前的伤势会影响自己多少身法。

“施主还是不要轻举妄动为妙，”卷帘的脚步声越发近了，“毕竟前些日子施主才负了伤，想必还未好得周全。”

傻子笑了笑，转过了身——他刚才看到了乌鸦身上的伤口，致命的并非是箭矢，而是一股细如银针的沙土快速冲击后准确贯穿了心脏。粉末从心脏开始蔓延，堵住了浑身的血管后，又从血管的末梢渗出了乌鸦的身体才算作罢。

傻子耸耸肩，明白自己躲不过卷帘的这一招：“看来大师早就知道我是谁了。这我就不懂了，何故当时还要救我一命？”

卷帘似乎相当惊讶于这个问题，理所当然说道：“施主，救人一命胜造七级浮屠，这有何不解？当时施主命不该绝，在下理应出手相助。”

傻子有些迟疑，刚要开口，却发现自己嘴中涌出了泥土。紧接着，傻子感觉到脚下一软，低头看去，发现自己脚下已是流沙。

“但凡有救的，在下自然尽力。”卷帘平静地看着眼前的傻子，抬起手，抓过了那只乌鸦的尸体，“不过，这个天下，已经没救了。就像我说的一样……”

傻子想要抬手反抗，却发现自己的肉身开始崩坏，浑身上下只要一用力，便会涌出夹杂着血水的沙土——

卷帘并不理会傻子最后的挣扎，只是掐住了六翅乌鸦的尸首用力一捏，乌鸦便咳出了一口鲜血铺在地上。血迹很快干透，留下了清清楚楚的四个字：金蝉已到。

傻子也看到了，却再也无法发出声响。

卷帘看完后，用脚掌在地上擦拭几下，抹去了字迹，然后转过身，缓步离开：

“至于施主，请先行一步，入土为安吧。”

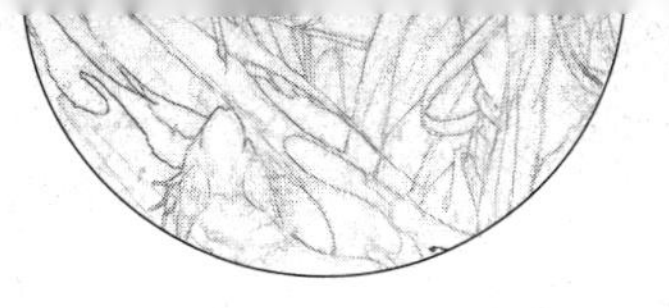

第三十八章

内丹

南疆，波月府。

已经是第二日的午后了，日头正好。

波月府的院子里却略显狼藉；昨夜被红粉沾染的地方，花草全部死去。奎木狼同百花羞商量之后，在院子里朝着南北两个方向小心地挥舞了几下自己的狼牙棒。

几道钝气细腻地扫过，在地上留出深深的划痕，穿针引线一般避开了院子中仍旧完好的花花草草，引出了一道蜿蜒的溪水横穿了花园。

溪水潺潺，倒也别致。只是这河流之中要想看到水草、鱼苗，恐怕要等到三四年之后了。

院子里，收拾妥当的九剑一直站在奎木狼身后。他平日里不曾离身的巨伞，今日难得地缠绕上了厚厚的一层油布。

昨夜，九剑靠剑气引了不少红色粉末到巨伞之中，并没有什么不妥。没想到隔了不久再看，自己的兵器简直如同被风吹日晒了数十年一般锈迹斑斑，仿佛一挥便会断裂。这可愁坏了九剑：毕竟这些都是自己前辈留下的兵器，充满了腥风血雨的回忆。

奎木狼急忙帮着打理一番，并且反复交代九剑回了京城之后务必不要去找一般的铁匠帮忙，而是要找麦芒伍想办法。九剑接过自己的巨伞，颇有些纠结地看着奎木狼——虽然奎木狼有苦衷，但终归要给朝廷一个交代。

“我明白你的处境，放心，我会给你个机会。你永远是我兄弟！”奎木狼并不多说，只是独自邀着九剑去了漆黑的院子里。九剑感念奎木狼如此豪情，便欣然而往。其他人一直在探着耳朵，却没有听到任何打斗的动静。

一炷香的时间之后，两人竟然一起归来；奎木狼只是问百花羞拿了一些油纸，然后借着烛火忙碌。

而九剑，则是一副目瞪口呆的神情，不断上下打量着奎木狼。一旁的百花羞见到如此情景，担心地看了一眼自己的夫君。

“都了结了。”奎木狼注意到了百花羞的目光，抬头报以一个笑容，“以后，不会有人来烦我们了。是的，确实都了结了。”

九剑此刻的怀中，已经擒到了自己的目标——“奎木狼”。

刚才在院子里，九剑摆开架势，本想着拼死一战，没想到奎木狼却径自朝着自己的心口就是一拳。很快，奎木狼将一个亮晶晶、圆鼓鼓的珠子从心口的位置挖了出来捧在手里，喘息着递给了面前的九剑。

九剑接过去之后，顿时眉头一紧：这光泽，这手感……不用细看，九剑也知道自己手中的是什么。

内丹。

“你，怎么会有……”九剑一时间不知道该说什么，也不知道这是不是奎木狼的花招。

是的，这内丹乃是妖怪精元的荟萃，人的身上怎么会有这东西？于情于理，都说不通……

奎木狼并未多做解释。

实际上，奎木狼一直无法离开南疆，而且没办法传递消息回镇邪司都是有原因的——他脚上一根筋脉被卷帘连上了沙土——已经有些年头了。

虽然奎木狼自恃身强体壮并未在意，但是不知道从何时开始，他才发现自己小瞧了卷帘的手段。这根一直纠缠着自己的沙流，不断地朝他周身注入着妖气。

一般人如此，要么妖变猝死，要么便会因为妖气凝住血液而暴毙。幸好奎木狼咳嗽时，无意间发现自己咳出了不少沙砾，这才小心应对，调用浑身真气抵抗着卷帘。

只是，这妖气混杂着沙土，似是一股无尽的旋涡，如饥似渴地吞噬着奎木狼的真元。

久而久之，奎木狼的情况虽然有些好转，但是心脏部位却混着沙土凝聚了自己的真气，长出了如同妖怪一般的内丹。

而且，卷帘布在南疆、包围着波月府的九转连环阵正在不断收缩，近两年更是加快了收缩速度，一旦收缩圈达到与波月府占地差不多大时……即便自己能修炼出同妖怪一样的内丹，恐怕也活不成了。

奎木狼摘下了这异物之后，频频喘着粗气，小声对九剑嘱咐道："这便等同于我的性命……你带这个回去，麦芒伍见了自会知道你可交差。如果有机会的话，不如将这物件送于镇九州，他自会有用……"

九剑恍惚一阵，却瞧见了奎木狼头上豆粒大的汗珠频如雨下。这并非疼痛所致，即便没有月色，九剑也顺着内丹的光芒注意到了：奎木狼的左腿，已经自下而上开始变得枯萎；而奎木狼，则是在调用体内仅存的真气，抗衡着地底的这股妖气。

过了好一会儿，奎木狼才喘匀了气息，像没事人一般领着九剑回了洞府。

"如此，九剑兄弟你能向朝廷有个交代，而朝廷也会放过我与你嫂子了吧。"

奎木狼最后的安慰在耳边久久不散。

那一晚，九剑彻夜未眠。

今日醒来，用了午膳，众人猜度一番白骨夫人的去向，却也说不出个所以然。九剑听了一会儿便出来，在院子里看到了奎木狼引溪水的一幕。

只是做完这等小事后，奎木狼竟然险些站立不稳，身子摇晃几下。

"为了一个女人，我不懂。"九剑摸了摸怀中，那是奎木狼昨日交付于自己的内丹。

奎木狼吓了一跳，这才注意到一直立于自己身后的九剑——九剑不免有几分唏嘘，奎木狼现在竟然连近在咫尺的气息也无法察觉。这枚内丹到底带走了奎木狼几分内力？

八成？甚至九成？

看着九剑的神色，奎木狼反而一脸释然："这种事，不在其中，谁也不懂。就像杏花……"提到杏花，奎木狼忍不住叹了口气，面上露出惋惜的神色，继而又想起那白骨夫人，更是无奈，"还有白骨夫人……"

九剑却丝毫没有为这句话而动容："妖怪，懂什么情。"

"情……"奎木狼脸上露出一丝笑容，"一块鹅卵石，一棵野草，一个妖怪，都有从这世上灰飞烟灭的一天。唯有情，才能长久不灭——无论是亲情、友情还是爱情，只有与人相识相知相交相爱，才有生存的意义。九剑，你现在对一切的情感都无动于衷，但有一天，你也会懂……"

九剑见奎木狼此时的表情，便确信了一点。是的，自己可以回京城复命了。因为，就在刚才那一刻，九剑已然确信：之前朝廷下令要缉拿的那个不可一世的奎木狼，死了。

"那么，我还有一事。"九剑开口说道。

奎木狼点头，示意九剑但说无妨。

"我来的路上，血菩萨忽然找到我，说伍大人在半途中传了我一个任务，说是无论使用什么手段，都要将那个叫吴承恩的书生带往京城。"

奎木狼自然是明白：刚才九剑说的"无论使用什么手段"绝非虚言。那奎木狼好不容易盼来的这安生日子，算是到头了。

"我会想办法令他去京城的。"奎木狼点头。既然是麦芒伍交代的事情，那么自己自然会尽力而为。

"好，那我回去复命了。"九剑知道他会帮忙解决这件事，便不再久留，起身推开了院门，自顾自离去了。

奎木狼并未有任何表示，只是继续打理着院子。

不多时，李晋溜达了过来，他径自坐在了溪水旁边，拿起一个酒壶，四下看了看后便开始饮酒取乐。

“那谁，走了？”李晋喝了一口酒后不见九剑，开口问道。

“走了。”奎木狼继续照弄着溪水，头也不抬，“对了，他临走前说，麦芒伍想让那个书生去京城。”

李晋却也并不意外：“看来朝廷知道了这小子的本事……你是没见过。虽然他是个普通货色，但是有一点可是你我都比不上的。那可是……”

奎木狼虽然点头，却对李晋的话毫无兴趣，心中计较的却是去哪里找一些鹅卵石放在小溪内润色。自己在南苗最大的使命已经达成，剩下的日子，奎木狼只有一个心愿：好生照看百花羞造就的这个花园。

李晋端详一会儿，拿起酒壶想要递给奎木狼。奎木狼却摆手拒绝，笑着说，这酒以后自己是无福享用了，喝了会醉。恐怕以后只能央着百花羞去集市买一些苗人酿的米酒来解馋了。

李晋听完，上下打量一番奎木狼，却不再多说，自顾自继续喝了几口。没多久，李晋忽然将酒壶扔到了溪水里，似乎有几分赌气，站起身来便要冲出去。

“不要追，”奎木狼摆摆手，示意李晋冷静，“是我给他的。这样，皇上就不会再有借口刁难镇邪司了。”

李晋站住，却突兀地伸了个懒腰：“谁要去帮你追九剑？我就是坐麻了腿，站起来动动。咱们关系一般，你的死活关我屁事。”

“那，书生的事情……”

李晋从溪水里捞出了酒壶，继续喝酒。

“那书生一定会去京城的。他会跟着青玄一起去，反正你也离不开这地方，我就跟你明说了吧，你们都看错那书生了。不，不能说看错，那书生确实特别，但是，这整个事情的中心，不在他身上。其实没看出这点来不怪你，因为你毕竟年轻，并不知道那个南疆流传特别广的沙神、金蝉子和流沙河的故事，不过是个传说而已……”

奎木狼诧异地瞪大眼睛：“你是说……”

李晋拍了拍奎木狼的肩膀，嘴角带了几分笑意，满意地欣赏着奎木狼的表情：“没错，这许多事情的关键，在青玄身上。”

奎木狼倒是很快就无奈地笑了，罢了，无论真相如何，自己是什么忙都帮不上了，也不愿再理会这世间的纷纷扰扰，他只愿，与夫人度过仅剩不多的时光。

李棠再醒过来的时候，天色清明，有早晨的鸟从窗外一闪而过。

她不知道自己睡了多久，只知道杏花再也救不回来的时候就失去了意识。她试着欠了欠身子，只见晨光熹微里，吴承恩趴在桌子上睡着。

听到床上的响动，吴承恩立刻抬起头，犹豫了一会儿才站起来，踉踉跄跄地走到床边。他的眼睛也肿着。

李棠伸出手，抱住了他。

这次才是真的哭泣。吴承恩感觉自己胸口的衣服被泪水浸湿了，冰凉一片。

“她没有死，只是回到她本来的样子了。”吴承恩摸着李棠的头发说，“我们昨天把她栽到了波月府后面的小河边。她伤到了心，不能再妖变了，只剩下这作为杏树的最后一世。”

“小河边安静吗？”

“很安静，只有小鸟飞来飞去。”

“有阳光吗？”

“半日向阳，半日背阴，向阳的时候很明快，背阴的时候很凉爽。”

“我没事了，”李棠放开吴承恩说，“你让我一个人休息一会儿。”

“我前两天跟师兄商量过了，今日要离开南疆，去京城……”吴承恩犹豫着，见李棠的确情绪平静了下来，才说出这样一句。

李棠愣了愣：“去京城？”

“对，卷帘在京城……而且我师兄有不得不去的理由，我也……”

“我也同你们一起去！”李棠眼眶虽红，但表情却是凝重的，“你们等等我，我去看看杏花，然后就和你们一起走！为杏花报仇，也有我一份！”

“好。”吴承恩点了点头，走到门边，又折回来，从怀中摸出一支旧藤条簪子递给李棠说，“这个你收着吧。”

李棠握着簪子，那是杏花戴了几百年的，是她留下的唯一旧物了。

“李棠姐姐……别难过，妖怪活个几百年也挺没意思的，说不定我来世可以投胎为人，也能体验一下你们做人的感觉呢……”杏花临死前拙劣的安慰犹在耳边，李棠的眼泪差点又落下来。

傻丫头，为妖还是为人，岂是那么容易自己选择的？我倒情愿你还能再次修炼为妖，我们还能在一起玩耍嬉闹……

不过……生而为人，我可能等不到你再为妖了。如此想来，你的提议倒也不错。

我们来世都投胎为人吧！然后再做好朋友！

吴承恩知道她心里难过，倒是没多说什么，只是拍了拍她的手背，然后离开。

李棠想要一个人静一静，那他就给她独处的空间。

等到吴承恩走远，李棠掀开被子下床，她觉得腿脚还有些软，但也无妨，先把头上金珠嵌祖母绿的簪子拿下来，换上这支藤条的，然后才轻手轻脚地走出门去。

出门之前，她随手把一只酒壶掖进怀里。

波月府后面的小河很容易找到，李棠走出一里余路，就听到了潺潺的水声。河边风景不错，河水清冽，还有蝴蝶绕着花丛飞。

向着上游走了一炷香的工夫，眼前就出现了一棵繁茂的杏树，树干需一人围抱，树冠有如华盖，枝条只见缀满了成千上万个花苞，在晨风里轻轻地摇曳着。

它比昨天横在床上的小树苗样子大了十倍。一夜之间，它就立稳了根基。

想必它现在已经把根须扎进了河边丰沃的土壤了吧。小杏花呀。李棠席地坐下，摸摸它的树干，它却不会再说什么了，只在风中发出一阵沙沙的声音。

“小杏花，我告诉你一件好笑的事哦，吴承恩那个书呆子说你只剩下这作为树的一世了，这怎么可能呢，你刚才还跟我说说笑笑的，怎么可能突然变成树，还只剩下一世？你肯定在和我开玩笑。”

“我带了一壶酒来，”李棠从怀中拿出酒壶，“我现在浇给你，如果你能变小，就说明你身上妖气还在，那么过不了多少时间，你就又变成那个小姑娘了。”

李棠把酒壶里的酒缓缓倒在杏树下松软的泥土上。

然后她闭上眼睛，在心里默数着："一，二，三。"

哗啦，哗啦，河水在身边快乐地流淌着。

"我睁眼了哦！"

李棠笑嘻嘻地睁开眼睛，她想看到一棵小小的树苗，但是没有，它依然如刚才一般高大、屹立、挺直。

"可你还说要去很多很多、很远很远的地方呢？"李棠摸着树干，"我那会儿是骗你的，京城虽然吵，可是很热闹，很美，你不想去了吗？西边还有大峡谷，东边还有白色的海滩，北边的雪山，南边的小岛，你都不想去看了吗？"

"小杏花呀。"李棠的眼泪滴在浇了酒的土地上。

风吹树叶，沙拉拉，沙拉拉。

"吴承恩说，你是回到了你本来的样子。你回到了你的来处。总有一天我们都会回去，到那时候我们再相见。"

日头升上来了，这片美丽的河畔浸润在清晨的阳光里。

李棠走了，她沿着河，一步一步走得很慢。此去经年，都是良辰好景，而那个穿着杏黄衣服的少女，她永远留在这里了。

小杏花，多谢你舍身救我。

小杏花，愿你此生枝繁叶茂。

我一定会为你报仇的！

吴承恩跟青玄说完李棠与他们同路一事，青玄并未多说什么，显然是默认了。两人找到奎木狼告辞。没想到李晋也在。

"我也正要走呢，出来这么久，也是时候回家复命了……不过，你们两位是要去京城？"李晋试探问道。

吴承恩点点头。"不错，"他又补充道，"李棠说跟我们一起去。她现在去看杏花了，等她回来，我们就出发，你别说要坚持把她带回李家，她肯定跟你急。"

"也罢，小姐心情这么不好，陪她去散散心吧。"听到李棠去看杏花，李晋摸了摸自己袖口中的内丹，最终也没给出去。

那枚内丹是杏花的，与沙巨人对战那晚他捡了一直收着，后来也让百花羞试过能不能救回杏花，结果却不能如愿。但李晋看得出来，这内丹是宝贝，里头不但蕴含了杏花百年的妖力，能操控草木，也有那百妖之力，旁人驾驭不了，杏花本人也驾驭不了，倒不如收为己有，说不定关键时刻，自己还能用上一用。

李晋站起身，活动了一下自己的腿脚，转过身去，准备出发。

“京城正逢武举，去了那边后别瞎凑热闹。你要是在京城惹了麻烦，可没人能帮你……”李晋不放心地叮嘱了几句——其实，李晋更担心的是李棠。现在要是她出了什么意外，把执金吾招惹到京城，可不是什么好主意。

吴承恩还是点头，嘟囔道，不惹麻烦。

“行，那么，先告辞。”李晋看了看神情有几分呆滞的吴承恩，转过身后，朝着京城的方向射了一箭——紧接着，李晋的身影模糊成一片；再次听到他的声音，已经远在天边：“咱们京城，有缘再见。”

吴承恩抬头看着李晋消失的方向，不自觉地握紧了手中书笔，依旧在喃喃自语：京城见。

半个时辰后，青玄和吴承恩等来了李棠，她已经收拾妥当。吴承恩抬眼望去，发现李棠的眼睛此刻虽然依旧红肿，但是脸上却已放松。

“那好，咱们也上路吧……”

去京城，杀卷帘。

为杏花报仇。

踏上离开南疆的路时，青玄深吸了一口气。

在两人没注意的时候，手摸在自己贴身的包里，那段骨头就一直被他收在那里。

希望……你还活着……

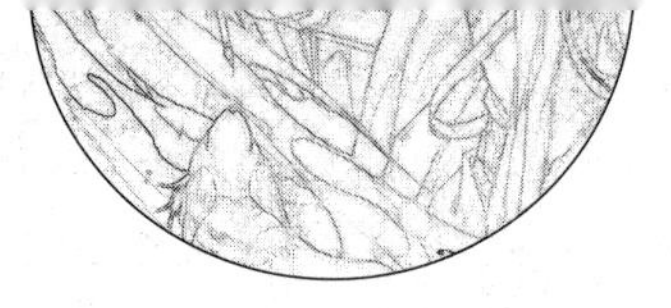

第三十九章

劫数

目前，京城里所有的赌场都已经对近在眼前的武举开了盘口。

而一笑楼，除了是京城最有名的酒楼，内里还是方圆百里之内最大的赌场。

不过也难怪百姓不知道，从五年前建立之初，这赌场便一直神神秘秘的；听人说不仅有着朝廷背景，而且资金一度由鬼市所支撑，可谓富可敌国。朝廷的文武百官挥金如土，动辄上万两白银的赌局，一般的赌场是撑不起这船的。只有一笑楼，才能做到这一点：赢了，银子实打实带走，绝不含糊；输了，也必然有手段叫你吐出来。

听说已经有三四个二品大员在这里输了身家；自己被摘掉了乌纱不算，家里男丁被卖身为奴，娇媚的妻妾更是被卖到了附近的青楼为妓……

这一笑楼，不简单。

自从一笑楼在武举的盘口挂出了卷帘的名字后，来这里下注的官员可谓蜂拥而至；即便押卷帘的赔率已经低到了一比十三，却依旧让所有见过卷帘的人趋之若鹜。

最让人啧啧称奇的，则是有传言说刑部尚书悄摸带了十二三个身怀绝技的死囚，夜见卷帘。一炷香时间之后，刑部尚书走的时候，则是一个人离去的。同时，他信心满满地在赌场里押下了一个大数——

风声走漏之后，文武百官便开始纷至沓来了。

朝廷这些百官都是有手段的，尤其是关乎自己的真金白银，更是身体力行。为了防止有人在武举之前下黑手，很快三营的人便前来主持大局，先是将一笑楼的客栈清场，然后将一直风餐露宿的卷帘“请”到了客栈内休息。

百姓们自然是不知道这一点：他们只看到，卷帘住在一笑楼；而朝廷上的那些大老爷，也疯狂地往这里挤。

连高高在上的老爷都如此敬重卷帘，那卷帘是活神仙这件事还能有诈？

一时间，卷帘的信众倍增，几乎笼络了半个京城的人心。只是卷帘不再轻易见人，之前被缴走了泥僧的那些人更是后悔莫及，只能自己拿泥土捏了表示虔诚。

这一传十，十传百，几天下来，泥僧几乎人手一个。每日里，客栈的人出来，收走泥僧，交由卷帘亲自开光后再送还给众人。

在这段时间内，论起名声威望，卷帘可谓无出其右者。

今日也是如此，整个上午，一笑楼门口人声鼎沸。

只见一个戴着斗笠的人费劲挤出人群后，抬手敲了敲客栈的大门。很快，里面的跑堂开了门，打量着眼前的人。

这人也不说话，递上了一张名帖。小二并不识字，关上门带回去给当家的拿主意。不到半炷香的时间，一笑楼当家的亲自迎了出来，毕恭毕敬将这人请了进去。

“大仙在后院休息。”当家的领着此人到了内堂，便开口说道。

看来，即便当家的，也自觉没有资格面见卷帘。

这人点点头，自顾自朝着当家的指示的方向放步而去。

后院之中，已经听不到什么嘈杂。而卷帘并无避讳，正在院子之中打禅入定。只见他的左手手心朝下，地上凭空吸起了一股沙土，似是一根绳子一般被引在手心之中，脑门上也有了细细的汗珠。

听到脚步声，卷帘睁开了眼睛。虽然看不清来人的面孔，但是卷帘知道，现在这个时辰能被客栈放进来见自己的，最起码也得是京城二品以上的大员。

只是，卷帘并没有起身相迎的意思，反而只是淡淡地问了一句：“施主，有事吗？”

那人摆摆手，说自己只是来一笑楼等一个朋友，打算入了赌局下些银子。而来院子里也只是顺便而已……

说着，这人摘了斗笠，四下张望了一番。而他脸上，则是那三道令人过目不忘的整齐伤疤。

“原来是伍大人，”卷帘看到了麦芒伍，依旧没有丝毫心浮气躁，“我还以为，凭大人您五品的身份，是进不来这里的。”

麦芒伍双手抱拳，施了一礼：“咱锦衣卫镇邪司在京城，说话多少好使一些。”

“那么，大人今日前来，所为何事？”说话间，卷帘左手悬着的沙流，明显粗厚了一些。

麦芒伍从怀中摸索一番，掏出了一块腰牌悬在手中打转。这腰牌一看便知是锦衣卫镇邪司的，只是背面却充满了擦痕，被抹去了姓名。

“我有一个手下，无名无姓，前些日子出了意外，”麦芒伍开口说道，口气意外的虔诚，“只是我的身份，出城不便。这城里又没什么高僧。今日，是想麻烦大师，超度一下我这兄弟。”

卷帘笑了笑：“伍大人何必着急？过不了多少时日，说不定大人就可以亲自去见那人，以道衷肠。”

正说着，卷帘忽然间运气——手中的沙流仿佛开了花一般四处喷溅，紧接着，一口泥棺材从地下被吸了出来，掀在地上。

麦芒伍只是瞥了一眼，却不为所动。

卷帘这才站起身来，左手依然垂着，用右手擦了擦头上的汗珠。只是卷帘的手臂，清楚地滴下了些许血水。这一幕，多少令卷帘自己也有几分惊讶。

“不知道大仙昨天晚上睡得如何？”麦芒伍突兀地开口问道。

卷帘没有答话。

“昨夜是满月，本是一番美景，奈何突然之间阴云密布，随即彻夜失了月色。”麦芒伍继续说道，他踱着步子靠近，“倒是这风云突起，令我想起了一位故人……啊，扯远了。可能大仙睡得早，不晓得昨夜的这一番变故。”

卷帘勉强抬起自己的左手，仔细端详，自言自语道：“是啊……我既不知道月光可以伤人，也不晓得这红钱竟然如此厉害。”

听到这句话，麦芒伍眉梢略微一翘，旋即恢复了一般神色。

“奎木狼是你安排去的南苗，这我并不意外。甚至到了今天，我却还有一分佩服，能在几年前就如此布局，可见你绝非常人。大明能到今天依旧不倒，多少有你的功劳。只是，任何事物都有着推托不得的劫数，没有例外。”卷帘重新站直了身子，“而我，便是大明的劫数。你一直盯着那书生，试图从他那里找到方法来对付我，确实是一步好棋。但是……呵……”

卷帘甚至没有说透，一阵冷笑代替了后面的嘲弄。

那书生虽有些本事，却并非能与自己匹敌之人。不过……他身边的人……却是不得不防。

是的，卷帘记起来了，那个人才是他一直提防寻找的目标！

“我信大仙所言绝非危言耸听。一招‘崩国’，便足以令我等束手无策。”麦芒伍亲耳听到如此大逆不道之言，依旧没有要动手的意思，只是在院子之中踱着步子，“不过，眼下更让我关心的，却还是超度我那枉死的兄弟。”

说真的，麦芒伍不仅只身一人前来，眼下的反应，多少令卷帘有些意外。院子另一端，远远地传来了客栈当家的一声招呼，看来是麦芒伍所等的人到了——麦芒伍便不再多说，转身告辞。

泥棺材渐渐龟裂，散成了碎片。卷帘用脚踏住地上的尸骨，随即作法。没多久，地上的人骨渐渐有了生气，骨头也随着皮肉慢慢生长完整，竟然变成了一副少女的模样。只见这女子缓缓睁开眼，看到了眼前的卷帘后，一脸惊恐。

而此刻，门堂里，又多了一人，也是戴着斗笠。

当家的领着麦芒伍进来后，即刻便小心翼翼关上门告退。麦芒伍左右端详了一番门堂的四周，每个角落里，都贴着一张符纸。

“大人放心，这里的谈话，外面的人不会知道，里面的人也不会知道。多少年的营生了，我比大人要小心。”等着麦芒伍的人摘下了自己的斗笠，显然知道麦芒伍担心的是什么，遂开口说道——

此人，却是铜雀。

“没想到……”麦芒伍略微恍惚，却自嘲地笑了，“一笑楼追查多年，就连老板都无法知晓为何鬼市的银子会来这里。原来，是掌柜的深思熟虑早有安排，怪不得连老板的鬼市都手到擒来。再加上之前掌柜的关于红钱的提醒……在下，佩服。”

这番话绝非挖苦，而是麦芒伍此时的肺腑之言。

铜雀并没有客套，只是抬眼看了看厅堂墙壁上悬着的十几块名帖——上面，都是这次参加武举、有概率高中的人的名字，后面则跟着一笑楼定的赔率，以便来这里的文武百官下注所用。而排在最上面的，则是两个刺眼的字：

卷帘。

“昨日收了一笔五寺的银子，现在已经是一赔十七了。”铜雀看着名帖，自言自语道。

这番话不禁让麦芒伍动容：不用细问也可想而知，五寺在这场赌局之中投了多少银两，竟然让赔率一夜之间锐变。

“那么……伍大人要见我，所为何事？”铜雀不再寒暄，直截了当地问道。

“并非是要见你，只是恰巧一笑楼在你掌管之下。”麦芒伍说道，同时手伸进了怀中，掏出来了一张银票，“我只是来这里下注的。”

铜雀伸出了戴着皮手套的手，接过了银票端详一眼，然后瞅了瞅麦芒伍：“伍大人，您这可是下了锦衣卫镇邪司的血本了……行，我帮你入账。”

“我买卷帘输。”麦芒伍并未理会他的挖苦，说话的语气倒是格外坚决。

“哦？”铜雀听到这里，皱了皱眉头，以为自己听错了，“你我可都知道卷帘是什么来头，这和拿银子打水漂没什么区别。”

“我有个手下，跟了我多年，”麦芒伍绕开了铜雀的提醒，自顾自说道，“之前，他死在了京城之内，整个人似是中毒一般浑身发青。切开皮肉查看，五脏六腑全是沙子，仿佛被活埋了许久。按道理来说，京城内的官员是不允许参赌的……但是不怕掌柜的笑话，锦衣卫镇邪司一向清贫，才出此下策，帮着我那兄弟——以及其他要死在这次武举的同僚，准备一些抚恤的银两。”

麦芒伍掷地有声。

你死我活的决心，无外乎如此。

铜雀耐心听完，随即将银票收入了自己的袖口之中。

“您是第三个赌卷帘输掉武举的傻瓜了。”铜雀饶有兴趣地说道。

“哦？”麦芒伍听到这里，不免好奇。

“卷帘总觉得，人与妖即便不怕死，但是弱点相同，那便是，会屈从于恐惧。是的，确实如此。卷帘便是恐惧的化身，就连我也怕他怕得随时会尿了裤子。只是，他还是看不透人的本质；我历来只信一句话，那便是……”铜雀哈哈大笑，却又顷刻之间，变了一个表情。

那孤注一掷的神色，落在铜雀脸上，竟然显得如此合适：

“有钱能使鬼推磨。”

第四十章

入京

因为三天后的武举，这几日的京城南门显得格外热闹。近些日子里不少达官贵人的子弟姗姗来迟。显然，这些人与不远千里、提前来到京城风餐露宿的那些武夫有着明显不同。

因为，这些子弟大部分都是来武举走个过场而已，家里边早就安排好了之后的去路。武艺高低并非重点，能在皇上面前露脸也算是光宗耀祖，得不得名次无所谓，只要别伤了身子即可。

这些人彼此也心知肚明，所以他们讲究与攀比的，只是个排场。背景一般一些的子弟，无非入京城时会敲锣打鼓、鞭炮齐鸣一番，扰得街坊四邻不得清净，然后便是找一家青楼来上一段英雄美人的故事。

稍微显赫一些的子弟呢，普遍是坐着兽皮的轿子入城，到时候大把大把撒一些银子，周围再围着几个阿谀奉承之徒，口称自己的主子乃是一方英雄，武艺了得，甚至徒手打死过山里的大虫。按道理来说主子本打算平淡一生，这次参加武举乃是民心所向，碍于千万百姓盛情难却，这才勉强来这里为朝廷出一份力云云。

一直常住于京城内的守官对这些人也算是见怪不怪了。

前几日，就有统领神机营那位左将军的亲侄子入城；他虽然就住在百里之内，却带了两队全副武装的精兵沿途保护，一路上吆五喝六的好不威风。入城之时，多少与守门的将领有几分摩擦。但是，区区一个看城门的，哪里惹得起左将军？多一事不如少一事，最终还是放他入城。

今天一早，守官照常按时开了城门。城里城外，依稀已经有了一些等着出入京城的身影。听得城门缓缓打开的声响，这些身影借着头顶的星光动了起来，开始一天的劳碌。

风有些凉，守官打了个哈欠，心里面抱怨着可别再来哪个大官的远房亲戚；这几天自己当班，万一这些“亲戚”有个三长两短，那自己的官场生涯算是到了头——

那是什么？

城门口有一顶不知何时到达的雪白轿子，吸引了守官的目光；或者说，站在旁边护着轿子的那两人，更是叫人无法不注意到。其中一个身材高大，一身乌黑，肩膀上还蹲着一只老老实实的乌鸦；而另一个人，则是一副文官打扮，负手而立，目光一直盯着城外。

守官借着朦胧的天色仔细瞅了瞅，紧接着几乎屁滚尿流地跑了过去，跪在地上便施礼：“伍大人！这么大早的，您怎么来了！”

那人低头看了看守官，摆手示意对方不必多礼。这两人正是锦衣卫镇邪司的血菩萨和麦芒伍。虽然自己之前没有亲眼得见过两人长相，但是此时此刻锦衣卫镇邪司的人出现在这里，他并不意外。

“大人此时来，可是为了这几日京城里白面具的事情？”守官见两人并不答话，便壮着胆子猜测道，“如果如此，需要下官做什么，大人尽管吩咐……”

麦芒伍摇摇头：“不，大人您不必紧张。我们只是来等一个人。至于白面具的事情……已经如此沸沸扬扬了吗？”

说着，麦芒伍看了看身边的血菩萨。血菩萨专心地逗弄着肩上的乌鸦，似乎并不在意麦芒伍的目光。

近几日，虽逢皇上钦点的武举盛事，京城内却不甚太平。已经有七八个前来应举的武夫，夜里被人夺了性命。最开始的时候，朝廷上的人以为是赌坊或者鬼市有所动作，特意派了人去打招呼：要杀人，带到京城外面杀，不要把尸体留在城里。

只是，大小黑道却都矢口否认参与其中。

这倒是有些奇怪了；毕竟死去的那几个武夫，多少都有些本事，却生活困苦。按道理来说，劫财自然是不可能的。关键是，为何杀手单单挑这些个凶神恶煞下手呢？

前日，大街上又有一个武夫被打更的发现，但双腿已被齐根斩断。幸而发现得比较早，总算保住了性命。只是那人醒来后满脸惊恐，揪着自己身边的大夫重复着一句没头脑的话：

“白面具要杀我！”

到底这所谓的“白面具”是人、是物，却再也没有了下文。

京城到底是天子脚下，很快三营便做了一番安排，发布了宵禁。只是，这举措也只能管管普通百姓。夜里面，青楼的灯火一直很旺，里面那些远道而来的达官子弟，照旧抓紧时间挥金如土、夜夜笙歌。

不过，青楼里的龟公倒是看到了一件稀罕事：左将军的侄子身边跟着两个保镖，正是戴了雪白面具，远远看着便杀气腾腾。而且，那侄子仗着自己叔叔的身份，总是喜欢当着姑娘们的面欺压他人——总会有人被挤对得下不来台，便要弄刀弄枪找回面子；但是这些人，却再也没有露过脸。

这龟公推算一番，贪图热闹，早上便将自己夜里的见闻说了出去。只是不到半天，此人就失踪了，直到晚上才在巷子里被人发现：龟公的牙齿已经全部被人打断，一边耳朵也被人连根扯掉，浑身是血，好不吓人……

京城里当兵的，没人不怕左将军；但是这人命关天，上面的老爷催促得紧。事情发展到了这一步，巡夜的士兵心知肚明，纷纷都说城里闹了妖怪才屡出人命，将这烫手山芋顺理成章推给了锦衣卫镇邪司。

所以，此时血菩萨与麦芒伍一大早便出现在城门口，守官看来，这两人定是一夜未睡，彻夜巡逻吧……

旁边，白色的轿子略微一动，麦芒伍即刻贴了过去，俯身倾听。

“看到了。”里面的声音，轻却沉稳，“不足二十里。”

麦芒伍随即站直了身子看看天色："总算是赶上了。"

旁边一直没有说话的血菩萨听到麦芒伍这番感慨，反而拉了脸："我们这么大早起来，竟是为了那书生？倒也是将锦衣卫三个字念得太轻。早知如此，我倒不如顶替九剑去青楼埋伏，多少比这里有趣。"

麦芒伍笑了笑，没有理会血菩萨的抱怨："后辈需要历练，让九剑得些经验。再说了，这书生当时可是你推举的，我自然是要看重一些。"

这番话，倒是表达了麦芒伍对血菩萨的几分敬重。血菩萨听到这里，便也不好再说什么。

"他们停下了。"轿子里的人突然开口。

"何事？"麦芒伍皱皱眉，朝着轿子低声问道。

"一……二，三个戴着白面具的人拦住了他们。"轿子里的声音并不急躁，"唔，倒也不是拦住。为首的壮汉跪在地上，缠着女子的脚不肯放开——哦，那白面具应该是李家的人，老虎尾巴露出来了。"

麦芒伍与血菩萨互相看了看，不晓得这算是哪一出戏。

"嗯，那书生带着同伴往京城这边逃了……"轿子里的声音越发有了兴致，仿佛看到了有趣的东西，"后面那三人，倒是跪得整整齐齐，也不追……看着像是被什么吓住了一样。"

血菩萨冷笑一声，带着几分得意对麦芒伍说道："怎样，这书生有几分本事吧？"

麦芒伍笑了笑，重新抬头看看天色："那么，一个时辰内就会到……我去旁边的茶摊歇息一下，至于你……"

血菩萨移动脚步，站在了轿子旁边缓缓抬手。几只乌鸦从四面八方落下来，围住了轿子。

麦芒伍点头，随着人流迈步朝城外走去。这个时辰，茶楼未必开门，倒是城外几里地，那些给苦力们打早的铺子已经开始做生意了。

麦芒伍到了一个早点铺子，掀衣落座，嘱咐伙计上一碗热茶即可。

别看这早点铺子偏僻，却有一人在麦芒伍之前已经落座，正摇头晃脑，悠闲地喝着茶。麦芒伍喝了口热茶，将茶杯放在了桌子上。

“茶凉了，我便走。”麦芒伍忽然开口说道，“你从天还没亮，便从镇邪司一路跟着在下，想必是有话要说。只是不晓得，几位是碍于在下身边一直有人跟着不大方便讲，还是专程等着在下落单呢？”

麦芒伍旁边那人，见到此番情景似乎并不惊讶，恭维了一句：“厉害。”

这人一边说着，一边朝着麦芒伍摊开了手掌。

没多久，一股血水从这人手中凝聚，缓缓化作了一根银针。麦芒伍伸手，将银针接过，收在怀中。

“这几年，所见、所闻、所想，都在其中。”客人说道，同时张望着大路的远方，“剩下的事情，我便不能多插手了。”

“这几日，城里死了不少人。”麦芒伍径自说道，“而且，死的都是我安排参考这次武举的细作。这些人我精挑细选，不仅身手不凡，底子也都很透，李家不可能知道得如此详细。”

“镇邪司树敌众多，戴白面具的又不一定是李家的人。”这客人耸肩，仿佛觉得麦芒伍问了一个很蠢的问题，“再说，李家的人也不一定非要戴面具行凶啊。”

“这次武举，情势复杂，各条路我都算过，只是条条凶险。如今只有一人还不知道如何算进去，让他来京城，到底是福是祸，你能给我答案吗？”

那人并不回答，起身拿起放在脚边的弯弓背好，便迈步朝着京城走去。

麦芒伍也转过头，端起茶碗看着这条绵延弯曲、通向远方的大路。

李晋啊李晋……你还是一如既往啊！

等到麦芒伍重新回到城门口的时候，却见那血菩萨死死攥着一个年轻书生的手腕站在城楼外面，不肯放开。那书生身边跟着一个年轻和尚，还有一个妙龄女子。只是，那女子反而是三人中脾气最不好的一个，言语几句后，竟然朝着血菩萨拔了刀。

血菩萨看着对方，只是冷笑。守城的一众官兵并不焦急，只是站在城楼上看着热闹，嘴里面还不三不四地说着一些下流话，气得那姑娘花枝乱颤，抬手便是一刀。

血菩萨并未在意，只是举手去挡——

不妙。

麦芒伍眉头皱了皱，一个箭步飞身到血菩萨身边伸出了自己的左手，接住了一样东西——可能连血菩萨此时都没有反应过来，自己的胳膊已经被齐根斩断落在了麦芒伍的手中。麦芒伍没有丝毫迟疑，亮出自己的兵器后飞针走线；眨眼间，血菩萨的胳膊又被接回了原处。

这迅雷不及掩耳的一幕，城墙上的官兵压根没有办法瞧仔细。倒是麦芒伍擦了擦头上的汗珠，心中感叹：若不是这一刀利落至极，便是自己医术再怎么了得，也是无力回天。想不到眼前这姑娘年纪轻轻，身手倒是……

咦？

麦芒伍扭头，注意到了姑娘手中的那把刀。那姑娘似乎也意识到自己有些失态，急忙将刀收回了刀鞘。

血菩萨活动了一下自己的胳膊，似乎有些迟疑：刚刚有一个错觉，自己的胳膊似乎断了。

麦芒伍收回目光，不再打量那妙龄女子，反倒看着血菩萨手中抓着的那个书生："吴承恩？"

那书生一边踢打叫骂着旁边的血菩萨，一边迟疑地看着眼前的这个文官，却发现此人目光如炬，几乎本能地点了点头。

"在下镇邪司管事，麦芒伍。"麦芒伍恭敬地朝着那书生低头施礼，并无半分架子。

那书生听到麦芒伍自报家门，反而是一脸吃惊，与身边的那个和尚面面相觑。

这三人，正是吴承恩、青玄和李棠。

"现在呢？"血菩萨见两人总算是寒暄完毕，朝着麦芒伍问道。

"带他去兵部报名。"麦芒伍说着，抬头看着面前的城门，似乎并无避讳，"然后，烦请今科武状元同这两位贵客，去我镇邪司小聚。"

兵部门口的守卫有些紧张，不知道该怎么和一脸杀气腾腾、拎着一个人来这里的血菩萨说个明白：武举报名已经在昨天截止了。且不说平日里二十八宿便不是讲道理的主；最要命的是，血菩萨今天显然来者不善，手中像是小鸡一般被捏住脖子的书生差不多只剩下半条命了。

“你放开我！”吴承恩大声喊着，却无法挣脱血菩萨攥着自己的那枯瘦手腕。天晓得此人为何有如此力气。

门口的守卫眼见不妙，速速进去通禀一声；很快，那守卫便奔了回来，请血菩萨带着吴承恩去补个画押，算是报名。吴承恩听到这里，本打算自己即便死也不会写下自己的名字，但还是失算了。其实来赶考的这些武夫多半目不识丁，名号倒是个顶个霸气十足，什么“幽冥之主”“关中剑神”“混沌散人”之类，层出不穷。大家叫得响亮，却不晓得如何落笔，所以报名时往往都是按个手印了事。

进了兵部后，血菩萨走到砚台前，略一沉思，便替吴承恩填上了个名号。妥当之后，再将吴承恩的手蘸了朱砂，按下手印。

这血菩萨人高马大，可怜吴承恩全程几乎都是被拖拽在半空，脚没有挨着地。等到两人重新出了兵部之后，血菩萨才松开了吴承恩。

“你们镇邪司懂不懂王法？这里可是天子脚下！”吴承恩落地之后，忍不住揉着自己的肩膀，“之前还说我是你们请来的客人，现在就光天化日之下抓人？”

众人无人发声，倒是有人低低地嗤笑了两声，大概他们也很少听到有人把“镇邪司”和“王法”放在一起讲。

血菩萨没有回答，抓住吴承恩的脚踝，硬拖着他走了。

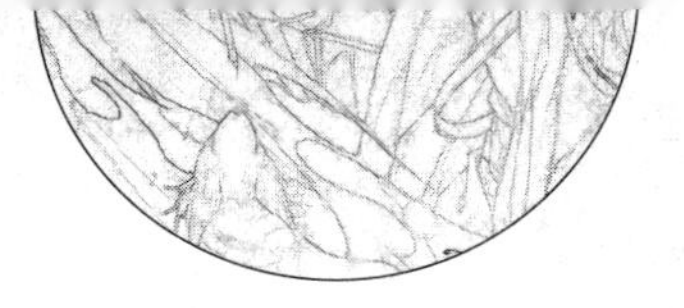

第四十一章

苏公子

镇邪司天楼里，并无一般官员居所布置的那一番雍容华贵，相反，厅堂的正中只放着一张简朴的茶几，却显得整个房间格外雅致。麦芒伍拿起茶壶，为面前的青玄和李棠分别斟了一杯热茶。

抬起头看的话，头顶的天井里映着太阳，阳光洒下后更是衬得房间里幽暗分明，滚水从茶壶里倾入白玉色的盏子，碧绿的茶叶上下翻滚。

出于谨慎，李棠抬起眼皮，悄悄看了一眼身边的青玄，只见青玄点头朝麦芒伍致谢，拿起茶杯，一口气喝了半盏。

“好茶。”青玄说道。

李棠这才放心地拿起茶杯，喝了一大口，这半日可真是又饥又渴。只抿了一口，李棠却微微皱眉，叹口气说：“如此浓酽，只配解渴。”说着似乎不大情愿般地一饮而尽，茶杯朝桌上一放。

这是皇上今年御赐的新茶，乃是杭州进贡的青丝绒，胜在茶味清淡幽远，只比白水多了一道似有还无的苦香，那是皇上赢下了持续了整月的棋局，一时高兴赏的茶叶，让麦芒伍回去尝个新鲜。然而李棠却仍嫌浓酽，还说什么只配解渴。

麦芒伍只是微笑着给李棠的茶杯里续上热水。

“大人，”青玄见麦芒伍似乎无意交谈，便主动开口，“我们此次进京，一半是为了一些私事，一半可算是你们镇邪司胁迫。你们是看上了我师弟哪一点，值得如此大费周章？”

“吴公子颇有能耐，这种人才，理应为朝廷效命。”麦芒伍也端起茶杯，喝了一口茶，打断了青玄。

“写书的能耐吗？”李棠听到麦芒伍没头没脑这么一句话，忍不住笑了一声。

“我那师弟，我比谁都清楚。”青玄直视着麦芒伍，交代了实情，“他只是个书生。”

“五年前，我们就注意到你师弟了，那天晚上，他就在京城。”麦芒伍语气平淡，给人的感觉却是斩钉截铁。

霎时间，一股冷风无缘无故吹过，让人感觉到刺骨的冰寒。人命仿佛就如同杯中的茶叶，在滚烫之中挣扎一番后，便只能等待渐渐变冷的结局。

倒是李棠此时心中忧虑万分：卷帘这魔头明明就在京城之内，而这些个所谓的二十八宿却只会碍事……

为杏花报仇，怎容得这些人耽误！

随着李棠越发生气，她腰间的玉坠也微微地震颤起来。

麦芒伍望了一眼这般情景，抬起头轻叹一声：“你们该走了。”

天楼门外一阵响动，很快，血菩萨带着吴承恩走了进来。吴承恩此时浑身上下都是泥土，颇为狼狈，看得出这一路上他与血菩萨相处得绝对不算融洽；就连他那杆作为武器的龙须笔，也被一只落在血菩萨肩头的乌鸦叼在嘴里，当成了玩具。

麦芒伍转身看了看，血菩萨朝着他点点头，同时抬起了自己的手指——肩膀上的乌鸦顺从地落在了指节上，松开了口中的龙须笔。

地上的吴承恩捡起笔之后，第一个动作便是朝着自己的袖口摸去；但是，一只手按住了他。吴承恩抬头，看到阻拦自己亮出火铳的正是青玄。青玄只是摇头，伸出手扶起了吴承恩；李棠也跑了过来，瞪着面前的血菩萨，丝毫没有惧怕之意。

“两日后，在兵部有第一场笔试。”麦芒伍转回身，重新沏茶，“还望公子到时候不要迟到。另外，这几日吴公子如果没有要事，就不要出京城了。”

血菩萨目送三人离开后，关上了天楼大门，缓步过去坐在了麦芒伍的对面。麦芒伍依旧八风不动，稳坐于斯。

“这几日，用不用安排人跟着他们……”血菩萨开口问道，对于三人在京城的安危不无担忧。且不说卷帘也在城内，单是那来去无踪的白面杀手，也颇叫人头疼。

麦芒伍只是抬头向着天井望望，然后给面前的血菩萨沏茶：“不可。只要那姑娘跟着吴承恩，便可无忧。一旦咱们镇邪司插手，反而会节外生枝。”

血菩萨顺着麦芒伍的目光，也抬头朝着天井望了望：“进来时就注意到了。要追吗？”

“唤你的乌鸦回来，”麦芒伍摆手，“咱们现在要专心对付卷帘，不要招惹他们。况且，以你现在的状况……”

麦芒伍吞下了后半句话。然而血菩萨知道，麦芒伍并非失言，此刻反而更是有意提之。只是，麦芒伍这番话显然不能令血菩萨在危险面前知难而退。

“算了……”麦芒伍不再多劝什么，转了话题，“吴承恩报名之事，兵部没有为难吧？”

血菩萨点头，这才像是想起来了什么一般，开口道：“坏了，我虽将你替他拟好的名号写了上去，只是那书生还不知道……”

沿街走了没多远，一个客栈的店小二热情地迎上前来，口呼贵客，便要迎着三人进店。“三位的账已经有人提前付了，嘱咐小的要等待几位大驾光临。”小二满脸含笑，热情地搓着手。从这谄媚的表情不难推断，对方一定出手阔绰，赏银绝对没有少给。

“你们有朋友在京城吗？”李棠一边问，一边第一个迈步进了客栈——是福不是祸，既然敢来京城，即便这是圈套又有何惧？

“不知道是谁，说不定是……李晋？”吴承恩猜测着同青玄随即跟了进去。店小二跟在后面好生招呼，不敢怠慢丝毫。

客栈不大，倒是地处繁华，附近走动的人大部分都是衣着光鲜。看来在这里投宿一晚要花费的银子绝不会少——

是的，吴承恩等人猜得没错，这客栈可以说是京城里面最贵的几家之一；而原因，则是它的对面，便是赌场一笑楼。

一笑楼顶上，两个模糊的身影一路注视着李棠等人进了对面的客栈，才算是松了口气；而放在各自兵器上的手，也终于松开。“我都说了，镇邪司并非识破了小姐的身份，去镇邪司只是由于那书生……”

李晋啃了一口手中的苹果，表情轻松，似乎想打破周围剑拔弩张的气氛。

“那书生，真是小姐的意中人？”一个虎背熊腰的身影显得难以置信，犹豫再三还是开了口，“恕我失礼，小姐眼光也太差了吧……”

“不要多嘴，做好你分内事便可。”另一个细小身影不耐烦地打断道。

“只是今次武举，小姐既然也来了京城，咱们是不是也得小心行事。毕竟咱执金吾的首要使命，便是保护好少主。”李晋似乎有些为难，伸了个懒腰。

“那是自然，”那细小身影的语气斩钉截铁，“只不过，主上的命令却也耽误不得。”

李晋见自己说的话似乎没有任何作用，叹了口气，却忽然间眉头紧皱，指了指对面的客栈。几个身影同时转头望去，然后不约而同拔地而起。

只见客栈门口慢慢悠悠走来了两人。其中一人乃是铜雀，此刻的身姿却毕恭毕敬，仿佛下人一般陪衬着身边的一个年轻人。这年轻人一眼望去，便知道并非中原人士；除去身上异域的装扮外，那一头金黄的头发从两鬓盘起，横着扎着一根羽毛，显得煞是好看。

几个戴着白色面具的身影散落在金发年轻人的四周，手中的兵器虽然没有亮出，却都已握紧。

铜雀着实吓了一跳，而那年轻人，却只是四下望望，饶有兴趣地问了一句：“几位不是来行刺的吧？大水冲了龙王庙，闹起来倒让外人看了笑话。”

“你来这里做什么！”细小的身影压低了嗓音，开口喝道。听这语气，便是对面前此人毫无好感。

“来参加武举啊……”那年轻人仿佛觉得对方多此一问，显得有些惊讶。

“客栈已满，还请苏公子另行投宿。”李晋的声音倒还是稍显平静，缓缓说道。

“放心吧，客栈确实已满，不过是我朋友包下来的，自然有我的空房。”那年轻人依旧不急不躁，笑嘻嘻地拍了拍铜雀的肩膀说道，“毕竟婚约将至，我见一见未来的夫人，顺理成章吧？”

李棠在自己的房间里收拾妥当后，径自下楼去了厅堂之中，寻了一张桌子坐下，提着大茶壶的伙计麻利地倒了一杯茶，指着柜台后面的菜板说：“小姐，今儿个吃点什么？”

“菜先不忙点，你去吩咐下，烧一大桶开水，等会儿我要洗澡。”

“烧水，好，好。只是，姑娘还是尽快点菜，用完饭后便回房休息，不要在楼下耽搁太久才是。”伙计压低声音，“最近我们左将军的侄子，他……在城里闹得厉害，专爱调戏良家女子，姑娘还是……”

李棠冷笑一声，刚要说什么，只听外面似乎有人吵了起来，而且听那叫嚷之人的语气，便知道来者不善。

“都他妈让开！管你什么人住在里面，一律轰走！老子今晚要包下一笑楼！”

店小二匆匆跑到门口张望一眼，然后吓得双腿发软，紧忙回到了李棠身边，也顾不得什么礼节，端起她的手肘就往楼上推：“快走，快走！等您想好了吃什么，我叫厨子做好了给您送上去。”

李棠倒是丝毫没有在意外面的争吵，继续看着菜单：“不必了，我刚才那两个朋友，等会儿一起下来吃饭。”

店小二吞了口口水，朝着外面张望了一眼，索性不再周旋，胆怯地开口说道：“您有所不知，外面来了大不善……就是那左将军的侄子在闹事。您是贵客，还是避一避吧。”

大不善，这是这几天里百姓为左将军的侄子起的一个很贴切的名号。他本来一直勒令手下恭称自己为“天将”，却没有几个人记得。这厮自打入城之后，除了一直在青楼里面寻欢作乐之外，还不得不按照自己叔叔的嘱咐四处走动。除了拜访高官外，叔叔还特意叮嘱要去净通寺为即将到来的武举比试祈福一番。

显然，对于这种浪费时间的事情，他是不情愿的。

“天将”心知肚明：这一次参与武举的人里面，自己的身份可以说是位居头筹，加上这又是兵部张罗的事情，那么自己拿下状元已经是板上钉钉的事。剩下的，无非是脱了裤子放屁，在皇上面前走个过场交代一下罢了，何必认真？

当然，左将军能坐到现在的位置，心机必然比自己这个蠢侄子要深太多了。首先在侄子入京之前的三四年，左将军便已经给他安排好了七品带刀巡城候补的位子。待到今时今日自己侄子“天将”入城，之前的巡城将领立即称病，便由候补顶了空缺。所以，“天将”才能光明正大在京城领着一群士兵走动，四处耀武扬威。

左将军明白，在皇上面前是做不得假的；所以，他便想方设法暗示一番，由皇上定下了“加一场文试”的规则。这下便好办了：左将军要做的事情，便是借由第一场文试刷掉所有的高手，那么自己的侄子未来便会前程似锦，一帆风顺。

这番如意算盘打得啪啪响，看来整件事都是十拿九稳了。

奈何这大不善色迷心窍，之前几年一直被自己的叔叔安排在深山中苦练，哪里见过京城之中这么多漂亮姑娘？所以来京城之后，不仅仅是寻访青楼妓院，哪怕是路上看到顺眼的姑娘，也会肆无忌惮地施以禽兽之举。

最过分的是前日，这大不善当街拖走了一个女子，却又要赶着去见自己的叔叔耽误不得时间。大不善硬是勒令士兵在街上围了个圈子勉强遮羞，便当街做下了伤天害理之事。

不管那大不善是什么身份，这一举动也激起了民愤。幸好，多亏五寺的大人们卖了面子给左将军，硬是将事情压了下来，总算是没有捅到皇上那里。大不善今天刚刚去收拾了残局——被强暴的女子硬是被他纳了妾，算是给了官府一个交代。至于那女子身边一个以死相搏的青梅竹马……

既然你想以死相搏，便让你逞一番英雄，死得其所好了。

处理了尸体后，左将军特意嘱咐了大不善，要找家好一些的馆子，请五寺的几位大人小酌一杯。这大不善四处打听后，得知一笑楼乃是京城数一数二的馆子，五寺的大人们也时常出入那里，便派人拿着银子去包店。只是手下回来说，现在一笑楼里面住着一位“贵客”，不便接待寻常人等。

寻常人等……堂堂“天将”到底哪里寻常了！

那大不善在京城里吆五喝六，哪里吃过这亏，登时便气不打一处来；手下也见风使舵，添油加醋一番，他当即带着人来此闹事。

一笑楼门口，普通百姓已经纷纷走开，躲避这场纠纷。胆子大一点的，也只是小心翼翼地瞅上一眼，看看今日又是谁倒霉，被这大不善缠上了。

只是今天被纠缠住的，乃是铜雀。在这大不善领人到此之际，为了不让事情一发不可收拾，铜雀当即出面表露了自己的身份，希望对方先行回避——眼下的局势，牵一发而动全身，可不能大意。

大不善的身边除了一队御林军外，照旧有两个戴着白色面具的身影寸步不离；他不耐烦地上前一步，揪住了铜雀的衣领：“你刚刚说，你是这里的老板？”

铜雀点头，刻意将自己的双手紧紧缩在袖子里面。他的身后，则站着刚才还在互相对峙的两拨人：李晋他们和苏公子。

双方似乎都不打算在这里惹人注意，所以这大不善一来便纷纷低头退让。这番表示反而更让大不善以为占据了上风，态度极其强硬。

“这店，今天我包了。”那大不善最后客气了一句。

铜雀深吸一口气，刚要开口，却被大不善一脚踹在了肚子上。苏公子眼见如此，刚要上前一步——大不善身边的两个白面具已然站在了苏公子的身边，手中各自持着一把五寸短剑，抵住了他的脖子。

第四十二章

暗流涌动

李晋看到这里，忍不住倒吸一口凉气，随即在心中暗喜。

没错，看到围在自己身边的这些白面具，苏公子和铜雀同时心领神会了这些人的身份：执金吾。这些家伙，出了名的认死理，轻易摆脱不得。要真的闹起来，锦衣卫镇邪司一定不会坐视不理……

没想到京城里的无赖倒是帮了自己。

那苏公子也是飞快退后一步，双手高举："误会了误会了，我只是想回对面休息……"

那大不善抬头看看苏公子，却没有对他得寸进尺——究其缘由，一是因为苏公子穿的绫罗绸缎，一看就知道身份绝不一般；二是因为苏公子身后的那些人，也戴着差不多的白色面具，这不由得引起了大不善的注意。只不过，李晋等人的面具质地坚硬，而大不善身边的保镖，则像是戴了一层白色面纱。

大不善知道，自己身边的白面具乃是叔叔安排的前任大内高手，防的便是个万一。虽然面具不尽相同，但是对方也跟着几个差不多打扮的保镖，这倒让大不善心里发虚；再看眼前这个苏公子器宇轩昂不似凡人，说是皇上微服私访也有人信。

"让他过去。"大不善开口说道。

这苏公子倒也不客气，即刻从铜雀身边迈步，一脸坏笑地去了一笑楼对面的客栈。

那大不善看着姓苏的进了对面客栈，正打算继续为难铜雀，却一下子收不回自己的目光，嘴角也不自觉地流了口水——厅堂里，竟然坐着一个国色天香的女子！

不不不，连“国色天香”这四个字都不大与这美人贴切；这些日子，大不善已经看过了无数或妖艳或清纯的女子，而无论哪一种他也都品尝了个够。偏偏客栈里的这个小娘子，虽说皱着眉噘着嘴，但是无论身段、面貌，都是如此勾人。

不过，大不善倒没有走不动道；他的眼神发直，指了指脚下的铜雀吩咐了一句，让他晚上把店交出来，然后就朝着对面的客栈走去。

不用多说，看这禽兽的表情，所有人都知道他要去干什么。

李晋他们互相看了看；按常理来说，最多平常人眨两次眼的时间，这些执金吾便能把大不善的手下杀得片甲不留，别说尸体，连根骨头都不会剩下。只要不被小姐看到，神不知鬼不觉，倒也是个方法……

“做一碗翅尖白菜汤，蒸一叠银鱼。”李棠终于想好了吃什么，说出口才注意到伙计已经不见了。抬起头，倒有一个金发公子哥模样的人走到了自己身边，面如冠玉，器宇轩昂，身后却还有一个满脸横肉的练家子直勾勾地看着自己。那色眯眯的眼神与其说令李棠不安，倒不如说是让她倍感恶心。

这公子哥脸上带着笑，还没来得及开口寒暄，就被身后那满脸横肉的人一肩膀顶到了一边。

大不善双手扶在李棠面前的桌子上，皮笑肉不笑地打量着眼前的美人。李棠也不理，只任他看着。反正这人若敢造次，自己一刀斩了他便是。

“汤……汤和鱼来了……”店伙计端上菜来，头也不敢抬，又忙溜走了。

李棠刚要拿起汤匙大吃，手却被大不善按住了。

“多少钱？”大不善笑眯眯地说。

“大概一吊钱吧，这你得问伙计。”

“我是要买你。”那大不善直接从袖口里拿出了一张银票，拍在了桌子上。

“五百两。”大不善说着，便要抬手去撩李棠的发鬓，“随我上楼。”

李棠只是一躲，并没有动气，说真的，她第一时间并没有理解对方的意思。这也难怪，毕竟之前她也没机会遇到这种事。而苏公子还坐在一边，并没有说什么，也不动，似乎大不善根本不存在似的。

楼上忽然一阵响动，抬眼望去，是吴承恩同青玄走了下来。两人商议完武举之事下楼来，见到李棠身边凭空多了一个大汉和一个公子哥，不禁有些意外。

青玄倒也没有多说，待到落座之后看到了银票，吴承恩这才匆忙向李棠问道："这两位，莫不是替咱们付钱的贵人？"

"不晓得。"李棠随手一拨弄，将银票扫到了地上，"店小二怎么不见了，我要的洗澡水也不知道烧没烧。"

"小娘子要洗澡？"大不善也不生气，直接坐在了座位上，想要往李棠身边凑，"不如我们一起洗，绝对让你快活……"

这番话一出，吴承恩立刻就明白眼下是什么情况了，忍不住瞥了一眼李棠，嘟囔道："你自己还说什么低调行事，这才多一会儿啊，就招惹了地痞无赖……"

说着，吴承恩站了起来，向着大不善说道："这位朋友，喝醉了的话便找个地方歇息吧。"

"你是什么东西！"大不善愣了一下，不由得怒从心起，抬手便是惊天动地的一掌——面前的桌子，应声而裂，引得李棠等人面面相觑。这大不善露了一番本事，此时更是咬牙切齿："我与美人聊天，轮得到你个穷酸秀才多嘴！是吧，美人……"

说着，大不善又朝着李棠笑了笑，顾不得周围还有旁人，眼瞅着双手就要伸上去。门口忽然进来一个戴着白面纱的身影，乃是大不善两个保镖之一。他先是瞥了一眼坐在自己主子侧位的李棠，然后跑去朝大不善附耳说了什么。大不善神色一变，却只能依依不舍地起身，朝门口走去。

"给我看住他们。"大不善吩咐了一声。

原来，五寺的一位大人已经到了一笑楼门口。只是这人并非前来赴约，只是想由铜雀引荐一番，去会一会京城里的活神仙罢了。铜雀算是找到了一根救命稻草，急忙与大人密语一番。这大人当即拉下了脸，令人去把胡闹的大不善"请"了过来。

大不善即便再混不吝，却也记得叔叔的叮嘱：五寺的人，是得罪不起的。据说五寺背后有三位神秘的国师撑腰，而那三位国师是皇上的心腹。当然了，这些事情乃是机密，是自己的叔叔偷偷叮嘱他时偶然透露的，连镇邪司的人都不清楚其中的虚实。所以这五寺的大人指着大不善的鼻子一通数落，大不善也不敢顶撞丝毫。

话里话外，便是说这大不善没有规矩，万一扰了活神仙的清净，五寺非要追查到底不可。这倒是实打实的心里话：毕竟五寺已经投了一大笔银子在卷帘身上，眼下容不得任何差池。

骂了几句后，五寺的大人便恭恭敬敬请铜雀开门带路。这大不善听到五寺如此敬重一笑楼内的那位“贵客”，不由得也想跟着进去长长见识。

铜雀急忙悄悄摆手，示意李晋等人速速离去，然后才笑吟吟地恢复了商人的本色，表示愿意为两人带路……

临进去前，大不善还再次叮嘱手下：“一定看紧了对面的小娘子，一会儿老子出来……”

两个白面纱手下点头，守在一笑楼门口，眼睛却盯着对面的客栈。

“没想到京城里也有这么多的粗人，吵吵闹闹的，打扰小姐吃饭。”那苏公子坐在李棠的正对面，频频感叹。

“你刚才说，是你帮我们付的房钱？”吴承恩还是有些难以置信，“只是大家萍水相逢……公子你为何如此慷慨？”

“哈哈哈，钱财乃是身外之物，交个朋友，何足挂齿。”苏公子倒也没有避讳，眉头微挑，瞄了瞄对面的李棠，“我要说是因为姑娘漂亮，你们会不会觉得我轻浮？”

吴承恩听到这里，忍不住拍案而笑，接着拍了拍苏公子的肩膀：“你不认识她，她可不好惹，公子你这身板，哈哈哈哈哈……而且其实她已经有了婚约在身，听说对方也不好惹，公子你趁早知难而退，不要给自己惹麻烦。”

“怎么和我聊天就是惹麻烦呢？”李棠忍不住朝吴承恩一笑，半喜半怒地说，“什么婚约不婚约的，我都逃出来了，那婚约还能当真吗？就算他们把我抓回去我也不嫁，我哥哥这么喜欢那公子哥儿，把他夸得天上有地下无，那就让他自己嫁去吧。”

“哈哈哈！”苏公子大笑，“姑娘何必动气，想来不过是你的朋友劝我不要无礼而已。不过，姑娘当真是逃婚出来的？那可巧了。”

“喂，你这人怎么没脸没皮的，让你走，你还聊起天来了？”吴承恩瞪了苏公子一眼，“巧什么巧，你是不是说你也是逃婚出来的？”

“正是。不瞒诸位，”苏公子叹口气，一脸失落，“我是家中老三，上面有两位兄长。前段时间和姑娘的遭遇差不多，也是被指婚给了一个素未谋面的女子……本来我一再拒绝，奈何哥哥们却早已拿定了主意，由不得我任性。所以我一气之下，便从家里逃了出来，四处游山玩水，也是散心。”

这番话一说，李棠几乎惊呆了：想不到天下之大，竟然还有人和自己有一样遭遇。攀谈几句，李棠不禁多打量了这位苏公子几眼——只见他二十三四岁，一头金发束在头顶，目光清亮如星辰，端的是一位世家公子。

伙计又端了一大桌子菜，并摆好四副碗筷。苏公子抬抬手：“多谢诸位许我一个桌子吃饭。”

说着，那苏公子举起了酒杯。吴承恩也不好再说什么，悻悻地在桌边坐下。见李棠举起杯子和那苏公子碰杯，吴承恩也赶忙举起了面前的杯子。唯一没有动的，便是青玄。

苏公子估摸着对方是不会喝酒，并没有为难于青玄，便同李棠与吴承恩一饮而尽。

夜色也越来越浓。酒足饭饱，那苏公子打了个饱嗝，起身说要去方便一下。吴承恩哄笑一番，便也由得他去了。

苏公子摇晃着身子，走到了半里外的街角站定。而他身后，已经站着一圈戴着白面具的身影了。

“我都说了，就是看看而已。”苏公子耸了耸肩，“你说你们有事便去办，难道还信不过我？非要一个一个地潜伏在四周，害得我吃饭都不得安心。”

几人即刻致歉，口中却也辩解几句，意思是李棠身份特殊，身为李家执金吾，自然是大意不得……

“这书生和你们李家的关系，不简单吧？”苏公子把玩着自己头上的羽毛，试探地问道。

几个执金吾显然没想到苏公子会有此一问。

“以性命起誓，并无瓜葛。公子想多了。”执金吾中，身材最细小的一人斩钉截铁地说道。

苏公子愣了一下，随即释然一笑：“对对对，我怎么这么糊涂。区区一个书生，怎么可能与李家有所关联？所以嘛……那叫吴承恩的书生，是与你们家小姐关系不简单吧……我一直听说，李家小姐是与人私奔而去的。难道说，这世间的谣传，其实是真的？”

“姓苏的！”细小的身影低声喝道，“你不要胡说八道，辱我家小姐清白！”

一阵寒风，从地底划过了每一个人的脚面。

几个执金吾如临大敌，纷纷散开。

“喝多了……喝多了。胡言乱语，切勿上心。”苏公子见众人慌乱，急忙摆手示意误会了，“我就那么一说……得了，我已证明并无恶意，诸位既然还有要事，去忙吧。”

众人盯着他，互相看看，紧接着纷纷双手抱拳，一个接着一个消失在了夜色之中。

苏公子的身影又重新摇晃了起来，跌跌撞撞走向客栈。

一笑楼门口那两个戴着白面纱的人，一动不动死死盯着苏公子。毕竟是那大不善的命令，任何进出对面客栈的人都需要严密监视，万不能放跑了里面的姑娘。

苏公子走到两人对面，笑着招了招手：“听话，不要动。”

两人迟疑，互相对视一眼——脖子本是稍稍扭动，却闻到了一股熟悉的味道……

二人的脖子都出现了一个切口，只是这伤口极其细腻，若不是两人动了身子，可能到天亮都不会裂开。只是现在，两人才知道自己的伤口极深，血流不止。本来白色的面纱，霎时间便被染得通红。

两人似乎想喊什么，却一点声音也发不出来。片刻之后，便已没了气息。

对面的苏公子皱着眉头，嘟囔道：“都说了，别动。明明等到天亮就能长好的……哎，也怪我，瞅着李家的白面具不顺眼又不好翻脸，便只能拿你俩解气……”

要怪，就怪你们今日不走运，戴的是白面纱吧……

第四十三章

笔试

门外打更的刚刚经过，喊着的号子有气无力。寅时刚到，天还没亮起来，镇邪司的院子里就已经被人送来了两具尸首。

这两具尸首是前半夜被兵部的人送来的，说是前日死的；两人浑身上下只在脖子上有一处诡异伤口，兵部的仵作昨日查了一整天也没有说出个所以然，这才“委托”镇邪司的高手帮着瞅瞅。管家并没敢去惊扰镇邪司的各位大人；看看时辰，过不了多久麦芒伍便该起来了——今天是武举笔试的大日子，各衙门都要派人去兵部。

当麦芒伍起身、听闻管家汇报之后，他没有对那两具送过来的尸首表示出任何意外。其实，这两个左将军侄子身边的保镖刚死之时，镇邪司便已经得知；只是兵部向来与镇邪司交恶，所以麦芒伍才没有着急行动。果然，时隔一天后他们还是乖乖把尸首送了过来……

是的，这伤口的玄机，绝非兵部那些凡人可以洞察的。

很快，还在休息的九剑便被麦芒伍唤了过来。

“你是用刀剑的高手，”麦芒伍指着庭院里那两具遗体，对九剑说道，“所以唤你来看看，有何不妥之处。”

这几日命案频出，九剑一直埋伏在青楼，为的就是防止有人对皇亲国戚不利。那大不善仗着自己的身份一向飞扬跋扈，仇家不会太少，所以也是九剑监视的重点对象。

九剑看着两具尸首，只是皱眉，说自己曾经在青楼看到过这两人。虽不知道底细，但是两人的气息一向平缓深沉，确是高手……借着月色，九剑掀开裹在二人身上的草席后，神色不禁凝重了几分。

“这伤口一刀毙命，”九剑说道，“对方不简单。”

“何以见得。”麦芒伍淡淡问道。

“切口，”九剑指着两人身上唯一一处致命伤，说道，“这切口，不仔细看根本看不出来，且一下便切断了皮囊、筋肉和骨头。恐怕这两人临死之前都不知道自己是何时中的招……如若是我，能死在这一招之下，也算是瞑目了。”

麦芒伍点头，脑海之中不自觉地回想起了跟着吴承恩一起来的那个姑娘贴身的那把唐刀。

“人是死在哪里的？”九剑见麦芒伍不再言语，便追问了一句。

“一笑楼。”麦芒伍回道。

这个答案显然出乎了九剑的意料，他不明所以地看着麦芒伍：“在一笑楼的话……为何还要我来定夺？”

是的。

一笑楼里面住着谁，大家都清楚。而为了防止卷帘有什么出格举动，麦芒伍早就安排了二十八宿之中的“千里眼”不分昼夜地盯紧了一笑楼。所以，这两个大内密探刚刚出事时，麦芒伍便得了消息。

只是，千里眼只给出了结果，而没有过程。

“我不会看漏，却也没看到。”千里眼当时说这番话时，语气也是纠结，“我看到了二人之死，却没有看到何人、何时下的手。只能说，动手的人动作太快了。”

但是千里眼也含蓄提及，当时门口有几个李家的人；那些人都是深藏不露，很可能是他们动手杀了人。只是，自己并没有真凭实据，一旦因为自己的“猜测”而与李家人发生冲突，那么便有些欲加之罪了。

麦芒伍安慰了千里眼几句，心中盘算的，却是其他的答案。

这几日里，李家的人确实在京城内潜伏活动，狙击着每一个麦芒伍安插进武举的内应。开始的时候，麦芒伍心中也有疑惑：虽然自己答应了血菩萨举荐吴承恩，但是从南秀城到黄花镇、南疆最后到京城，吴承恩的一系列行为正慢慢证实他与惊天变的联系，这个人必将成为这次武举的变数，只是，他无论如何不能将赌注押在一个未曾谋面的年轻人身上。

所以，麦芒伍才调集了好手，参加武举，方便时好给吴承恩提前开路。只是，自己安排的人选进京之后，都是单独面授机宜，彼此间也并不认识，更不会透露给第三个人；而这些人却一个接着一个遭了白面具的毒手，到底对方是如何如此准确地下手的？

思来想去，答案已经在麦芒伍心中呼之欲出：李晋，哮天。

李晋既然说他是得了李家的命令前来参加武举，那么李家的人势必要想办法增加他的胜算。至于如何甄别哪些人是镇邪司派去的……估计李晋是令哮天在这群武夫之中寻觅着麦芒伍身上的味道吧。只要和麦芒伍有过接触、沾染上味道的，便宁可错杀，不可放过。

李家的风格，一向如此。

思忖到了这一步，麦芒伍并没有对李晋的两面三刀有任何愤愤之意。首先，李晋既然扮演的是李家的执金吾，那么为了维持自己的可信度，这么做无可厚非。其次，李晋此举其实是减少了京城的伤亡；如果不是他刻意挑选了目标下手，说不定李家的人会一个不落地血洗来参加武举的人。

既然知道是李家人下的黑手，麦芒伍便即刻安排九剑去监视青楼——这一步，其实是为了给李晋打掩护。如果死了这么多人镇邪司都没有行动，说不定李家会生疑心。无论如何，要让李家觉得镇邪司这边即便措手不及，却也不会坐以待毙。

所以，李家的人，应该不会再节外生枝，对付其他参举之人。

与李家周旋至今，便到了武举之日。

一时间麦芒伍手中剩下的棋子，却只有吴承恩一人……说来，李家倒是没有对他下手。

看来吴承恩身边跟着的那个姑娘，身份大可以坐实。如果这两个大内密探是被传说中的“锦绣蝉翼刀”所斩，倒也能解释出脖子伤口的怪异之处。

只是……李家的目的何在？如果只是为了帮助李晋中举，那么大可不必让这么多执金吾伏于京城。如果是一向中立的李家打算同卷帘有所勾结……

要同时对付李家和卷帘，麦芒伍稍一盘算，便知道胜算几何。只有这件事，是万万不能令其发生的。

一只乌鸦扑棱着翅膀越过九剑，落在了麦芒伍肩头，低声鸣叫着什么。麦芒伍抬头看看天色，知道这是千里眼传来的信号：卷帘离了客栈，在铜雀几个手下的保护下，前往兵部了。

忽然间，麦芒伍心中一动，唤来了管家，要他替自己准备一身便服。

“大人，今天不去兵部吗？”管家听完这番话后，小心翼翼提醒道。

麦芒伍摇头，然后转身对九剑吩咐道：“今日你去兵部，就说我有恙在身，不便露面。”

九剑点头，知道自己无须多问，只需按照麦芒伍的安排行事即可。

天色渐渐亮起，一笑楼的门口，金角和银角已恭候多时。那卷帘推门出来时，两人顿时怒目而视。

“若不是掌柜的要求……”金角开口道，语气生硬。之前与卷帘的那一番交手自己吃了大亏，这份仇并没有被时间填平。

银角虽然没有说话，却也鼻子一皱，哼了一声。

卷帘这几日一直都在闭关，今日走出一笑楼，不禁深吸了一口气。他看到来的是这两个妖娆女子，却不在意，只是将左手向袖口之中缩了缩：“烦请替在下引路兵部。至于在下和两位施主的新仇旧怨……大可等到武举之后再清算。”

三人的身影，很快消失在了街尾。

而一笑楼对面的客栈二楼，此时也已经喧闹了起来。

李棠砸着吴承恩的房门，示意他该起来准备去兵部了。门开之后，出来的却是打扮整齐的苏公子；而他身后，青玄也已准备妥当，只有吴承恩依旧哈欠连天。

这前日遇上的苏公子，仿佛对其他的空房视而不见，硬是厚着脸皮在吴承恩的房间里连睡了两宿，每天晚上都要谈古论今一番。倒是青玄能与其攀谈，聊的都是些玄学，吴承恩完全不感兴趣。

话里话外，苏公子总是对吴承恩有些歉意：“吴公子若是嫌吵，大可以去睡，不用顾及于我。”

吴承恩心说我顾及你干什么，这人脸皮也忒厚了！

李棠也是觉得这苏公子有些神神叨叨，摸不透他那不要脸的脾气。在得知这公子哥也要参加武举后，李棠忍不住鄙夷地“哼”了一声：这副身板还去参加武举？估计他家里的两个哥哥不仅是逼婚，还要索命呢。

一开始，吴承恩本打算爽约，不去参加武举，只是京城之内，镇邪司势力颇大。那苏公子似乎人脉很广，将镇邪司的种种都说与了吴承恩等人。青玄同李棠商量了一番，觉得人在屋檐下，倒不如让吴承恩走个过场，并不会耽误三人寻觅卷帘报仇。

李棠思忖再三，便也应了。

所以今日，李棠起了个大早，让吴承恩速去速回走一趟兵部罢了；而自己，则要和青玄上街，先想办法找到卷帘再说。

四人下楼，店小二早就备好了早点恭候大驾。饭局之中，那店小二油嘴滑舌，一直说着“两位都会高中状元”一类的喜庆话，言外之意是想索些赏银。絮絮叨叨没完没了，惹得李棠心烦不已。

苏公子听完笑嘻嘻地开口说道：“状元只有一个，如何两人高中？”

那店小二吃了瘪，不再言语，转身去了后厨。

吴承恩忍不住赞许地看了一眼苏公子：这小二确实烦人。

“这便是了，”苏公子点头，对吴承恩说道，“一家姑娘怎么能许配两个婆家？笑话嘛。”

“弄走了那店小二，现在你又聒噪个没完。”李棠好不容易得了清净，自然是希望苏公子闭嘴吃饭。

门外，来来去去的人多了起来。四人用餐完毕，便各自收拾一番，在门口分别。

“记得，如果见了那个谁，切莫让李棠冲动，等我回来。”吴承恩临行前系紧了自己的草鞋，悄悄叮嘱青玄。青玄点头后，便随着李棠离去。

几个戴着面具的身影站在一笑楼之上，瞥了一眼对面的客栈后，起身朝着李棠的方向跃去。

而苏公子只是抬头瞅了一眼，然后便轻车熟路地领着吴承恩走向了兵部。

武举，第一天，文试。

即便左将军的能耐再大，这次笔试依旧是由兴致盎然的皇上亲自出题；就算皇上周围侍寝的太监收了左将军的银子，也没有丝毫信息透露出来。

但是，即便这样也不打紧。

应举的武夫们，普遍目不识丁；按道理来说，这文试就是个笑话而已。既然皇上有了这荒唐要求，兵部便紧急抽调了一群不懂军事的秀才，前来替这群武夫提笔落字，一对一代书。

而左将军已经将自己身边的军师安插了进去，陪在了自己的侄子身边。如此一来，自己的侄子即便在考场上呼呼大睡，答卷也会出类拔萃。

剩下的事情，左将军更是胜券在握：估计皇上也是一时兴起，并不会亲自审批卷子。那么，自己只要刷掉一些混杂在武夫之中的好手，自己的侄子便会在之后的武试中一帆风顺了。

可怜这些武夫，很多都是倾家荡产凑足了来京城的盘缠，希望能有个翻身的机会。眼下，只怕是不能如愿了。

吴承恩和苏公子在门口登记之后，便进了兵部大堂。门口的笔官草草问了一句：“认不认字，用不用代笔，二两银子。”吴承恩并没明白对方的意思，只是听到“二两银子”便说不用。而那苏公子也拒绝了这番安排，径自进去。

兵部里，已经搭起了十七八个帐篷，供人答题。这比不上科举考试，所谓监考并没有特别严格。吴承恩便同苏公子选了一个帐篷，入了内，坐在地上等待着考卷到达。

“真是不知所谓……我一介书生，竟沦落如此……”吴承恩左右环顾，看着附近几个凶神恶煞的守卫，忍不住朝着苏公子低声抱怨了一句。

苏公子听到这里反而惊讶一番：“怎么，吴公子并非自愿前来参举？”

“我是被镇邪司逼来的……”吴承恩左右看看，小声说道。

苏公子也是频频点头，感慨万千：“不瞒你说，巧了，我也是被某个闲着没事的人逼来参加这武举的……家里的哥哥说，这次武举必须有人前往，所以，倒霉的又是我。”

吴承恩听到这里，正要细问，却见一个将领打扮的人进了帐篷咳嗽一声。众人立刻正襟危坐，等待发号施令。

“时辰到，”那将领神情肃穆地开口说道，“开题。”

考卷很快发了下来，人手一张。不少不识字的人都在悄声询问着身边的秀才，上面写的到底是什么。

吴承恩接过考卷后，赫然发现上面只有一道题。

“朕欲开土扩疆，东南西北，如何定夺？”

这算是什么题目……吴承恩不禁恍惚了一番：在他心中，觉得武举的文试应该是诸如“我方二十人长矛兵，敌方四十人朴刀兵，如何选择阵法才能一举围而杀之”这类的题目。

而苏公子看到题目后，脸上一贯的轻浮却不见了。

吴承恩窥到了苏公子的表情变化，知道他也八成是面对着题目犯了难。

“如何下笔……”吴承恩瞅了瞅旁边监考的武官，发现对方并不在意众人的窃窃私语，这才小声说道。

“随便写。”苏公子随即又换回了之前的表情，笑嘻嘻地说道，“看来这文试，只是皇上让咱们走个过场而已。”

吴承恩听到这里，算是拿了主意：也是，自己并非真心参举，何苦较真。于是他便伏在桌上，开始奋笔疾书。

吴承恩刚写完第一句话，就听到身边有响动；抬头一看，愕然发现苏公子已经起身，朝着帐篷出口走去。

“苏公子！”吴承恩小声唤了他一声，有些诧异，答题再快也没这么快吧？！

而那苏公子却晃了晃手里的卷子，笑嘻嘻地说道：“我已写完，先行告退。吴承恩，咱们有缘再见。”

说着，那苏公子还真的交了卷子，扬长而去。

吴承恩恍惚一番，继续低头奋笔疾书，心中却在暗自忖度：莫不是他一个字也写不出，交了白卷？

这一次，吴承恩猜错了。

苏公子的卷子上，确有墨宝。

只不过，上面只有龙飞凤舞的两个大字：

“你敢！”

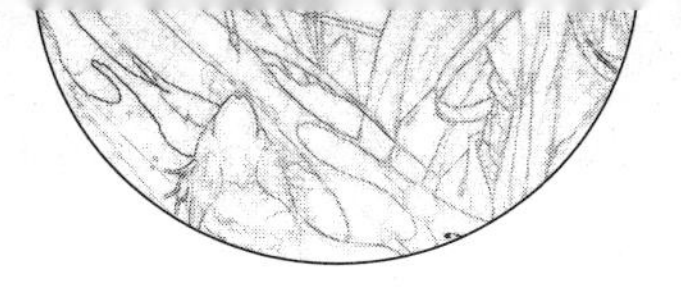

第四十四章

试探

武举笔试的第二天。

天还没亮，镇邪司的大门便被人轻轻叩响。管家压抑着自己打哈欠的冲动，从内里撤去了门闩——敢在这个时辰来镇邪司登门拜访的人，整个京城可没几个。

门开之后，却是一个生疏面孔，那人只身一人站在门外，毕恭毕敬地对管家报了自己的身份：

“在下一笑楼掌柜，铜雀。此次唐突前来，是有要事相商，务必让我见一见伍大人。”

风有些凉，铜雀的表情更是冷峻。

管家摆了个为难的表情，随后抬头看了看天色，暗示对方时辰尚早。

“先生放心，”铜雀看出了对方的意思，却并不打算退让，“伍大人绝对一夜没睡，您只要替我通禀一声，报上我的名字即可。而且，八成伍大人现在也在等着天亮，好去请我。”

管家踱着步子，走进了内院。铜雀站在门口，看着本来静如死水的街道。

门里面响起了匆忙的碎步声，管家几乎是小跑着来到门口，恭恭敬敬弯腰施礼，随即抬手引路：“掌柜的快请。伍大人已备好热茶，在天楼等您。”

铜雀嘴角一扬，还礼之后便跟了进去。

是的。铜雀猜到了：麦芒伍现在一定非常、非常想见自己。

镇邪司之内植被丛密，虽然景观雅致，却给人一种处处冰寒的感觉。

入了镇邪司大门大概三十步后有一路口，向左转去，便是麦芒伍平日里下棋、迎客所用的天楼。

而如果在这分岔口继续直行，百步之后，便会到镇邪司的主殿——那里便是二十八宿所在的地方了；别说外人，就连在镇邪司干了多年的管家，也只去过主殿一两次，且都是到门口便不得不止步。

用管家自己的话来说，便是："令人毛骨悚然，如同站在了万丈悬崖的边上，吓人得很。"

这主殿的门后面到底有什么，管家这辈子也不想知道。

铜雀还是瞥了一眼主殿的方向，随后才低头随着管家左转，步入了天楼之中。

引路至此，管家便算是交了差，随即告退。

铜雀饶有兴趣地打量了一番四周，这才推开了天楼的石门。

最先扑面而来的，是叫人闻而不忘的茶香——麦芒伍的桌前有一盏摇曳的烛火，照亮了半个房间。此时天井洒下来的还是月光，夜很静，静到只能听到烛火燃烧的噼啪声。

麦芒伍抬起头："掌柜的，坐。"

铜雀也不客气，直接坐在了麦芒伍的对面，他先是品了口茶暖暖身子，放下茶杯后便开门见山地说道："时间紧迫，你我心知肚明，就不必兜圈子了。你先问还是我先问？"

"除了卷帘……还有谁来京城参加武举？"麦芒伍开口一问，便直中要害。

"东南西北，几乎都来了，"铜雀说着，喝了口茶，仿佛在替自己壮胆一般重复道，"都来了。"

普天之下，莫非王土。

而天下之大，却又何止大明江山。

"南边的卷帘，西边的李家、狮驼国……"铜雀咽了一口口水，吞下去了半句话，“每一方枭雄霸主，都派人来了京城。以前是节度使，现在则是参举……有生之年看到这么一幕，何其壮观。”

在一般人看来，这是万国来朝，多得皇上天威浩荡，大明江山称得上是盛极一时。

“最开始，我也以为如此，”铜雀身子微胖，比不得麦芒伍清瘦，端坐久了便有些不适，索性松了松筋骨，用手肘撑在了桌子上，“这几日，不少大人物——我是说，你我懂的那种大人物——都纷纷踏足鬼市；他们是来找前任老板的……我表明我是新任鬼市掌柜后，这些家伙似乎完全没有把我当一回事……”

铜雀说着，自嘲地笑了笑——自己明明斗败了鬼市龙王，却依旧因为自己凡人的身份而无法顺利取而代之。想把鬼市恢复成曾经的“天下耳目”，看来还需要很长一段日子。

麦芒伍替铜雀添了茶，并不催促。

铜雀继续说道：“后来我派人查探，原来是当今皇上派了密报，邀了各方好手前来京城一聚的。至于苏公子……应该是他自己来的。”

“姓苏的，狮驼国的老三。”麦芒伍听到这里，不免皱眉。没想到，此人竟然亲自来了京城……不过，净通寺的天鼎既然没有反应，那说不定此人真的只是来游山玩水，并无大碍。

“正是，”铜雀说道，“卷帘之所以一直安稳住在一笑楼没有乱来，多半是碍于这神秘莫测的苏公子也在京城。真要是闹将起来的话……”

后面的话铜雀没有说完，但麦芒伍也明白其中深意。

总之，皇上邀了各方诸侯前来一聚，几乎天下响应。可以说，能做到这一步，皇上理应满足。

但紧接着，皇上便毫不避讳地给各方的代表出了一道难题：

“朕欲开土扩疆，东南西北，如何定夺？”

这句话，给那些平常武夫看看、答答倒也无妨，大不了胡诌几句讨皇上欢心便是。但是，对于来此参试的其他人来说，这个问题几乎等同于宣战。

麦芒伍也是几个时辰之前才知道的这个题目。

当时，麦芒伍被传唤进了皇宫。皇上似乎颇有兴致，念叨了几句“听闻爱卿身体不适，没有前去兵部监考”之类的琐碎闲话。

麦芒伍开口，却无任何辩解，只是说自己日间有些私事前去处理。京城之内，他并不打算在皇上面前隐瞒什么。

皇上点头，也没有深究此事：谕旨的确是要求各衙门派人去兵部监考，但并不强制。这么安排，主要是让各衙门之间互相牵制，以防有人一手遮天，在武举之中结党舞弊、祸乱朝纲。麦芒伍没去，别人去了也行。

此时叫麦芒伍来，是有另外的事情——皇上递过去了几张卷纸，似是白天的文试考卷。

“朕与你虽有君臣之分，却交棋交心。朕的心思，多半瞒不过你。这几篇颇有意思，你可回去读读。等过几日，朕有空了再找你下棋。”皇上抬起了头，语气略带赞许，随即便挥挥手，示意麦芒伍可以走了。

回来的这一路上，麦芒伍有些不明白皇上今日的这番举动究竟何意；直到他回了天楼，打开试卷之后，才猛然一惊。细读了几张卷子的答案，再对照答题之人的名录后，麦芒伍心里终于明白了：

皇上，是在试探。

惊天变之后，各路诸侯都是各自心怀鬼胎。皇上是在试探所有人对于大明现在的态度。——是怕？是敬？

——还是笑里藏刀、准备一口将大明吃掉？

皇上需要一个比诏书更直白的方式，来获得答案。

麦芒伍匆忙翻弄一番，找到了卷帘的卷子；上面写的不外乎是些好话，什么自己只是一介草民，但是如果皇上有意南征，自己愿意效犬马之劳云云。字里行间，语气平和，毫无歹意。

而其他几份卷子，也是大体如此，众人纷纷表示愿意为朝廷出力，保皇上江山千秋万代。但是，除了卷帘之外，所有人的答案都没有提及明确的“方向”，措辞上也是含含糊糊。东南西北，到底皇上该从哪里下手，没人回答。

对比来看的话……反倒只有卷帘显得忠心耿耿，愿意将自己的地盘纳入皇土。只是卷帘到底是何居心，麦芒伍心知肚明。寥寥几段话，足以见得卷帘城府多深。

最后一张试卷，才是真正让麦芒伍后脊发寒：那便是苏公子的答卷。

上面“你敢”这两个字，虽然是大不敬，却来得直白。

麦芒伍心里佩服此人的胆魄，却也暗下决心，定要将此人除去：毕竟此人如此张狂，冲撞了皇上便是犯了死罪。

而现在铜雀既然表明了这个“苏公子”的真实身份，事情一下子便复杂了起来。

——这苏公子若是要走，镇邪司之中没有人可以追得上、拦得住；即便他留在京城，镇邪司真的能在对付卷帘的同时分出人手对付这姓苏的吗？

而且现在，已经不是镇邪司去考虑是否要主动招惹对方的情况了。皇上的一道题，算是对全天下下了战书；说不定苏公子现在已经惦记着要动手了。

况且……他身后的两个哥哥……

麦芒伍觉得头疼：皇上的一时兴起，却让整个江山落得如此险境，实在是得不偿失。

铜雀侃侃而谈，说完了自己知道的。麦芒伍此刻的表情，似是已经陷入沉思，久久没有接话。

“大人，该我问了。”铜雀替自己添了茶水解渴，打断了麦芒伍的思绪。

“请说。”麦芒伍意识到自己走神略显失态，急忙说道。

“李家。”铜雀不轻不重，只说了两个字。多少年了，李家都没有在江湖上出现过。而这段日子，这个被世人所遗忘的李家，再一次出现在了风口浪尖之上。同别的势力不同……李家的地位特殊，自然是不得不叫人在意。一定有什么原因，才让蛰伏已久的李家搅入了旋涡之中。

“几个月前，李家的少主遗失，与我镇邪司发生了些许摩擦。”麦芒伍知无不言，抬头看看四周——这天楼里，之前来过不少李家的刺客，“但是后来发现只是误会，所以双方都是睁一只眼闭一只眼。”

“那，为何这次武举，来了这么多执金吾？”铜雀皱眉，心中明白麦芒伍没必要在李家的事情上隐瞒什么，但是这个答案却也解释不通眼下的局面。李家派这么多执金吾来京城，理应有所图。坦白讲，这么大一股势力，何止行刺，连谋反都绰绰有余。

“李家少主虽在京城，但与你所想不同。”麦芒伍给出了自己的答案，“我在城门口无意间迎到了李家少主；当时执金吾的气息是从京城里面慢慢散出来的。看来一开始，他们并不知道少主要来。直到我将她带入了镇邪司，外面的执金吾才第一次聚集在了一起。”

“也就是说，他们一直都是散在京城之中的？”铜雀听了以后，心中有了别的盘算。

钟声缓缓传来，打断了两人的谈话。

卯时。

不消一刻，门口传来了敲门声。

“狼烟。”外面的声音是管家，只是说了没头没脑的两个字，脚步声便远去了。

“如此，今日净通寺赐的也是平安签。”麦芒伍总算是长出一口气；半夜时分，麦芒伍猜出了皇上的心思之后，便急忙派人盯紧今日的平安签是否顺利。此刻狼烟来报，就代表着一切安好。起码，最担心的苏公子，应该不会发难了。

铜雀笑笑，想不到智冠天下的麦芒伍，也会倚重于鬼神之说来获得安慰。

麦芒伍坐直了身子，端端看着对面的铜雀：“昨日皇上逼问了天下；今日，天下便会有答案出来。身为镇邪司管事，我目前最关心的只有一件事。掌柜的，鬼市与京城近在咫尺，为保京城一方安宁，鬼市不可丢。我知道您与李家关系不浅，却从不过问。我也知道您一直对我镇邪司多有帮助，却未取分毫。先生八面玲珑，着实令人佩服。但是，桃花源到底站在哪边，您也该给我一个准话了。”

“我只是个生意人，何苦要我表态？再说，我嘴里面能有什么真话。”铜雀见麦芒伍如此认真，却不禁发笑，“况且，鬼市之所以能发展到今天这等规模，也多得益于之前老板一贯的中立态度。大人深明大义，自然懂得……”

“不，”麦芒伍打断了铜雀的话，手中亮出了银针，“今时不同往日，即便得罪掌柜的，我也得要一个答案。”

执金吾，还是镇邪司。李家，或者朝廷。

铜雀看着麦芒伍的影子随着烛火飘动，渐渐布满了整个墙壁，略显狰狞。铜雀耸耸肩，并不戒备于对面的阵阵杀气。

随即开口：“其实我这次来，最重要的，是希望跟伍大人达成一个共识。”

“共识？”麦芒伍听了这话略有惊讶。

“不管伍大人信与不信，我铜雀只是个生意人，所做的也不过是想在这京城站稳脚跟。我铜雀愿意选一边，也愿意选伍大人这一边，但是，伍大人想必早就想过了，另一边，却不是李家，而伍大人，您这边也不是朝廷了……”

铜雀不等麦芒伍答话，自顾自地端起面前的茶水，慢悠悠地喝了一口。

“毕竟，李家、狮驼国他们为什么来我确实不大清楚，但卷帘为什么来，我是知道的。”

而这，正是麦芒伍要确定的最后一块拼图。

第四十五章

武试

武举第三天，入夜时分，一笑楼。

卷帘静静地坐在院子之中，面前是一张八仙桌大小的沙盘，借着院中灯笼照出的些许光亮，沙盘上不断地浮现出一行行文字。卷帘看完一篇，便会抬手一挥，做一个翻书的动作，沙盘上的沙砾便被一阵掌风抹平，然后继续浮现出新的文字。

没多久，沙盘上浮现出了“你敢”二字，引得卷帘微微一笑——多半，这答案是苏老三写下的吧……

沙盘三丈之外的位置，立着一口半开的泥棺材——白骨夫人就被束缚其中。她的双手和双腿仿佛被泥棺咬住，丝毫动弹不得。

几股细碎的猩红色沙流不断在棺材之中蜿蜒穿梭，时不时从白骨夫人的肉身之中穿过，留下一道道血孔。沙砾的颗粒很大，掠过每一寸骨骼都会发出骇人的摩擦声。

除了面孔之外，白骨夫人浑身上下再也没有一块好肉。卷帘这几天一直放纵着泥棺之中的流沙，不分昼夜地折磨着白骨夫人的每一寸筋骨，直至体无完肤。

喘息声越来越弱，却依旧听不到一声求饶。

卷帘也不在意，依旧悠闲地秉烛夜读。

不开口便不开口，他的手段还多得很。

不知过了多久，白骨夫人突然吐了一口血。只见她薄唇轻启，似乎说了句什么。

“嗯？”卷帘抬起头，面无表情地看着她。

“有、有一事……相求……”白骨夫人喘息着开口，垂下的眼帘隐藏了她眸中的神色。

卷帘嘴角的笑容微冷，却并未开口。

“求、求你杀了我吧！”白骨夫人再抬眸时，眼神中带了几分哀求。

卷帘面前的沙盘再一次被抹平，他挥了挥手，却不再有新的文字浮现。卷帘起身，伸手向着沙盘一抓一握，然后转身走到了白骨夫人面前。

他在白骨夫人眼前摊开了自己的手心——手掌正中，有一颗沙砾。

“多谢……”白骨夫人的嘴角露出一抹微笑，眉头也舒展开了，这么久以来，她的脸上第一次露出如此愉悦的神情。

“想死？”卷帘笑了笑，“这粒沙，就是你近几日已承受的苦痛。”

白骨夫人瞳孔微缩，似乎已从卷帘的话中明白了什么。

卷帘轻轻吹飞手心里的沙砾，笑容更深：“而你将要承受的……还远远不够！”

从那瘆人的笑容之中，白骨夫人眼前，浮现出一片无边无际的沙漠。

是的。泥棺材之中什么也没有：没有光、没有水、没有气、没有食……

最可怕的，便是没有丝毫希望。

她不怕没有希望，只怕自己白白苦等这么多年！

泥棺材之中，忽然间凝了一股妖气！

卷帘头也不回，便知晓白骨夫人要做什么，但是他没有出手。

“卷帘！”白骨夫人喘息着，嗓子几乎已经无法念出声——她耗了自己的内丹，妖气已经四散而开。白骨夫人忍了这么久，为的就是现在这一刻：卷帘大意了。

自己爆开内丹，便可以引那近在咫尺的卷帘一起粉身碎骨。即便自己多年修为不够与这妖人同归于尽，起码也可以重创于他。只要自己死了，多少都会对那个人有利吧……

他……

白骨夫人嘴角浮现了一丝笑意……只可惜，自己最后也没有勇气与玄奘相认……本指望他能记得自己的……玄奘是不是已经忘记了自己这张脸？灰飞烟灭之后，玄奘可会记起自己？说不定，今生的玄奘还会为自己写下什么故事吧……

内丹经不住内力四撞，裂开了一条缝——白骨夫人闭上了眼。

然而，她的耳边便传来了世上最可怕的声音。

“我说过，你不会死。”卷帘的声音，依旧平静。

白骨夫人睁开眼，难以置信地看着面前毫发无伤的卷帘。怎么会……即便自己妖气变弱伤不了卷帘，但是内丹一裂就好比人类碎了三魂六魄，应该登时必死。

紧接着，白骨夫人觉得自己的身子一阵发寒；低头望去，却见一只漆黑玲珑的九爪蛊虫，从自己内丹的缝隙之中爬了出来——

永生蛊。

卷帘这辈子炼出的最诡异的蛊虫。

这种蛊如其名一般，中了蛊的人，无论如何都不会死。但是，也就是不会死罢了；伤口永远不会愈合，痛苦更不会停止。即便肉身被大卸八块，除了在脑海中永远体会肢体断开的剧痛外，也无法逃离蛊的作用。

与其说是永生，倒不如说是无尽的地狱。

“这永生蛊只有三只。用在你身上，也算瞧得起你。”卷帘抬起手，捏住了白骨夫人的下巴，“如何摆脱此蛊，世间只有我一人知晓。我倒要让你看一看，你那心心念念的情人会不会认出你。”

是的，卷帘并不着急杀死白骨夫人。这是鱼饵。迟早，那“我不入地狱谁入地狱”的金蝉子，会自投罗网。

门外，突然传来一阵响动。卷帘大手一挥——泥棺材即刻密封完毕，片刻间沉进了地上涌现的流沙之中。

进来的人，正是铜雀。

铜雀缩缩鼻子，闻到了一股血腥味。抬头看看，卷帘却正在院子正中打禅，并无任何蹊跷。铜雀有些不放心，轻轻打了个响指；院子四角的灯笼，霎时间亮得恍如白昼。

“掌柜的多心了。”卷帘抬起手，挡住了自己的眼睛，示意光亮刺眼。

“没办法，大仙要是动了杀心，我还不够填牙缝的。”铜雀自嘲一句，似是客套；但是，他却没有朝院子再迈一步。院子的四面都被光亮包围，平常妖怪若是穿过这光芒，可是会被灼烧致死的。

这灯笼，乃是五寺几位大人的安排。卷帘心中明白：名义上这院子四周的结界是要保护自己，实则是一种禁锢。这灯笼叫作“善障灯”，内里的蜡烛雕满了佛经，燃起来后能散出佛光，做工倒是精巧。这等手艺，多半是出于神机营里的能工巧匠之手。

卷帘并不在意这东西——这灯笼对他来说，最多只算是一种羞辱。即便院子里挂上一千个灯笼，卷帘也能在一笑楼来去自如。只是这些日子，那姓苏的也在京城里，卷帘并不想节外生枝，躲在一笑楼隐了妖气倒也自在。

“明日，便要上擂台比试了。”铜雀耸耸肩，回头朝着内厅望了一眼——墙壁上，挂着的正是今次武举之中夺魁的热门人选；卷帘名字下的赔率，已经到了一比二十。回过头来，铜雀小心翼翼地问道：“大仙左手的伤势如何了，用不用帮您请个郎中瞧瞧？”

卷帘的左手，被红钱所伤之后一直没有痊愈。这一点早被眼尖的铜雀识破，却并没声张。卷帘自己也并没有避讳多少：即便自己不用双手，这京城内又有几个人可以与自己比肩？

“掌柜的有话直说。”卷帘明白，这铜雀绝非愚钝之人，郎中一事只是玩笑罢了。

“大仙息怒，”铜雀急忙摆手，示意自己不该卖弄聪明，“知会大仙一声，苏公子已经退了武举，昨日答完卷子便已经离了京城……”

一切，都如同铜雀预估的那样，李家、苏公子都不重要了，而卷帘将面对的，就是镇邪司的围剿。

卷帘低头，看了看自己的左手；果然，那黄毛小儿根本无心武举。这样也好……苏老三向来喜怒无常，说话行事实在无法预测。虽然卷帘并不惧他，但此人却也着实棘手。只要这个姓苏的人不在京城，卷帘倒是能省下不少心思。

与此同时，一笑楼对面的客栈。

青玄照旧在地板上打坐，而吴承恩正躺在床上呼呼大睡。

从文试那天起，李棠便随着青玄满京城寻觅着卷帘的行踪；吴承恩交了卷子出来后，连口气都没喘，便去找李棠他们了。

一晃，三天了。京城上下几乎走了个遍，却没人知道卷帘的下落。不少百姓被问及于此，反倒对其歌功颂德，个别的还拿出一个泥僧三拜九叩，弄得李棠更是怒从心起，一掌打过去，那泥胎变成了一堆烂泥巴。

那百姓忙跪在地上把泥巴撮起来，像捧着金子一样捧在手里。李棠又急又气，可又不能为难市井老妇，只好一甩袖子走了。

天下小，京城大，即使机敏如李棠，又怎能料到，卷帘就住在自己的对面？

响彻云霄的锣鼓声恍如惊雷，闻听者莫不心潮澎湃。京城里许久没有这么热闹了，百姓围聚了不少，都想亲眼看一下这场旷世盛举。

只不过，这些平头百姓最终还是失望了：比武用的校场早就被官兵团团围住，可谓密不透风。他们这些平头百姓是无缘得见武举盛况了。

今日只是武举初赛，皇上自然是没有到场。不过，在校场门口候着的一群武夫却也兴奋异常；究其原因，是今日五寺的大人们赏脸，愿意百忙之中亲自看一下这些朝廷未来的栋梁之材。

哪怕不能杀进决赛，不能在皇上面前一展身手也不打紧。只要被五寺的大人看中了，将来也是前途似锦。所以，这群武夫听到消息后，纷纷摩拳擦掌，恨不能立时脱颖而出。

吴承恩被麦芒伍带来了校场，李棠也一起跟来了。唯一让吴承恩有点失落的是，青玄今天并没有过来，早上吴承恩还劝青玄，说今天会遇到卷帘。

“既然镇邪司已经都布置好了，我们去，也没什么用处。”听青玄的话，他不仅自己不来，也不想要吴承恩来。

此刻，李棠虽不能上场，却也忍不住握紧了锦绣蝉翼刀，李晋低低地附耳说："小姐，你要是出手，可是不合规矩，反而误了大事。"李棠咬着牙，一字一字地说："仇人就在眼前，我却不能手刃？"

李棠脸涨得通红，胸脯剧烈地起伏着，额上也渗出了汗珠。麦芒伍心想，这大小姐的脾气，却无意中帮了两个大忙。

第一，就是执金吾现在在场，卷帘自然是忌惮三分，不会立时出手。卷帘目光一直瞄着吴承恩等人，此刻想要顾得周全，人手自然是不够的。

第二，如果李棠这姑娘唐突出手，执金吾必然也会蜂拥而上。

不，这个结果万万不可。

卷帘当然要死，麦芒伍想起了那日与铜雀的会面，决心已下，卷帘一定要死在锦衣卫镇邪司的手上。

从黄花镇金目黄花饼一事，到如今的卷帘入京参加武举之事，看似是两件事，实际上却大有关联——无论是蜈蚣精，还是卷帘，他们的背后都有朝廷的人！甚至那个势力还能动摇皇帝陛下的心，否则，上一次围剿卷帘时，皇上不会亲自下旨让镇邪司放了卷帘。

那个势力……究竟……

麦芒伍望了一眼人群中的大不善，此人是左将军的侄子，近来在京城可谓无法无天，而左将军也和五寺五军等有着千丝万缕的关系，莫非……

很快，兵部的大人便拿着一个箱子出来了，喝令众人依次上前，从箱子中抓阄分组。

卷帘没有显山露水，只是沉默地混杂在人群之中，听从着官兵的吩咐。等轮到自己上前，卷帘稍一探手便从箱子中取出了一张字条。上面只有一个字：甲。

大概一炷香的工夫，两百多名武夫便纷纷抽签完毕。兵部的大人摇晃了一下箱子，开口说道："甲组的，拿好兵器现在进去。"

说罢，校场沉重的木门缓缓打开，透出的光亮仿佛通向了一片锦绣前程。一群武夫不再言语，只是各自咬牙瞪眼，鱼贯而入。

待到这卷帘进了校场，其他执金吾盖不住的杀气，才隐约散去。而吴承恩此刻正被李棠一顿数落，埋怨他没用，抽签都抽不中与卷帘一组，错过了报仇的好机会。

卷帘迈步，站在了校场正中；随即抬起头，看着城墙上的麦芒伍。麦芒伍居高临下地回视着他，双臂环绕，面无表情。

卷帘笑了笑。从走进校场之时起，他就感觉到了周围的杀意：如果自己没猜错的话，镇邪司应该提前暗中做了手脚。当年在南疆的时候也是，那奎木狼表面叛离朝廷镇邪司，实则却是镇邪司派到南疆来压制自己的，而他的妻子百花羞也助他与自己对抗，看那漫山遍野的百草树木便可知晓其用心。

当初他顾忌奎木狼“镇邪司锦衣卫”的身份才没有痛下杀手；没想到，这镇邪司却不领情，那么，他也便不用客气了。

唤沙、驱尸、用蛊。

他的成名绝技。

京城太平之地，并无死伤，驱尸并不现实；从南疆调来狂沙也太耗费心神；至于用蛊，现在还不到时候……

“只不过，”卷帘低头，避开了麦芒伍的目光，压抑的笑声从嘴角溢出，“如果我卷帘只靠三种绝技生存于世，未免太被小瞧了，麦芒伍啊麦芒伍，终究是我高看了你吧！”

卷帘左右看了看，除了一些小鱼小虾外，并没有见到吴承恩；这倒不算意外。既然麦芒伍说了要让那书生赢下武举，那初赛避开自己乃是人之常情。

不过……

卷帘有些玩味地看了看校场北面的城墙，那里端放着五顶轿椅，面前都垂着白色的纱巾；纱巾后面，便是当今权倾朝野的五寺首官。既然这么有分量的观众到了场，自己又拿人“钱财”与人消灾，也不能太应付了事了。

兵部的人喝着号子，驱赶着甲组的人全部入了校场后，喧哗了几句什么，然后便抬手示意。众人便各自亮出了兵器，神色紧张，准备迎接一场九死一生的混战。

卷帘手中并没有任何兵刃，只是俯身捡起了地上的一枚石子；他粗算了一番，校场之中有五六十人，多半用不到蛊虫便能一并收拾掉。这样最好，卷帘也担心用了蛊虫的话，说不定会伤到五寺的大人们。这样反而会节外生枝。

一声锣响。

喊杀声登时四起。

城墙上的白色轿椅之中，有一人缓缓抬手。麦芒伍立刻走过去，鞠着躬等待着五寺大人的吩咐。

“伍大人，”轿椅之中的人缓缓开口，语气阴阳怪调，“看这阵势，你们衙门倒是准备充足啊。”

麦芒伍只是微笑，开口回道：“大人此番话，下官听不懂。”

轿椅之中的人只是冷笑了一声——校场之中，不晓得是何缘由，所有参举之人竟然不约而同围着卷帘出手。本该是一场敌我不分的混战，眼下却变成了卷帘一个人四面楚歌。这番安排，再明显不过了。

只是过了片刻，卷帘也明白自己成了靶子。

周围的武夫不要命般地挥舞着手中的巨斧、长剑，朝着自己没头没脑地劈砍。

卷帘皱眉，微微上跃两三丈，想要避开围攻，留得下面的人各自争斗。没想到，所有人都停了手，只是抬头看着半空中的卷帘，准备围剿。

卷帘细看了其中几人的脸，看来并非是平常参举之人——这些人的脸上，都有着死囚的刺金。卷帘登时猜到了此事的来龙去脉。

这种时候自然是犹豫不得，卷帘甩开右手的袖口，几只飞虫嗡嗡而下。然后，卷帘用左手捏了捏手中的石子，朝着下面的人甩了出去。

那细小的飞虫好似蚊子一般，落在了不少人的脑门上；加上众人的双眼紧盯卷帘，所以很难察觉。而卷帘甩出来的石子，沾染了自己左臂的鲜血后似乎有了灵性，在空中蜿蜒曲折频频飞舞，以极高的速度击打着每一只蚊虫。

武夫只要被那飞虫叮咬，立时成了活靶子——飞石以迅雷不及掩耳之势迎面而来，正中每一个人的额头。功夫好些的，勉强避开要害，也是落得个头破血流；而那些修为一般之人，早就肝脑涂地。

待到卷帘落地时，四周的人已经全部倒地不起。他微微抬头，朝着北城墙看了一眼。

城墙上，此刻充满了啧啧赞叹的声响；五寺的大人已经不太在意身边的麦芒伍，嘴中得意道："伍大人即便用些花招，却也无伤大雅。毕竟卷帘大仙可是被我五寺看好，日后一定能为朝廷效力的。"

麦芒伍依旧恭敬如初："自然。大人的眼光，一向不会错的……"

话声未落，校场之中忽然间形势突变——围在卷帘脚边、本该晕倒甚至死去的几个人，忽然间鲤鱼打挺立了起来；他们手中都持着短剑，横七竖八插进了卷帘的身子之中。卷帘略一摇晃，嘴角流了血。

五寺的几位大人不免惊呼出口。

"大意了……"卷帘并未过多慌张，只是眼睛瞄向了众人——果不其然，这些人的脖子后面，都插着银针。

这些人即便肉身已经死亡，却不得不继续执行着任务。怪不得，这些人好似不怕死一般，即便面对飞蝗血靶蛊依旧没有溃散逃离……

而他们手中的兵器，竟然可以如此轻易贯穿卷帘的肉身。

看来，这些短剑也应该是镇邪司特制的吧。更重要的是……这几把短剑看似刺得杂乱无章，实则是一起出手，贯穿了卷帘的几处经脉，阻了妖气的流转。

只是初赛而已……如果是决赛，卷帘万不会如此大意。

他绝没想到，麦芒伍的杀招会在此刻降临。

这镇邪司的管事，所埋伏笔可谓连绵不绝。

听得下面血肉撕裂的声响，麦芒伍连头都没有抬，嘴角却微微上扬。五寺的大人们甚至有人已经失了礼态匆忙站起——如果卷帘落败，那可是数不尽的白花花的银子打了水漂啊！

卷帘正待提气逼开众人，附近的尸体之中却猛地窜出一个身影，手中握着的是一把长剑——这人身手极快，其他的武夫与他相比，不可同日而语。只见他高高跃起，举起长剑后手起刀落——

寂静的校场上，传来了丝绸割裂般的声响。

“施主好身手，莫非是二十八宿？”卷帘闭了眼睛深吸一口气，才缓缓说道。他的左臂，已经被齐根斩断，落在了地上。紧接着，卷帘便像是常人一般，血流如注。

果然是要砍这里吗……自从那日麦芒伍来了一笑楼，看到了自己被红钱所伤的左臂后，卷帘便猜到此人会对自己的弱点下手。

“不，大仙谬赞了，”那人并未大意，只是出脚踢开了地上的断臂，重新朝着卷帘比起长剑后咬牙说道，“我只是伍大人的贴身侍卫。奉主子安排，今日取你左臂。”

“既然施主已经得手，可谓功成名就，语气却为何如此焦躁不安？”卷帘看了看自己的肩膀，似乎并不在意那汩汩流血的血洞。

“看来大仙并非洞察万物，”那人的眼睛似是要冒出火苗一般，死死瞪着卷帘，“我有一个兄弟，别名‘傻子’，与我同为侍卫多年。主子的命令虽已完成，但是，在下自己有笔账，倒要向大仙讨还！”

说着，此人再次挥剑，高高跃起——欠债还钱，杀人偿命，自古的道理！如果只是取你一只手，我兄弟泉下有知，怎能瞑目！

麦芒伍在城墙上眉头一皱。

围绕着卷帘的武夫，忽然间身子一抖，纷纷抽出了封着卷帘的兵器。而空中那人还未来得及反应，便被这群武夫七手八脚拽到了地上重重一摔，随即死死按住。

卷帘擦了擦自己的脸后，摊开了手掌：那里整齐地摆放着七八根银针。果然，与卷帘预料的如出一辙：拔出了银针后，这些人登时就与死人无异了。

卷帘三大绝技，每一项都是可以独步天下的。

唤沙、用蛊、驱尸。

麦芒伍神色一动，站直了身子，同时左手一翻，立时准备出手。

卷帘头也不回，猛地甩手——在城墙上的麦芒伍急忙挥掌，接住了迎面而来的银针。只是这短短一刻的耽误，地上那人已经被那群死去的武夫硬生生拉扯得丧了性命，死状凄惨，如同被五马分尸。

校场上站着的人，只剩了卷帘的身影。就连兵部的人都目瞪口呆。

“呵呵呵……伍大人，烦请您去准备些茶水吧。如此精彩的比试，看得我有些口干舌燥了。”五寺的大人露出了笑脸，重新安坐好。

身旁的麦芒伍不发一言，施礼告退。

从城墙上下来后，麦芒伍只是叮嘱了下人，要他们奉上好茶。而麦芒伍自己，则走向了城门的方向。门口正是一阵喧哗，有人喊着“乙组的进去了”。那些武夫便拎着兵器，同面无表情的麦芒伍擦肩而过。

门口，拿着“乙”字纸条的吴承恩一眼看到了麦芒伍。而血菩萨，也已经靠着城墙，站在了三人附近警戒。左右看看，麦芒伍知道执金吾已经离去了。看来，有血菩萨在这里，他们也多少放心了一些。

“卷帘呢？”站在一旁的李棠毫不客气，开口问道。麦芒伍没有回答，直接开口说：“请随我去一个安全的地方，休息一下。”

看着两人远去的背影，吴承恩忍不住愤然了一句：“有仇报仇，不是安排好了吗？为何就这么完了？”

血菩萨刚要开口，却站直了身子，避开了城门——里面正有几个下人推车而出；上面堆放着的，正是甲组人的尸体。其中一个人死状恐怖，四肢分离，引得旁边即将去比武的人一阵唏嘘。血菩萨看着那具尸体，开口对吴承恩继续说道：“我在这里等你。你赢了初赛，我带你去与李家小姐会合。”

吴承恩不再理会，转身朝着校场走去。临行，丢下了一句抱怨：“伍大人倒是为官冷漠，丝毫不懂李棠的想法。血海深仇，怎能一忍再忍……”

“不，你错了……”城门关闭，血菩萨似是低声自言自语，愣愣地看着车上远去的那支离破碎的尸体，双手抱拳，咬牙切齿道：

“血海深仇，永生不忘。”

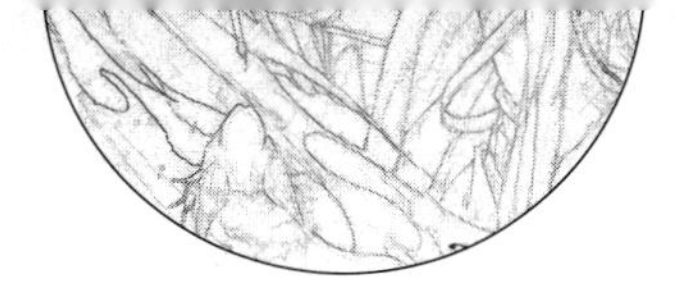

第四十六章

镇元

卷帘捂着自己胳膊的伤口，准备从校场另一端的城门离开，不过离开前，他不动声色地朝远处的城墙望了一眼。

那里是乙组比试的校场，青玄和李棠正站在那里看吴承恩比赛。

不知是否察觉到了自己的视线，原本专注于校场的青玄突然转头朝他看来。

青玄的目光透着几分疏离，又有几分悲悯，说不上来的复杂，但卷帘被这样的目光盯住，心底升起一股莫名的狂躁，特别不舒服！

卷帘也紧盯着青玄，目光渐渐变得狠戾，随后他将袖口的白骨展示给青玄，意图已经很明显了。

“白、骨、夫、人。”卷帘嘴角微挑，露出一个挑衅的笑容，对着青玄轻轻念出这四个字，然后收回了视线。

青玄皱了皱眉，握紧了拳头——的确是时候做个了断了。

“卷帘！”李棠也恰好发现了卷帘，低喝一声，想要去追，被青玄拦下，“莫要冲动，现在还不是时候。”

李棠想到当日在南疆与沙巨人对战时众人的狼狈，深吸一口气，将心底的冲动压下。的确，现在还不是时候，卷帘在武举中受了伤，如果一路打到最后的决赛，一定会被消耗更多力量，届时再动手……胜算更大。

门口的武官看见卷帘从甲组校场出来，急忙迎了上来，邀甲组的胜者在名单上按一个手印。卷帘倒也不含糊，抬起自己的右手，留下了一个新鲜的血印。

武官上下打量了一番受伤的卷帘，刻意压低了自己的声音，语气也是有些低沉："大仙辛苦，五寺的大人要小的传句话。大仙不该自诩身手非凡而大意。毕竟在你身上押着无数白花花的银……"

卷帘理也不理，径自离开。那武官见他如此无礼，不禁有些生气，正待要呵斥一句，脚边却突然冒出了一个拳头大小的泥僧。紧接着，他猛地横着跌了出去，脑袋一下子撞在石墙上，好端端地摔了个一命呜呼，血溅七尺。周围其他的守官登时乱了，围了上去想要瞧个究竟。

再走几步，迎着卷帘的，乃是铜雀身边的金角、银角。两位美人站在此等沙场，本来就是众多汉子调戏的焦点。下流些的，甚至上前动手动脚，嘴里面不三不四说着"你家相公多半死了，倒不如随了我们兄弟"。

此刻卷帘出来后，两人立刻屈身相迎，一左一右引着卷帘准备回一笑楼休息。这般情景不免让身后的众人急忙住了嘴。待到三人离开后，众人才纷纷咋舌，议论这南苗的行者艳福不浅，羡煞旁人。

"铜雀人在何处？"卷帘走了一会儿，见四下无人，开口问道。

此番话看似平常，金角却早已听出了端倪——平日里，卷帘嘴中还是会尊称铜雀一句"掌柜的"，眼下却直呼其名。这些日子，但逢卷帘有所举动，桃花源都会派人跟随。不过，究竟这番安排是"保护"还是"监视"，卷帘心知肚明。

"掌柜的还有生意要打理，大仙若有吩咐，我姐妹二人倒可以通传……"金角思忖一番，回了一句。

身后的校场，突然传来了一阵惊呼，打断了二人的对话。卷帘不再多说，继续安静地前行。

乙组的校场之中，吴承恩已经占了先手——虽然他与其他参举之人相比身形瘦弱不少，但是刚刚锣响未闭，他便用几张宣纸击退了身边的数个壮汉。吴承恩其实颇有些手忙脚乱，只是因为现在宣纸上写的乃是"锤"字。青玄走前特意关照，虽是顺从了镇邪司的意思参加武举，但比试中不能伤人性命。所以吴承恩才要用自己并不擅长的招式，瞄着众人的腿脚下手。

只是即便如此，吴承恩仍然仿佛如有神助一般，三五张宣纸击中的人立时倒下，再也没有站起来。而剩下没有中招的人也犹如波浪一般，纷纷倒地不起。弹指一挥间，四五十人便纷纷告败，倒地呻吟。

四周围看的官兵莫不惊讶万分，难不成那书生打扮的家伙出手如此之快，肉眼凡胎根本无法捕捉身影？

就连北城墙上的五顶轿子中，也传来了窃窃私语。

吴承恩自己也傻了，不停地端详着自己手中的龙须笔：莫非，自己在不知不觉中，已经如此厉害了？

其实，并非如此。周围的武夫们混迹京城多日，早就知晓那卷帘的本事。刚刚甲组的人悉数被杀，唯独没有见到那卷帘大仙的尸首……来武举高中自然是好，但是要赔上性命则就得不偿失了。所以众人在步入校场之际便已打定了主意：趁着还未与那卷帘对阵，倒不如输了比赛回家。

所以，这吴承恩稍微显山露水，众人稍加躲闪、反抗，便默契地装作被击败。此番演技，倒也炉火纯青。只不过，这般情景却足足让吴承恩抢走了刚才卷帘大胜的所有风头。

乙组的赛事竟然如此简单利落，倒是出乎所有人意料。

后面两场比赛不看也罢：那大不善早就被安排在了丙组之中，目的就是避开其他高手。看来左将军也是动用了关系，保自己侄儿可以过了初赛。即便不能中举，起码也要让大不善在皇上面前展露一番才是……

至于丁组，小鱼小虾罢了。

五寺的大人略微抬手，当即有下人殷勤小跑走到了身边，听完吩咐后小心回答道：“那人便是锦衣卫内选，一笑楼最后一个挂上了牌子，叫镇元……”

话声未落，五寺的大人已经摔了手中的茶杯——麦芒伍啊麦芒伍，怪不得你要死死盯住卷帘，百般刁难；亏你平日里还好意思口口声声说什么忠肝义胆，原来你发财的船在这里！

五寺的大人死死盯着校场下面四顾茫然的吴承恩，耐着性子招呼手下过来，细致吩咐了一番……

吴承恩从另一边走出校场后——当然，刚才还濒死的其他人也纷纷起身，跟着吴承恩鱼贯而出——血菩萨已经站在出口等他了。看得出，平日里喜怒不形于色的血菩萨此时格外开心，甚至抬手拍了拍吴承恩的肩膀。

这个动作不免吓坏了吴承恩——上一次与之争斗时，他可是晓得这血菩萨乌鸦的厉害。

“没想到，一段日子不见你竟然如此精进。”血菩萨的语调格外高昂，丝毫没有避讳周围兵部人的眼光，“就算是我，短短片刻要想留下活口的同时击倒这么多人，也是不能的。果然厉害，咱镇邪司没看错你！”

吴承恩急忙推脱一番，说自己也不知道是怎么回事。这番话，落进了血菩萨的耳朵后反而像是自谦。血菩萨笑了笑，一把抓住了吴承恩的肩膀，紧接着校场门口撒下了一片羽毛——待到众人再睁开眼，已不见了吴承恩和血菩萨的身影。

几只六翅乌鸦，托举着吴承恩与自己的主人，直奔京城的另一端。吴承恩顶着风，迟疑地问道这是要去哪里。

“镇邪司，”血菩萨头也不回，语气依旧高昂，“有要事相商！”

天色逐渐暗了下来，校场之中今日的比赛已经全部结束了。

今科武举的考生水准，可以说是参差不齐。不少人甚至担心，甲乙丙丁四组的胜者会在殿试之际出丑也未可知。

甲组的卷帘、乙组的吴承恩暂且不论，大家都是亲眼得见，那都是有些真功夫的。但是后两组的比赛，简直是一出比一出荒唐。

先说那大不善所在的丙组，这厮第一个进场，之后朝着五寺的大人们参拜一番，然后才摆定了架势。后面的人也是挨个进来，与之单独对战。只是这大不善戏份太足，每打一个对手，都要换一件兵器，以表示自己十八般兵器样样精通。

五寺的大人们看着下面的人断手断脚、头破血流，却也并不觉得有什么稀奇——多半，左将军已经打点好了一切，使了银子用了手段，这才让其他人心甘情愿陪着大不善在下面做戏。既然大家心知肚明，那这场表演理应早些结束才是。偏偏这大不善非要给五寺的大人好好露一手，自己累得跟狗一样不说，还耽误了别人将近一个时辰。其实大不善这些日子在京城里各种为非作歹，文武百官都有目共睹，只是碍于左将军的面子才没有深究。只要这大不善不要在皇上面前失了分寸，便谢天谢地了。

真正过分的，是丁组的一群武夫。

这群人饿着肚子等了半天才得以进场，谁晓得校场之中还蹿进去了一只疯狗；比赛的锣鼓刚响，疯狗便四处追着人咬，弄得众人哭天抢地、狼狈不堪。五寺的大人们看了开场，便忍不住拂袖而去——这成何体统！一群朝廷未来的勇士，竟然敌不过一只野狗……这要是传了出去，岂不是要全天下看朝廷的笑话吗？！

丁组的比赛，只能草草收场。站在城墙上耀武扬威的大不善看着下面不堪的情境，忍不住拍手直笑：如此水准，看来自己的武状元唾手可得了。丁组最后的胜者，本该是那野狗，但是野狗终究还是狂吠着跑了，门口一众官兵围追堵截各种办法都试了却还是抓不住。如此，便只能让唯一一个还站着的汉子得了便宜。

此人，便是李晋。

李晋其实早就报了名，当日他离开南疆，本来就没打算回李家，而是一路暗中随行，保护李棠来到京城。在半路的时候，他接到家主授意，既然去往京城，就顺便参加武举，打探一下参赛人员的背后势力。

当然，武举输赢倒是不重要，重要的是收集情报，作壁上观即可。

比赛结束，李晋背着弯弓从校场另一端出来，登记了自己的姓名后，往回走去。

没走几步，执金吾中那瘦小的白色身影凭空落在了李晋的肩膀上：“小姐今日没住客栈，而是去了镇邪司。”

那吴承恩比赛结束后被六翅乌鸦带走，他们几人本想护送大小姐回客栈，却见她跟着麦芒伍等人一同去了镇邪司，不由得担心，所以前来找李晋商议。

“大小姐一向随性，怎么？你担心？”李晋淡淡说道，心中却不觉得有什么不妥。那麦芒伍是聪明人，怎么可能为难李棠呢。

倒是执金吾个个都是热血澎湃，巴不得找个什么理由与镇邪司翻脸。

不过，此时执金吾好斗的心态，倒与以往不同。若是在平日里，双方可能只是好勇斗狠，见不得对方飞扬跋扈罢了。时至今日，执金吾这边反而是一副刁钻娘家人的嘴脸，总觉得李棠还是小女孩不谙世事，横看竖看都觉得是吴承恩骗了自家小姐。偏偏这吴承恩，又是麦芒伍所保的二十八宿……这污点，是可忍孰不可忍。如此一来，宛若火上浇油，李家人更加看不上吴承恩了。

其实吴承恩进校场之前，几个执金吾曾商量了对策，当时便想安排人手混进去，比拼之际“失手”断了他的子孙根，让吴承恩以后去做“吴公公”，也好让小姐死心。当然了，要是万一没有拿捏好出手分寸，伤了吴承恩的性命……

那便是再好不过了。

幸好，李晋絮絮叨叨的一番话，总算是让众人打消了这个念头。

李晋其实说得在理：收拾了那书生固然简单，但是即便如此，又能怎么样呢……比不过小姐喜欢啊！小姐都肯为了这呆脑子书生逃了那苏老三的婚约！论本事论样貌论身世，吴承恩哪点比得上苏老三？但小姐情窦初开，对这第一份爱情肯定无比珍惜。

“说不定，小姐不仅不会离去，反而会守活寡，甚至殉情。要是如此……”李晋装作欲言又止，将这千古难题甩回给了众人。

李棠自幼便是被这群执金吾宠上天的。众人一时间拿不定主意，便只能作罢；眼下需得先派一人回李家，向主上禀报这里发生的一切。

与那苏老三断了婚约，可真不是骂上一句气话那么简单……再加上小姐还与卷帘有了私仇，怎么看怎么觉得李家现在四面楚歌。

其实，这一次李家派了这么多执金吾来京城，主要是保护李棠，其次收集情报，顺便试探一下卷帘。卷帘这人一向行踪诡异，深居南疆不问世事，这一次忽然大张旗鼓前往京城，很难说没有目的。

按理来说，朝廷是请不动卷帘的；他一直在流沙河，等待着金蝉子。此番既然可以将他引出来，只有两个可能：

其一，卷帘已经大成，现在要和朝廷联手放眼于天下。

思来想去，这种缘由似乎又不太能站得住脚。如果只是意图同朝廷联手，那大可派自己的手下前往京城洽谈，犯不着自己露面；甚至，应该是皇上派心腹去南疆与之对话才对。现在的卷帘，诚意如此之大，态度又表现得如此之低，这诡异的感觉总令人不舒服。

那么，应该是第二种可能吧：朝廷拿住了卷帘的痛处，以此为要挟，令卷帘离了南疆，前往京城面圣。

这番解释，听起来倒是像话。只是，朝廷到底掌握了什么宝贝，才能让一向稳重的卷帘不得不驱而向之，唯一能够猜到的便是那金蝉子了。只不过，无论真相是什么，李家都坐不住了：很明显，朝廷恐怕是要招安卷帘，联手而战。

如果是平日里发生这样的事也就算了。偏偏这个时间点恰巧是李家刚刚定亲没多久的日子。如果说朝廷拉拢卷帘一事不是在针对李家的行动做出反应，说破大天也没人相信吧。

既然如此，李家自然是不会任由朝廷再多拉拢一个强大帮手；所以，眼下才派了七名执金吾出马，来到京城之内潜伏，为的就是暗中观察风向，以免到时措手不及。必要时，拉拢卷帘也无可厚非。

卷帘既然已经可以在南疆称神，凭实力断然是可以与朝廷一战的。如此委曲求全，自然是担心自己与朝廷撕破脸皮后两败俱伤，反而便宜了其他势力。不过，一旦卷帘认可了李家是自己的盟友，再加上李家现在的联姻对象……

区区一个大明王朝，又算什么？

所以，执金吾此行的目的便是在京城之内引起争端，趁乱行事。最简单的办法，便是秘密除掉几个二十八宿，以此将卷帘推到风口浪尖之上，令本该联手的双方变得水火不容。

本来完美而又简单的计划，却因为李棠一行人在京城突然现身而被彻底打乱。苏老三、卷帘和麦芒伍同时露面，之前明明是大明朝廷陷入了死局，短短一夜之间，情况可谓急转直下。

事情变成这样，主上估计不会善罢甘休……不过，几个在场的执金吾简短商量了一番，总觉得自己兄弟做得没错：管他天下大事如何，只要小姐不受委屈，便是对的。

眼下身上还有任务的，便只剩下了李晋。他还得继续隐藏身份，准备混入锦衣卫镇邪司当中。其他执金吾本已经准备陆续离开京城复命，只是，小姐身在此地，实在是危险重重。可是小姐的脾气，并非那么好劝的。

“你倒是不担心，”那身材瘦小的执金吾哼了一声，对李晋吩咐道，“今晚你留在住处继续为武举做准备。我们去暗中保护大小姐。如今情势不明，大小姐又不肯随我们回家，只好加强保护。”

“也好，”李晋并无意见，“有劳各位了！”

那几个执金吾一个个跃起，消失在李晋面前。

待他们离开后，李晋发现，校场不远处，几个大内密探打扮的人，拦在了他面前。左右看看，四周没有一个闲人；看来，选在这个地点是对方早有准备的。李晋抬头望见，转身便走，并不想与他们接近。

只听得一阵风声，这几个大内密探已经落在了李晋的身边，同时搂住了他的肩膀：“兄弟身手不错。不过，左将军要我给你带句话，如果明日抽签，您与左将军的侄子对阵的话，还希望你输得体面一些。”

说着，刀尖已经暗暗抵住了李晋的喉咙。

李晋急忙辩解，说几位朋友是不是认错人了，自己并非什么高手。只不过，李晋嘴中的闲话还未说完，就感觉到自己右手的三根手指被人攥住，然后猛然撅断。

骨头折断的声响，格外清脆。

而李晋面前也被丢下了一个包裹；里面银子发出的声响，同样悦耳动人。

李晋满头大汗，几乎跌坐在地上。旁边几个人抬脚，将地上的银子踢到了李晋面前，示意他赶紧捡起来滚蛋。

李晋伸出了手——但是，目标却并非地上的银子。那几个大内密探身后，哮天已经虎视眈眈地露出了獠牙。

“来。”李晋招手，吹了声口哨唤道。顷刻间白光一闪，亮得大内密探睁不开眼。等到光芒渐弱，再睁眼时，不晓得面前的李晋为何突然有了文身。

“京城里人多眼杂，确实不能招摇。”李晋揉了揉自己的手指，摘下了弯弓试了一试——不行，指骨断开后根本拉不得弓弦。

那几个大内密探见状，即刻亮出了兵器。

李晋耸肩，站直了身子，悄声说道：“嘘……诸位，听我一言。”

我要杀了你。

一阵冷风吹过，李晋开口，一字一句缓缓念道。

说罢，李晋又揉着自己的手指，疼得咧嘴，迈着步子想要去寻个郎中给自己瞧瞧了。

而之前站在他面前的大内密探，动也不动，眼神已经涣散。刚才的一瞬间，一股漫天的杀气，伴随着李晋那不经意的“我要杀了你”这五个字席卷而来，铺天盖地。那种感觉，仿佛是千针刺骨，又仿佛是一只不可名状的野兽伸出了舌头，舔舐着自己的全身。

动手？莫开玩笑了……别说是挥动手中的兵器，就连身上的汗毛都忘记了如何发汗。唯一能感觉到的，就是自己体内的七魂六魄被一双利爪缓缓撕开，然后整个人被恐惧吞噬殆尽。眼前只剩下了一片漆黑，仿佛是再也不能爬出去的深渊。

李晋离了刚才的地方将近一里地，那几个经过大风大浪的大内高手才纷纷倒地。人，是会被吓死的。

李晋抬头，天色暗沉了不少。不知道麦芒伍对卷帘在武举场上的绞杀如何……即便不能杀了对方，给对方点苦头吃总是能做到的吧？

李晋又摸了摸怀里属于杏花的妖丹，微微叹了口气。

那卷帘倒是能沉得住气，即便被麦芒伍施计弄伤，却仍没有用唤沙这项技能……

卷帘啊卷帘……你到底还有什么后招？

第四十七章

秘密

镇邪司。

麦芒伍正等着血菩萨将吴承恩从武举现场带回来商议要事，却听管家禀告，说是铜雀求见。

“请他进来。”

这个时候，铜雀来见自己，到底所为何事？

铜雀大体知道自己并不受其他二十八宿的欢迎，身为现任鬼市掌权人，这点自知之明他还是有的；所以，他一来就直奔主题。

“卷帘托我带话给李家小姐——说他胳膊受了重伤，今晚要逃离京城。”

麦芒伍皱了皱眉——怎么可能，卷帘竟然会逃走？

今日不过才刚过了武举初赛，自己虽然暗中部署人手对付卷帘，也令其受了伤，但他……不是还有三大绝技吗？就这么走了，实在难以让人信服。

“既然他要逃走，为何掌柜的说是替他传话？而且还是传给李家小姐的？”

“不错。”铜雀有点失望，觉得京城之内最有趣的事情便是看麦芒伍猜谜；但是这次麦芒伍竟如此直接地开了口，自己不回倒也不是。既然如此，铜雀只好和盘托出，“正是他本人要我来此告密，点名要我给李棠这个口信。”

其实，从字里行间，麦芒伍大体也知道这个意思。

“掌柜的是说……卷帘是在故意利用你前来通风报信吧……既然如此，那他便是要引金蝉子上钩。”麦芒伍试探道；此人无利不起早，很多话都不肯说透，着实令人难受。

铜雀没有正面回答，只是默契一笑：“我差点忘了，镇邪司的千里眼和顺风耳一直在监视着一笑楼的客人……那么自然，卷帘来京城的目的，也被镇邪司窃听到了。”

那卷帘一边折磨白骨夫人，一边参加武举，行事作风全然没有南疆霸主的样子，可见他另有目的。而传说中，能与卷帘有关联的便是金蝉子。

当日惊天变时，猴妖突然出现又突然消失，有传言说是因为吴承恩将其收服，也的确有很多线索都指向吴承恩——比如那两年京城突然畅销的话本故事“大闹天宫”，又比如吴承恩那一手神乎其技的“袖里乾坤”。

镇邪司最开始也的确是将所有的视线都放在了吴承恩身上，可是，他们都找错人了。

当然，吴承恩的技能不可小觑，麦芒伍也有心真的将其纳入镇邪司二十八宿。可是找错人就是找错人，惊天变的关键人物是猴妖，而与猴妖有关的关键人，并非吴承恩，而是一直跟在吴承恩身边的青玄！

猴妖出现的时候，青玄也在场！

麦芒伍是最近才从千里眼顺风耳的口中得知了此事——顺风耳也是无意间听见了卷帘在一笑楼对白骨夫人说话时提起的一些过往，他跟千里眼分析时，两人蓦地回忆起当时惊天变的场景，才记起，除了吴承恩，青玄也在场。

当时只将注意力放在吴承恩身上，从未想过青玄此人。加之此人好像有种令人习惯性忽视的气场，竟被他逃过了千里眼顺风耳的监视。

现如今，卷帘入京，青玄等人也跟了来——虽然他们一直极力邀请吴承恩加入镇邪司，也邀请他来参加武举，但实际上，如果吴承恩反对，大可以直接拒绝他们，然而，没想到的是吴承恩竟然来了。而且，他探过吴承恩的口风——来京城的决定是青玄下的；李棠也同意。

表面上他们是要为在南疆丧命于卷帘之手的小杏花报仇，实际上……青玄是否另有目的……可是十分值得推敲的……

不过眼下，却也顾不得太多。既然卷帘已经用铜雀来钓青玄上钩，那便代表着自己的猜测不错。不怕一万，只怕万一。万一卷帘真与青玄在京城大打出手，届时卷帘三大绝技一出，整个京城怕是要被夷为平地了！他须得想个两全其美的法子，既除掉卷帘，又把青玄这个莫名的势力削去。

“掌柜的，你既然没有选择李棠，反而是对我说了这秘密，明显是想给我提示。”麦芒伍紧盯铜雀，“但是，你的所作所为又好像是敌人的盟友。”

“我的立场……”铜雀整理了一下自己的衣冠穿戴，朝着已然从武举校场赶回来的血菩萨、吴承恩、青玄等人望了一眼，见没有李棠，才稍稍放下心来，“便是将鬼市做成昔日里老板的风格——中立，不偏不向。我既不想得罪一笑楼的客人，也不想得罪伍大人，更不想得罪李家。所以……”

“确实，而今整个京城危如累卵，掌柜的没有妄动，便是朝廷的福气。”麦芒伍这番话，显然是认同了桃花源的实力。

“伍大人，抬举了。”铜雀摇摇头，似乎下了决心，“说真的，我并不喜欢一笑楼的那位客人……所以，我有些话愿意说给伍大人听。”

“请讲。”麦芒伍比了一个请的手势。

“卷帘，是真的要走。今日卷帘比武之后，并没有第一时间回一笑楼休息，”铜雀说道，声音刻意压低，“他在回来的路上甩开了我的手下，说是去见一个人……到底是谁，我不能说。我只能告诉伍大人，等到他回了一笑楼后，身上沾满了火药味。”

火药味……麦芒伍略微揣测，便可知道卷帘去的是神机营。他去神机营见了一个人？要知道，神机营戒备森严，又是皇上直属操纵，一般人怎么可能约在那里见面？除非与卷帘见面的人疯了，或者那人就是……

麦芒伍心中一顿：“莫非，皇上受人蛊惑，要与卷帘讲和？”

思来想去，神机营中坐镇的，只可能是皇上本人。

“我只听说，文试试题，卷帘答得最得皇上欢心。”铜雀不置可否，反而旁敲侧击。

确实，从卷帘回了一笑楼之后的举动里，铜雀心中得出的也是这个答案。

“掌柜的，烦请你去与李家小姐说一下，就说我念叨着伤势太重，准备逃回南疆。这姑娘性子烈，听到这种事自然会带人前来追我。还请掌柜的做戏真一些，装作是无意中发现了我的举动。”当时的卷帘在客栈之中，虽然语气客气，却依旧高高在上，如是吩咐着铜雀，“她之前说过，不会靠执金吾的力量。想必，只能与青玄、书生前来会我。”

铜雀听完之后，心中自然是犯了难：“大仙，我桃花源一向中立……要是借我的口引来了李家小姐，万一她有个闪失……不瞒您说，李家可是我的大主顾。”

“不，我会败给李家小姐，让她出了心中的恶气。而且，我并非想与李家为敌，自然也不会伤她分毫。”卷帘似是早就想好了一切，并没有听铜雀的辩解，而是巧妙开口蛊惑道，“待到我的目的达成后，便会装作被李家小姐所击败。掌柜的此举便可以顺势讨好李家少主。”

目的达成之后……铜雀心中一紧，脸上却不动声色。

卷帘胸有成竹，替铜雀想好了一切：“如此一来，李家自然会赏识掌柜的。而我也会在心中记下掌柜的好处。此举，乃是万全之策。”

卷帘明白，虽然这铜雀信不过，但是他那两面三刀的性格，一定经不起这般诱惑。况且，铜雀这人胆小怕事，肯定是不敢得罪自己的。眼下，自己马上就要离京，要是不能即刻引青玄上钩，恐怕就得再做长远打算了。

果然，铜雀纵使推托，还是按照卷帘吩咐，去找李棠了。

只不过，卷帘不会想到的是，铜雀虽然照章办事，却偏偏选了对麦芒伍说出这番话，而那时候，李棠并未在场。

但李棠暂住镇邪司一事，卷帘是知道的。如此，也算能蒙混过关。

是的。回忆至此，铜雀明白，自己的身份不便招摇，若想在武举之中扳回一城，也只能靠麦芒伍了。

果然，麦芒伍的反应没有叫铜雀失望。

“荒谬！定是五寺的人又鬼迷心窍了！”麦芒伍忍不住骂道，“我排布多年，卷帘入了京城，处处受挫，这才以退为进。要是放虎归山，等他到了南疆，朝廷便真的岌岌可危了！皇上一世英名，怎么会有如此打算？”

“说句大不敬的话，”铜雀在一旁耸耸肩膀，“也许皇上如我一样，吃不准镇邪司与卷帘争斗到底有无把握取胜。倒不如趁着双方还未正面交锋，避而不战，才是上策。”

血菩萨嘴唇一动，却没有说出心中的话……皇上，对镇邪司没有信心？

铜雀并不打算多留，正准备离开。

“掌柜的，在下斗胆猜测一句，”麦芒伍忽然开口，“刚才如您所说，看来您也对咱镇邪司不大看好。我是不是可以认定，如果镇邪司在这场较量之中取胜的话，桃花源便会是朝廷的盟友？”

“我只站在胜者的一边，”铜雀耸耸肩，脸上似是无奈的神色，“您晓得，小本生意，没办法。”

“两面三刀。”血菩萨不屑地说道，吐了口唾沫以示鄙夷。铜雀听到血菩萨嘴里和卷帘如出一辙的评价，只是笑笑，面对如此侮辱并不在意。

“不，在我看来掌柜的并非两面三刀……”麦芒伍听到这里，反而对着铜雀施了一礼，“掌柜的可谓生意人的典范，堪称八面玲珑。”

一个能单凭一己之力建立起“桃花源”这般巨大的组织，又将天下耳目“鬼市”抢到手中的人，怎么可能只是平庸之辈？大隐隐于市，铜雀的城府，太深。

听到这可谓一人之下的麦芒伍如此盛赞，即便铜雀，脸上也有惶恐之色。

麦芒伍看着铜雀离去的身影，知道这种人最可怕。卷帘如果真败了还好，但倘若镇邪司这边居于下风，即便铜雀与自己惺惺相惜，桃花源也一定会站在朝廷的对立面。

所以，眼下镇邪司绝对不能放卷帘回去。一旦虎入深山，便再难轻易擒住。只是，到底有什么方法可以留住那卷帘呢？

麦芒伍抬起头，看了看不远处的青玄和吴承恩。

方才铜雀的话，这两人想必已经听见了，不知他们会有何举动，最好不要轻举妄动，容自己再想一想办法。

好在李家小姐没在……不过，李家小姐呢？

“李家小姐在门口被她家的执金吾拦下，说什么都不想让她在我们镇邪司逗留。”血菩萨察觉到麦芒伍的视线，低声解释道。

麦芒伍微微点了点头，看向青玄和吴承恩，却是对着血菩萨吩咐：“召集九剑等人前来，我有要事与众人商讨。”顿了顿，他收回视线，“其他人等，暂且回避。”

在吴承恩和青玄两人转身的时候，麦芒伍再次开口道：“吴公子，请留步。”

吴承恩下意识地看向青玄，青玄给了他一个安抚的眼神：“去吧。”

吴承恩抓住青玄的胳膊：“你不要乱跑，我还有话跟你说。”

“……好。”青玄点头。

“你保证。”

“我保证。”

目送吴承恩被血菩萨拉走后，青玄深吸一口气，找了个地方坐下来，心中十分纠结。

方才铜雀和麦芒伍的话青玄的确听见了，但却认为这是卷帘的圈套，那个人才不会就此离开京城。想到武举初赛结束时，卷帘向自己出示的白骨，意在挑衅，引自己前去，但现在冷静下来，青玄却觉得不能如此冲动。

更何况，还有吴承恩……他一直放心不下让他一人独自前行，而且，好不容易才培养他至此，只要再多给他点时间，吴承恩定然能够独当一面，届时……

青玄忍不住拿出了他在南疆收藏在身边的那截白骨，细细摩挲。

——他曾熟知卷帘为人，也知道白骨夫人的性子，但时隔经年，前尘已了，他们还会是原来的他们吗？就连自己，也早已不再是当初的自己了。

第四十八章

殉义

掌灯时分，京城里忽然下起了毛毛细雨。

九剑哆嗦了一下身子，在屋檐下收了自己的巨伞；现今的时令，真可谓是一场秋雨一场寒。甩干了巨伞上面的水珠后，九剑便迈步而入，直奔一笑楼的后院——

推开门，四周的善障灯依旧灯火通明；卷帘独身一人，正坐在院中的石墩上翻看着沙盘。随着一页阅尽，卷帘抬起右手一挥，新的文字便开始浮现在沙面之上。

“大仙秉烛夜读，在下打扰了。”九剑撑开伞，不多话语，便走进了善障灯的包裹之中。进了院子中，才更能感到这里恍如白昼。

“我等的，不是阁下。”卷帘头也不抬，只是继续看着地上的沙盘；而他左边的断臂伤口依旧没有任何愈合的趋势。鲜血滴在地上，已经和沙子混成了黏稠的一团。

“听闻大仙重伤未愈，咱镇邪司特派我来探望。”九剑并不理会卷帘，反而将手中的巨伞握紧，一步一步逼近。

“大人可能有所不知，”卷帘终于抬了头，改了称呼，似乎神态疲惫，“其实今日我已经与皇上表了忠心，南疆以后便是朝廷的领土，而我，也会尽早离开。大概明天早朝，就会有消息。现在，你我其实已是同僚，若是争斗，恐怕皇上会误会。”

“哦？竟有此事？”九剑笑了笑，“大仙还真是会信口雌黄，你在南疆如何呼风唤雨、为非作歹都忘了吗？皇上体恤百姓，怎么可能会接受你的忠心？再说你哪有半点忠心，有的都是狼子野心吧！我镇邪司向来逢妖必杀，而且也最重一个‘义’字。你将我镇邪司的要员困在南疆，炼成半妖，这笔账，我们也该算一算了！”

是的，奎木狼被困流沙，不得已炼成半妖，甚至将那颗舍利子玲珑内丹剖出来给了他，让他带回镇邪司复命。

那日，麦芒伍接过舍利子玲珑内丹后，良久都没有说话。

“奎木狼说，这内丹适合给镇九州用。”九剑转述奎木狼的嘱托。

“我知道了。”麦芒伍小心地收好内丹，然后把自己在天楼关了一天。

之后，麦芒伍便制订了一系列的计划，包括在武举中安排被他银针所控的人来对抗卷帘，一层层削弱卷帘的实力；包括让吴承恩参加武举顺利过关；还包括……天牢里的镇九州。在麦芒伍看来，他几乎可以说是镇邪司对付卷帘的最强也是最后的撒手锏了。

当夜麦芒伍召集所有身在京城的镇邪司二十八宿于内庭商议铜雀送来的消息。

众人一致认为“卷帘要逃”的消息是不可靠的，他千里迢迢来到京城，尚未真正出手，以其性格怎么可能善罢甘休？不过，到底镇邪司是要派人去一探究竟的。

而且，除了试探之外，他们要尽最大努力在武举决赛前削弱卷帘的实力。如此，决赛的时候，让吴承恩拿魁首才万无一失。

今天卷帘在赛场上的表现实在可怕，而且他还没用到唤沙这个技能，只是小小地用了下蛊毒和驱尸，便将麦芒伍武举前的各种准备打乱。虽然卷帘伤了一条胳膊，但这对镇邪司来说，还远远不够！

只是，到底派谁去执行这个任务，才是计划中最令人为难的一部分。

前往试探卷帘一行必然危险重重——而且，九成九的概率会送命……

血菩萨想也没想，转身便要去一笑楼。但是，一支巨伞横在眼前。

血菩萨回头，见到了站在自己身后的九剑。九剑看了看血菩萨的双腿，嘴中说道："外面下了雨，毕大人的腿伤可能不大方便，倒不如我去。"

"倒要被你小瞧！"血菩萨皱了眉头，抬起右手指着九剑的眉梢——一只乌鸦，已经站在了血菩萨的指尖之上。

"京城之内，镇邪司离不得前辈的乌鸦广做警戒，"九剑却在瞬间巨伞打开，踏入了雨幕之中，表明了不打算退让，"而我只善于斯杀。况且跑腿的事情而已，莫失了前辈身份。"

说着，九剑看向了麦芒伍。麦芒伍只是背着身子，没有转身。

"那么，我便去了。"九剑跪在地上，对麦芒伍说道。

"早去早回。"麦芒伍依旧没有转身，"我这便吩咐管家，要厨房备好了消夜，等你回来。而且，老板也派了手下来，做了一道烧鱼助兴。"

"那今晚有口福了。"九剑笑了笑，起身朝着一笑楼头也不回地去了。

平安。

麦芒伍嘴唇微动，似有似无说了一句。

九剑回过神来，发现卷帘的左胳膊不再流血，反而是滴出了层层浓沙，渐渐凝结成了一只凌厉巨爪，上面层层绽开了无数倒刺。

"就凭你？"卷帘咬着牙，神色却又恢复了平常，"大家本是井水不犯河水，偏偏那奎木狼到了南疆，我已经手下留情，没有要他性命，你却如此不依不饶，镇邪司还暗中在武举中动手脚，如此狡诈，毁我修为，简直猪狗不如。"

"竟敢对伍大人出言不逊！"九剑将兵器展开，摆好了架势，"卷帘，你好大的胆子！"

"我便骂了，又能怎样？"卷帘说着，提起自己的左爪——上面凝聚出了一副沙盘。这一招，正是之前在鬼市之中显露过的"崩国"。沙盘渐渐成形，卷帘冷笑道："倒不如让你们这群畜生一起上路，黄泉边也互有照应。"

"卷帘！"九剑非但一步没退，反而挥起巨伞，一跃上前，"看招！"

天空一声惊雷。

雨下得更大了。

麦芒伍站在镇邪司衙门门口，抬着头，看着天空不断滴下的雨点走了神。寒风刺骨，这夜里安静得没有一点声响，只有稀稀落落的雨水声，听着像是谁在哭泣。

管家急忙从衙门里面奔了出来，手上拿着一件披风，搭在了麦芒伍的肩上，嘴中也说着“大人，小心着凉”，劝麦芒伍回去避雨。

为了皇上的江山社稷，为了大明的千秋万代……

“通知后厨，”麦芒伍转过身，神色黯然地进了衙门，“消夜，不用备了……”

京城，丑时。

一笑楼内，九剑死盯着卷帘手中的沙盘，片刻不敢将自己的眼神移开。几股浓厚的剑气从巨伞内部汹涌而出，滑落在院子后渐渐集聚成了人形。这几个身影站定之后，纷纷抬手，从巨伞上抽出了一把又一把的兵刃，然后摆好架势，将卷帘围在了中间。

“又要麻烦诸位前辈了。”九剑朝着散出来的八个身影略微鞠躬，语气恭敬。

卷帘却没有丝毫慌乱——对他来说，人多一个或少一个，都是无谓的挣扎而已。

“秘技，”九剑握着手里的最后一把刀刃，轻声说道，“沙场秋点兵。”

几个剑气形成的身影原地屈膝，然后各个飞跃而起，朝着卷帘厮杀而去。

“嗡”的一声，卷帘的袖口一下子涌出了近百只蛊虫，各个都有拳头大小，口器的位置像极了一把匕首。这些脑袋尖锐的蛊虫，流着淡紫色的口液，想必都是含有剧毒的。

若论以多打少，卷帘绝不会落了下风。

卷帘心里清楚，九剑并非神机营出身，想必放出来的这些人形傀儡，动作并不多么精细。估计这些傀儡只是障眼法而已，他的目的不过是想要分散自己的注意力……

然而，卷帘这一次却猜错了。只见八个剑气人形左劈右砍，还在空中时便已经将蛊虫全部杀光，飞溅的毒汁也尽数避开。这本事，绝对称得上一等一的高手。

其实，这些人形的剑气根本不是九剑在操纵；可以把他们视作活生生的锦衣卫高手。

这些剑气人形的身法、形态，九剑曾经见过无数次——那都是自己一个一个死去的前辈在沙场拼杀的身影。而九剑，曾经在无数个夜里模仿着前辈们的一招一式，慢慢地，缠绕在自己肉身上的剑气便记住了这一切。可以说，自己这一招，是建立在上一代锦衣卫的尸骨上精进而来的。

即便如此，卷帘却并不打算躲避这些“人”的劈砍——只见这些人形剑气手中的断刃轻易便劈中了卷帘的肉身。但是，卷帘的伤口非但没有流血，反而喷薄出了一股股沙流击向众“人”的心脏。人形剑气霎时间便被悉数击倒。

“如果这便是你最后的反抗……”卷帘抬起了自己的手掌，在九剑面前摊开：上面所铸的连着地面的沙盘，已经隐隐成形。

那沙雕，正是镇邪司衙门的模样。

九剑心中一动，只身挥起刀刃朝着卷帘刺去。卷帘不由得一笑，如此破绽百出的一击，真是走投无路了吗……

然而，九剑在向前跃去的同时，另一只手却攥成了拳头：地上的人形剑气，猛地重新站了起来，再一次举起兵刃围住卷帘。

“秘技……”九剑也抬起了自己的兵器，朝着天空一指。

猛然间，九把兵器纷纷从主人的控制下脱手，朝着卷帘的脑袋上飞起，并在一块，重新化成了一把撑开的巨伞。还未等卷帘有所反应，巨伞忽然间合上。

一笑楼里，突然间安静了下来。只见院子中，已经没了卷帘和九剑的身影，只剩下一把浮在半空的巨伞缓缓旋转。

卷帘抬眼四下张望，只见四周漆黑一片；而他手中的沙盘，断了与地面连接的沙流，正在缓缓崩塌。卷帘一时间不晓得自己身在何处，却听得周围传来细碎的回音。听起来，四周应该都是铁壁。

难不成……卷帘再次抬眼，看着气喘吁吁、跪在自己不远处的九剑，猜测到了大概：自己多半是被九剑用法术困在了他的巨伞之中。

确实，这一招，乃是九剑对外绝不显露的。此处，便是巨伞之内的结界。想当初，他也是靠这一招在金角、银角的葫芦里保全了性命。

刚才试了几手，九剑便已经确定自己不是卷帘的对手。九剑没想到的是，卷帘的目标并非是与自己厮杀，反而是直接瞄上了镇邪司；这样一来，九剑的处境就变了：躲入巨伞虽可保自己周全，却会让镇邪司遭受灭顶之灾……眼看对方的一招“崩国”就要出手，九剑思来想去，也只有这个对策了：

将卷帘一起吸入巨伞之中。

从结果来看，这个冒险的决定应该是正确的。

起码，对方手中的沙盘散了——而卷帘也只是看着自己的手心，没有着急使出下一招。“崩国”这种招式自然是消耗了不少妖力，即便是卷帘，也不是可以轻易再来一次的。

很好……九剑心满意足，勉强站起了身子，执起了手中的兵器：即便自己现在死在巨伞之内，这“沙场秋点兵”多半能困住卷帘一段时日。

死得其所，这样的话……

“我小瞧阁下了。”卷帘看着自己手中散尽的沙盘，叹了口气；本以为这小子在二十八宿之中排名靠后……没想到，他们倒是各有各的本事。

九剑没有答话——确切地说，他已经没什么力气说话了。眼下，他只是靠着一口气硬撑着不露破绽，想要尽可能多拖延哪怕一刻也好；突然间，九剑仿佛想到了什么，匆忙在腰间摸索一番，然后将什么藏在了怀里。

“只是，”卷帘抬起头，凶相毕露，“镇邪司，未免也太小瞧我了！”

轰隆一声！

一笑楼院子四周的善障灯全部被震碎，满院子都是崩裂的铁片。

九剑已然浑身是血地倒在地上，再也动弹不得；身旁落着的，是那柄已经从内而外炸裂的巨伞。卷帘走到九剑的尸首旁边飞起一脚——九剑从院子里被踢飞，撞穿了两扇大门后，跌向了一笑楼外面。

寂静的街上，早有一个人闻听刚才的旱雷后在此等待。九剑还温热的尸体被这白色身影双手接住，然后轻轻放在了地上；而九剑的怀里露出了临终之际藏好的宝贝——

锦衣卫镇邪司的腰牌，上面写着一个暗淡了的名字：亢金龙。

而九剑的肉身，渐渐溃散成了一地散沙。

卷帘很快追了出来，看到面前的白色身影，杀气未减："怎么，李家的人也想插一手吗？"

"不想。"那白色身影答得倒是爽快；他只是将九剑的腰牌捡起，放在了自己的袖子中。卷帘并没有松懈，紧盯着对方的一举一动。尤其是这人身上的文身一直在闪闪发光，显得杀气腾腾。

"阁下到底是什么人？"卷帘问道。

"小人物罢了。"那人摆摆手，看卷帘似乎无意出手，便带着九剑的尸身离了一笑楼。

确实，自己只是个小人物罢了……

李晋带着九剑离开一笑楼没多久，迎面碰上了青玄。

青玄看到九剑尸身后不由得一愣："他……"

李晋冷笑一声："没错，他死了，你还要念故人之情吗？"

青玄没有出声，李晋继续道："镇邪司一向以皇上为重，京城里有卷帘这等危险人物，麦芒伍定然会想方设法打败卷帘，哪怕是飞蛾扑火也在所不惜。九剑就是第一个牺牲品。你应该很清楚，镇邪司盯上了吴承恩，正在极力邀请他入镇邪司顶替奎木狼的位置入了镇邪司，他肯定也会被任命对付卷帘。而他那身化物度妖的本领，对抗卷帘，不知能有几分胜算？"

青玄低垂着眼眸，无法看清他眼底的神色，只见他双手合十，双唇翕动，似乎是念起了超度的经文。

"现在超度九剑又有什么用呢？他都已经……"李晋叹了口气，却也没有急着带九剑离开，而是听青玄念完这段超度经文才离开。

"我会跟他做个了断的。"身后传来青玄低沉却坚定的声音。

"但愿。"

但愿，你不会让我失望。

第四十九章

龙须笔

青玄伸手入怀，拿出那段刻有“白骨夫人”的骨头，细细摩挲着，眼前仿佛闪现过当年那个活泼的少女……

卷帘，你何苦走到这一步？

今日麦芒伍召集镇邪司成员的时候，吴承恩也被他们拉走了，青玄是在九剑离开镇邪司后才知道他们制订的计划是先派人试探卷帘，而后想办法削弱卷帘实力，以便为吴承恩在武举决赛时扫清障碍。

青玄想，自己应该早点来见卷帘，这样九剑就不会无谓牺牲了。

不过，他一直无法放心吴承恩独自前行，若非卷帘变得如此不可控，他也不会在现在这个时候放手，任由镇邪司的人拉拢栽培吴承恩。

想到自己离开时，吴承恩忐忑的表情，青玄再次叹了口气。

师弟，接下来的路，要靠你自己了。

此刻的吴承恩已经随着麦芒伍到了天牢底层。

“吴公子，你不必如此一副视死如归的表情，不过是想请你帮个小忙，你放心，真的是个小忙，你一定能做到，而且是举手之劳。”麦芒伍说道。

吴承恩有些心不在焉地点了点头，脑中还在想与青玄分别时的画面。

“青玄，你别冲动，一切都可以从长计议，不如等我回来再……”

“这是我的私事，我自己解决便好。这一路你一直都被我管束，想必也心有不悦。现在给你个机会，单独闯荡，你好好把握。”

好好把握什么？入镇邪司效命皇家吗？自己又不是贪慕荣华之人，本来就只是想写好故事才会四处游历捉妖的。而且自己最想写的人是青玄啊！如果不能一直跟随观察，便无法落笔，写出来的也有很大偏差。

“小心脚下。”麦芒伍的声音再次响起，吴承恩收回思绪，开始打量天牢。

一路走下来，这天牢显然与想象中不同：既没有过于阴森鬼暗，也没有那么多的哀号嘶鸣。也难怪天牢如此：里面的一群亡命之徒，今日刚刚被麦芒伍秘密调去插了银针参了武举，围剿卷帘。只是即便如此，却依旧没有得手。所以，天牢里竟然有了几分冷清。

到了最下层，除了一个四方周正的巨笼之外，竟然还有一处私宅，装饰得金碧辉煌。

“真是好气派的天牢啊！”李棠感叹了一句。

她一直跟着吴承恩在镇邪司出入，镇邪司的人倒也没有为难过她。今日刚跟去镇邪司，家里那几个暗中跟着她的执金吾再次冒出来劝说她回家。

李棠向来任性，直接挥手表示别来烦她，好说歹说才说动，不过她知道，那几人怕是又隐回暗中来跟着自己了。也好，只要别出来一直烦她叫她回家就好。

很快，吴承恩和李棠都发现，那个巨大的笼子里，蜷缩着一个不着寸缕的身影，浑身上下竟都是溃烂的伤口。

吴承恩下意识地想要迈步过去——即便是死囚，也不该受如此残酷待遇。自己虽然本事不大，但是帮着照顾一下那人的伤口，倒也无妨。

宅子旁边的水池忽然间一阵低沉轰鸣，紧接着，一只巨龙伴随着巨浪攀爬了出来，用前爪支着自己的下巴，懒洋洋地对吴承恩说道：“别去，他活该。”

这番变故，显然惊到了李棠。她回身看着眼前的巨龙，一时间不知道说什么好。

“给姑娘介绍一下，”麦芒伍听到水声，头也不回地说道，“这位便是鬼市老板。而这位，则是……”

那巨龙没听完这番话，似乎受了刺激，朝着麦芒伍的背影便吐出了一个水球——水球带着轰鸣，呼啸而去。

麦芒伍似乎没有察觉，纹丝未动。

“啪”的一声，水球应声而破。吴承恩这才看到，刚才笼子里明明奄奄一息的身影，已经将胳膊探出笼子，替麦芒伍挡住了巨龙的一击。

“老板，玩笑开过了。”麦芒伍开口说道。

“老板？我还有个老板的样子吗！”巨龙开口，本以为声响会是震耳欲聋，没想到声调之中竟夹杂着几分委屈，“你这几日没来，镇九州又在我的池子里撒尿了！”

笼子里的身影嘿嘿笑了，却也没反驳。

李棠与吴承恩互相看了看——震九州、镇九州。这名字倒也说不上陌生，难道这便是二十八宿之中的那个……

原来当日在南秀城遇到的震九州，是假的，此人才是真的镇九州。

镇九州直愣愣地躺倒在了地上：“这回又要做什么？如果不是来杀我的话，我劝你别浪费时间了。我早就跟你说过，不该心存侥幸，如果这些年一心杀我而不是救我，说不定早就有了结果。”

“这次不一样，说不定真的有救。”

“行啦，你不用安慰我。我在这天牢过得还不错。”

两人对话，被一旁的李棠听了个大概。李棠微微皱眉，又细细打量了一番镇九州，随即又慌忙避开了自己的目光。那镇九州什么也没穿，着实让李棠羞红了脸。

“莫非，你中了永生蛊？”李棠低着头，小声问了一句。

麦芒伍与老板同时扭头，一起看着李棠。

“这女孩子倒是有几分见识，”老板打了个哈欠，用尾巴给自己抓痒，“没错，不然这厮早被我吃了。”

李棠也只是听自家人闲话过几句永生蛊的可怕，没想到今日在京城天牢能够得见。

麦芒伍嘴上不说，心却跳得快了几分。

镇九州，确实是中了卷帘的永生蛊；这件事，说来话长。

想当年，卷帘发现以人为容器炼出的蛊虫最为凶猛。只是，人类生来肉身脆弱，炼蛊一事又仿如置身地狱，熬不了太久便会死去。

而卷帘在牺牲了无数人命之后，终于将永生蛊成功用在了人的身上——此人，便是镇九州。他当时，还是卷帘的信徒之一，自以为被大仙选上获了永生，心中尽是感激之情。只是未曾想到，自己不过是沦落为了卷帘的蛊罐，永远不会死去的蛊罐。在镇九州的体内，除了永生蛊外，竟然还保存着数只蛊虫。

一般人受了这蛊虫，即便还是虫卵时期，便已经死上一万遍了。镇九州一直受着天大的苦痛，却依旧无法死去——支撑他的，只有“报仇”二字。好不容易，镇九州等到了一个机会逃出了南疆。剩下的事情倒无须赘言——那便是机缘巧合之下，遇到了一位知己：

麦芒伍。

接下来的几年，便是众人一起出生入死，建立了无数功勋。组建二十八宿之初，便有人暗示麦芒伍一定要除掉镇九州：“迟早，此人都是南疆卷帘的兵器。”

此话倒是没错，卷帘并不急于寻觅镇九州的行踪，只是因为自己还没有遇到需要如此认真的敌手。驱尸、用蛊、唤沙，三大绝技任何一样就足以让卷帘独步天下，没必要刻意去寻自己的蛊罐——反正，那蛊罐只有自己能用，而且……

那蛊罐，永远也不会坏。

所以，镇九州虽然得了二十八宿的名号，却日日夜夜在天牢之内受人监督，而且刑部三百六十五天每日都是一种新的刑罚，意图找到杀死他的办法。镇九州身上旧伤永不会好，新伤却频添。而最恐怖的是镇九州受刑之际从来不会惨叫，反而永远一副冷笑挂在脸上，看得施刑人不寒而栗。

只要自己死了，蛊虫自然也会崩坏，卷帘多年的苦心就会灰飞烟灭。镇九州便是秉着这样一口气，硬生生抗下了所有痛苦。

麦芒伍这些年并没有束手待毙。他也想尽了一切办法，尝试着除掉寄居于镇九州魂魄之中的永生蛊。只是，办法用尽，换来的却只有失望。镇九州多次坦言，让麦芒伍换了想法，不如琢磨一下如何才能杀了自己。

“哪怕不能手刃卷帘，只要想到我死了之后能气他一气……”每每说到这里，镇九州总会笑出声来。

每逢于此，麦芒伍只是宽慰几句，不再多说。

他没有放弃任何希望。前段时间，血菩萨回来说了与吴承恩的奇遇，以及他那化解妖力的手法后，两人心中的算盘其实如出一辙：虽然机会渺茫，但是说不定吴承恩的本事真的可以……

接下去的，没有人敢想。

这几日，卷帘被镇邪司设计一番，却仍能全身而退。麦芒伍对这一切早有准备，所以才一直不肯让镇九州去与卷帘拼命。如同自己所预料的：卷帘的真本事，还没有使出来。一旦镇九州落在了卷帘手中，那京城就岌岌可危了。

从大局出发，麦芒伍也断不允许自己的衙门出现这种闪失。皇上此时才给自己下令，算来也是仁至义尽：为了社稷安危，除掉一个镇九州，不足为虑。

眼下，麦芒伍听得李棠开口，心中不免澎湃；莫非这李家小姐，有什么办法可以除蛊？

李棠却只是说这蛊虫厉害，丝毫没有解蛊的办法。麦芒伍不禁摇摇头，也罢，且看吴承恩待会儿能不能帮忙解蛊吧！

老板在旁边支着下巴，听完李棠的话，忍不住冷笑："丫头片子，见识也就到此了。"

李棠听完便知这巨龙说的是自己，一时间不服气道："怎么说话呢？"

老板倒是有三分惊讶；这小姑娘见到了自己的真身，不仅不怕，反而还敢回嘴——怎么这些人类都跟麦芒伍一样，如此不讨人喜欢。思及于此，老板深吸了一口气，打算先给这女孩一个下马威——

不远处，麦芒伍察觉到了老板的心思，只是抬手，指了指李棠的腰间。

老板并不理会，正打算出手，李棠腰间的灵感浮游一番，与老板看了个对眼。哎？这腰坠看着眼熟，莫不是李家的……

"妈呀！"一口气没上来，老板便惊呼出口，随即尾巴一甩，进了池子深处瑟瑟发抖。

镇九州在笼子里看到这一幕，忍不住嘿嘿发笑。

麦芒伍则抬手唤吴承恩来到了笼子旁边，指了指笼子里的镇九州，开口吩咐道："用你的本事，收了它。"

镇九州站起身子走到吴承恩身边，指了指自己的胸膛；那里有几道伤口，依稀可见内脏。只见一个黑色的虫卵，正在散发阵阵妖气，攀附在心脏的位置。

吴承恩深吸一口气，上前一步，拿出自己的书卷，同时亮出了龙须笔——

“下笔，”麦芒伍不再啰唆，“收妖。”

——只见吴承恩探出笔尖，准确地瞄向了黑色的虫卵……

嗞啦一声。

吴承恩瞬时被掀飞了几丈远，李棠赶忙过去扶起了他，所幸吴承恩并无大碍。只是，他的笔尖却被妖气侵蚀得焦黑。

果然，不行吗……

麦芒伍脸上，流过了一丝失落的神色。最后的救命稻草，如此轻易折断，实在叫人一时间难以接受。

倒是那镇九州，一声不吭咬了一阵嘴唇——估摸着刚才他要忍受的痛苦绝非常人可以想象。过了一会儿，镇九州擦了擦头上的汗，又是一脸轻松，反而宽慰了麦芒伍一句：

“得了，真这么容易，咱们这些年岂不是成了笑话？”

说罢，他重新坐在地上，哈哈大笑。麦芒伍看着镇九州如此反应，反倒是说不出什么话来。

“我再试试，可能是因为换了笔，用得不甚顺手，总觉得……”吴承恩有些不好意思地开口。

镇邪司寄予他如此厚望，他也不想让对方失望。

突然，旁边的水池一阵响动。

老板缓缓爬出了水池，浑身湿透，他偷看了一眼李棠，态度倒是变得毕恭毕敬。

“你说这笔你使不惯？”说话间，老板转向了吴承恩。

吴承恩点头：“是的。虽然说以此笔落字力道十足，却又觉得下笔之际手臂酸痛，不甚顺畅……”

“你这笔是从哪里来的？”

“这是南疆得来的，说是龙的须子做成，用了以后可以法力精进……但是我却觉得，言过其实……可能龙的须子也就那么回事。”

老板忍不住皱眉，看了看吴承恩手中焦黑的龙须，提醒道：“你这须子是坏的。莫不是被人骗了……”

“刚刚坏的。”吴承恩一愣，匆忙辩解道。

刚才他能感受到镇九州体内蛊虫的力量，本来他自信能够解决掉那些蛊虫，没想到却……

巨龙没有搭腔，只是伸出龙爪，将吴承恩手中的龙须笔拿了过去。吴承恩吓了一跳，不知道对方要做什么。

“你我算是有缘，这根笔的笔头，竟然是我的毛发。不过之前的这根，并非龙须笔。充其量，只是我鬓角的胡子而已，如果是真的龙须笔……”

老板捏住了自己的须子。天牢池子连通的大海，也开始了一阵震颤。

“你信我，真的龙须笔……”

四海之内，无可匹敌。

第五十章

解蛊

天牢里，水池中的老板已经化作了白胡子老头儿的人形，一把从水底拽出了上气不接下气的吴承恩，将他甩在了地板上。

“再来！”吴承恩喘了一会儿，又爬起来，想要重新跃入水池。

这水池并非普通的水池，内里竟然另有乾坤——水池连接着大海，海水的湿咸气息笼罩。吴承恩在水下练习使用龙须笔，因为海水浮力大，真正加了龙王龙须的笔是很重的，最初的时候他甚至都拿不起来。好在经过训练，慢慢掌握了诀窍。

“应该差不多了。”龙王低声感慨了一句。

吴承恩看着是个柔弱书生，却有股子韧劲，在海水里泡了许久，竟然也没喊停。还是他觉得差不多了才把人拎上来。

“那我再试一次。”吴承恩握紧龙须笔，转向镇九州。

再试一次。

镇九州明白这句话是什么意思，径自重新在铜柱之间撕开一个裂缝，从笼子里走了出来，满不在乎地站在吴承恩的面前——他丝毫不觉得这一次尝试会有什么意义，顶多是替自己打发打发漫漫长夜而已。

吴承恩哆嗦着身子，海水的冷已经将他浸透，他看着自己面前的镇九州；装上了新的龙须的笔管，仿佛千斤重。只见吴承恩用尽了全身力气，才勉强抬起右手。

本来白色的笔尖，却在天牢内迸发出一抹大海般的湛蓝光芒；而笔触位置，也仿佛凝了海潮似的自然湿润。吴承恩咬咬牙，整个身子旋了一圈，借着这股力道才将笔戳在了镇九州的心口处。

镇九州身子微微一晃——他万没想到吴承恩似有似无的一笔，力道竟然有这么深重，仿佛一道海浪拍在了自己的身上。紧接着，刺骨的寒流开始在自己浑身的血脉之中肆无忌惮地冲撞，似乎是一股股海水涌入了身体的每个角落。

镇九州虽然表面不动声色，身子却晃了晃，险些跌倒在地——身旁的麦芒伍急忙抬起一只手扶住了他的肩膀——一口污水从镇九州的嘴里涌了出来，夹杂着浓厚的血腥味。心脏位置的永生蛊虫此刻也是慌张异常，第一次发出了刺耳的嘶鸣声。

吴承恩喘着气，缓缓将笔尖向自己的方向拽了拽。一股蓝色的海流被拉扯了出来，牵扯在永生蛊与笔触之间奔波不息。永生蛊亮出了几只锋利的爪，死死抓住镇九州的心脏，掐出了不少鲜血。

“很疼。”镇九州说道，头上汗如雨下，但是口气却爽快得不得了。看来，宿在自己身子里的蛊虫破天荒地慌了——也就是说，这一次，应该行得通！

但是，吴承恩却并不好过。眼看连在两人之间的海流颜色渐渐变得乌黑，不晓得凝了多少妖气在里面。那股乌黑越重，自己拿着笔的手掌越是变得干枯。

老板和麦芒伍眼见事情不好，却各自所想不同：麦芒伍抬手，想要在吴承恩的丹田和命门两处下针，将他全部的潜能都逼出来。那永生蛊已经落了下风，这个机会千载难逢，只要吴承恩能够再努一把力，指不定就能除蛊成功……

这种机会，麦芒伍自然是不会轻易放过的。

而老板猜测的，也同麦芒伍差不多。但是，老板看得明白，那永生蛊并没有受到什么伤害，只是被吴承恩引得要离开镇九州而已。要是这黑流真的碰触到了吴承恩的肉身，估计永生蛊只会转移一个宿主而已。

唔，好歹也是刚刚被自己训练过的人……老板不想看他被永生蛊当作下一个宿主，反倒是那镇九州，都已经被永生蛊寄生这么多年，再多几年也无妨。

“好了，少侠尽力了。”老板开了口，抬手便握住了吴承恩的手腕，想要将他拉回来。没想到的是，老板的手却被那漆黑的虫油崩开了。

吴承恩使劲摇头，示意老板不要靠近。只见他缓缓抬起自己的左手，从怀中抽出了那本始终不曾离身的游记，然后猛地将笔抽了回来——

霎时间，一阵光芒闪烁，龙须笔引出的这一段海流转了方向，连绵不绝地开始汇入书中，化成了行行道道诡异的文字印在了书上。这一幕，大概持续了一炷香的时间。书中那些凌乱的文字，终于汇成了三个字：永生蛊。

光芒瞬间散尽，吴承恩一下子跌坐在了地上，满头大汗。镇九州咬着自己的嘴唇，低头朝着自己胸口看了一眼：这是多少年没有见过的情景啊。

自己那千疮百孔的心脏，竟然重新开始跳动了。一直攀附在上面的黑色虫子，不见了踪影。

“竟然真的成了？”老板难以置信，急忙伸手覆在了吴承恩的心口——还好，永生蛊并没有入侵到吴承恩的体内。只是，眼前这小子竟然破了卷帘的蛊虫绝技，实在叫人意外，也算不枉费自己贡献的这根龙须了。暗地里，老板瞥了一眼旁边的麦芒伍，感慨一番：不愧是镇邪司管事，竟真被他找到这么一个人能解永生蛊。

只是，麦芒伍的脸上却没有丝毫欣喜之色。镇九州身上的伤口开始不断流血，而藏在他身体内的其他蛊虫似乎已经知道这具肉罐里面的蛊王已经离去，于是它们开始迫不及待地破卵而出。

果然，破了永生蛊后，镇九州的寿数便所剩无几了。

“这是奎木狼托九剑带回来的舍利子玲珑内丹，据说能够提升妖力。你现在……”麦芒伍掏出舍利子玲珑内丹，递给镇九州。

镇九州看了一眼，并没有接。

麦芒伍叹了口气：“莫要辜负了奎木狼的一片心意。”

话已至此，镇九州也不好说什么，将那枚内丹接过来小心地收好。

“天气寒了，突然想去喝一杯。”镇九州的嘴角还在流血，他抬手随意抹了抹，并不在意。

“好，”麦芒伍说道，“这个时辰外面没有开张的酒馆，倒不如收拾收拾，回衙门与其他人见上一面。”

镇九州点点头，却听血菩萨的声音忽然从天牢门口传来——

“皇上……您怎么……”

皇上！

这个时辰……这个地点……皇上怎么会来？

“朕来瞧瞧镇九州，你们不必惊慌……”另一个声音响起，虽显稚嫩，却不掩威仪。

竟真是皇上驾到了！

麦芒伍来不及多想，急忙将李棠和吴承恩拉到了自己身后。而那行事不拘的镇九州，竟然也俯身抓起一把稻草挡住了私处。准备妥当之后，脚步声已经到了近前。

“微臣，恭迎皇上……”麦芒伍与镇九州同时开口，毕恭毕敬跪在了地上。

吴承恩虽然不懂规矩，却也学着麦芒伍的动作一起跪了下去。

麦芒伍刚要松一口气，却发现李棠仍在角落里，手握着剑，站着。

麦芒伍朝李棠使了个眼色，李棠却仿佛没看到一般，她站在一群匍匐跪地的人里，显得无比突兀。眼看皇上越走越近，麦芒伍赶紧低下头。

“无须多礼，你我本是棋友，今日不论君臣。”皇上似乎没看到李棠，相反，这一开口，反倒解了麦芒伍面前的死题，“众爱卿起来说话，倒是方便。”

看来，皇上今天心情不错。

镇九州同麦芒伍互相看看，随即匆忙站起了身子。

还未等麦芒伍开口，皇上头也不回指了指身后还跪在地上的吴承恩问道：“想必这就是你想要推举加入二十八宿的人才吧？”

麦芒伍即刻回道：“皇上慧眼，正是此人。”

“这个时辰便来了这里……初试已过？”皇上继续追问道。

“吴承恩抽签落在乙组，用了不到一刻便杀出重围。”血菩萨在皇上身后飞速回道。

皇上脸上露出了一分喜色：“身手不错。怪不得伍爱卿如此固执，这二十八宿的人选非要同朕争执一番。朕当初还以为，是伍爱卿不喜欢朕插手镇邪司的事宜。看来，倒是朕心胸狭隘了。”

一番话兵不血刃，却听得麦芒伍流了冷汗。一旁的镇九州同血菩萨倒是无碍，反倒觉得皇上此言是对镇邪司的赞许。

“皇上言重了。”麦芒伍定定神，回道，“此人本名吴承恩，之前便多得镇邪司留意，此次入京也是准备周全。臣特意为他起了一个吉利的名号：镇元。期许他多经历练，日后可以顶了奎木狼的缺儿，为朝廷镇守边疆，不愧今日偶得魁元。”

麦芒伍一番解释，倒是讨了皇上的欢心。

“哦，你便是吴承恩……”皇上上下打量了一番跪在地上的吴承恩，脸上倒是流露了几分欣赏的神色，“之前，朕对你的文试考卷有几分印象。虽然写的是山水游记，但是文笔尚可。镇元……好名字啊，可见先生对你抬爱有加。好好珍惜，别辜负了伍先生对你的一片苦心。”

吴承恩心中腹诽着：其实这名字是他以前用的笔名啊，那麦芒伍不过是因为私下调查过他，然后随手用了这名号去报名而已……

当然，腹诽归腹诽，他还是抬了头，一脸惊喜；文试的卷子，吴承恩并不晓得天下的道理，索性自己写了游历南疆的件件琐事，以及卷帘危害一方的种种罪行。结尾处，他自然是建议皇上应该先收南疆。

毕竟南疆的卷帘称霸一方，若是就这么放任不管，岂不是给天下百姓埋下巨大的祸根？

没想到自己一篇胡言乱语，竟然得了皇上的赏识……想到这里，吴承恩忍不住得意地朝着李棠望了一眼：亏你还常常数落我的文笔，怎么样，知道是自己没眼光了吧？

按照这一路上的默契，当吴承恩得意地、气愤地，或者不管什么表情地望向李棠的时候，李棠一般也会不屑地瞥过来，无论如何也要和他斗上一会儿嘴。可是这一次，吴承恩看了李棠好几次，她却根本没有察觉——或者，看见也假装没看见，她只是握着剑，用清冷的目光看着皇上。

不过，显然皇上今日来天牢，并非只是为了称赞吴承恩几句。只见皇上走了几步，停在了镇九州面前。

镇九州才刚刚被解除永生蛊，这会儿看起来十分狼狈，不过……这些都不重要，重要的是——他体内的永生蛊解了！真的解了！

皇上挑了挑眉：“恭喜爱卿脱离苦海，今后可还要为我大明多出一份力啊！”

“是！镇邪司每一员都任凭皇上调遣！”镇九州回道。他虽然知道自己破除永生蛊后就活不长了，但不妨碍他为镇邪司再出一份力——之前神机营异动，差点炮轰镇邪司一事，一直令镇九州耿耿于怀。

当然，真正耿耿于怀的是麦芒伍。

镇邪司二十八宿从来都是听命于皇上，奈何其他势力看他们不顺眼，总是将他们视为眼中钉肉中刺，一言不合就上奏，皇上年纪小，免不了被谗言蛊惑，如今机会难得，一表忠心总没错。

果然，皇上龙颜大悦：“朕就知道，伍大人和镇邪司都不会叫朕失望。眼下京城不太平，还要仰仗伍大人多多费心了……”

“皇上言重了，这是臣的职责所在……”麦芒伍心中松了口气。

原来皇上还是倚重他们镇邪司的，而不是一定要置他们于死地……

“皇上龙体为重，这天牢里湿气太重，待久了恐怕不妥。不如微臣同血菩萨送您回去。若皇上有何吩咐，着人来传便是。”麦芒伍小心提议道。

皇上点头，倒也不打算为难众人，转身便准备离去。身后，镇九州等人又匆忙下跪，恭送皇上离开。

只是那李棠，同皇上擦肩而过之际依旧不发一言，也没有打算下跪。

麦芒伍解释道：“这女子不晓得规矩，还望皇上宽宏大量……”

皇上笑了笑，并不理会，只是朝着天牢门口迈步，同时自言自语。

“爱卿不必惶恐，朕要她一个小女子跪下，何用之有？”皇上的语气似是调侃，但下一句，却暗含野心——

“朕要的，是日后李家跪在朕的面前。”

麦芒伍猛然收住了自己的步伐，抬起头，惊讶地望着皇上的背影。

“伍大人不用送了。毕大人跟着朕便好。”皇上随意地摆摆手，示意麦芒伍就止步于此。仿佛刚才什么都没有说一般。而血菩萨和麦芒伍对视一眼，在麦芒伍的示意下牢牢跟住了皇上的脚步。

李家……

麦芒伍不敢去想，皇上最后一句话是什么意思。不过，即便皇上知道了李棠的身份，麦芒伍也并不意外；毕竟京城之中，还没有任何事能够瞒过皇上的耳目。

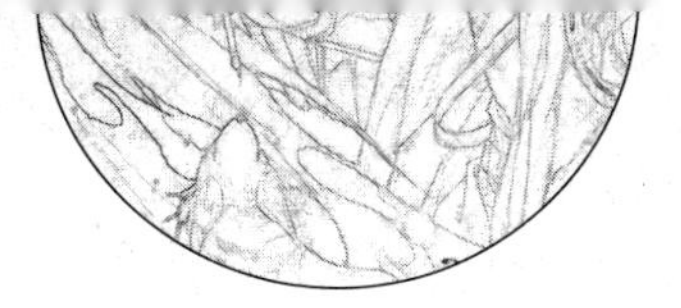

第五十一章

夙愿

镇九州虽然走路说话都很正常，身体里的蛊虫却仍然在作祟，隐约可以听见春蚕作茧般细微的声响。虽然这些蛊虫不及永生蛊，但一旦爆发，也不容小觑。

麦芒伍却仿佛什么都没听到一般，顾左右而言他："有什么想要下的馆子吗？我去定下来，咱们也好聚一聚……"

"其实，你无须避讳，我也不怕你笑话，"镇九州回头，瞥了一眼麦芒伍，咧嘴笑了，"我知道自己死定了，现在还有三桩心愿未了。"

"你说。"麦芒伍抬手，摆了一个"请"的手势。

"今晚吃饭倒是不必。第一，我想去青楼里找个头牌女子，风流一番。"镇九州开了口，语气难得地躲躲闪闪，"这件事，可能是最难的。"

此话并非推辞。确实，在京城里风流看似简单，只要有银子便可。但是，对于镇邪司来说，银子还真是一个大问题。

麦芒伍只是点头："我想办法，今晚。"

"第二……听说今年西域给皇上贡了一坛好酒，用在寿宴上的。"镇九州话没说透，口水都快流下来了；这件事可大可小，麦芒伍微微皱眉。这坛酒，麦芒伍也是知晓的。如果皇上肯割爱的话，就是小事一桩。但是如果皇上觉得这镇九州越了界限，贪得无厌的话……

"好。"麦芒伍点头，算是应承。

"为难你了……"镇九州也知道，自己所提之事，绝非嘴里面说一个"好"字这么容易。

"第三件？"麦芒伍继续问道。

镇九州抬起眼，看了一眼麦芒伍。

麦芒伍直接回道："不行。"不在不得已的情况下，他绝对不想镇九州对上卷帘，即便镇九州是镇邪司的撒手锏，可是对上卷帘很可能意味着以死换死，他不会让镇九州故意去送命的。

"只是去揍卷帘一顿，"镇九州似乎早就知道了麦芒伍一定会拒绝自己，所以有些底气不足，"你只要告诉我他在京城哪里，你信我，我绝不会乱来。"

"不行。"麦芒伍语气斩钉截铁。

镇九州叹口气，暗道，自己是任性了些……

也罢，前两个愿望若是能成真，自己这辈子，也算是值了。

"我去想办法，你跟吴承恩先回镇邪司。"麦芒伍道，又多嘱托了吴承恩一句，"吴公子，此番你能帮镇九州解除永生蛊，可谓功不可没，我镇邪司定牢记此恩……"

"你太客气了，"吴承恩摆摆手，"要是可能，我也想喝口西域来的美酒，不知有没有我的份？"

"这是自然。"麦芒伍又看了一眼镇九州。镇九州冲他嘿嘿一笑："放心吧，我会乖乖回去的。"

然而，他越是这么说，麦芒伍就越是不放心，可是没办法，为今之计，也只能先相信他了。

其实，镇九州心愿的两件事，麦芒伍都有对策。他之所以一直没有说，就是为了让镇九州觉得自己的要求格外异想天开；如此，他才会碍于情面，老老实实回镇邪司，而不是吵嚷着找卷帘报仇。

出了天牢后，麦芒伍便直奔鬼市。

因为之前铜雀忽然拜访他，并向自己报信，说卷帘委托他跟李家大小姐透露想要逃离京城一事，麦芒伍知道，铜雀此时断断不会在一笑楼里招惹卷帘，如果自己没猜错的话，他一定是躲在鬼市之中严阵以待，直到武举决赛胜负揭晓后才会露面。

麦芒伍知道，最出名的青楼，想要入内潇洒一番，还要最好的女人作陪，银子起码得准备上万两。眼下镇邪司账上，满打满算也只有三千两左右……镇九州也并非不晓得衙门的状况，敢开口提这个要求，着实令人为难。

看来，自己只能是厚着脸皮找那铜雀借了。

另一方面，麦芒伍手中也早有消息，知道西域今年其实是进贡了三坛好酒给皇上贺寿——只是到了京城后，礼单上却变成了一坛。看来，五寺里面有人中饱私囊，对贡品下了手。不过，五寺的人并没有这种不要命的酒鬼，多半是偷了贡品换钱。京城之内，敢销赃贡品的地方，闭着眼想，也知道是哪里。

鬼市里的人胆子真是越来越大了。好在，鬼市里倒无畏于朝廷规矩；只要有钱，便有货。

只要有钱。

这两件事加在一起的话，绝对不是小数目。麦芒伍只打算与铜雀做一笔没有担保的借贷，并不想有任何其他利益的交换。大不了，日后多还银子便可。只要能稳住镇九州，钱，真的只是小事而已。

镇九州、吴承恩以及李棠都从天牢出来，往镇邪司衙门的方向走了一段路，忽然被半空跃下来的几个人拦住。

为首一人上前恭请道：“大小姐，请随吾等离开此地！”

原来，这几人正是不断烦扰李棠想让她回家的执金吾。李棠前两天才刚打发了他们，此刻也故技重施：“我这不正要离开吗？你们暗中随行就是了。”

“属下是说——离开京城！”

“不行！我还没——”李棠的话没说完，就被执金吾打断。他乃执金吾里的二当家，虽然长得瘦小，力气却不小，只见他掏出一块白手帕，先包住手，然后才扣住李棠的手腕，强硬道：“大小姐现在身处险境，还任性妄为，属下不得不以下犯上，还望大小姐恕罪！”

其他几个执金吾也都用手帕包了手上前押送李棠：“还望大小姐恕罪！”

“喂——你们放我下来！大胆！你们几个吃了熊心豹子胆了！快点放我下

来，听到没有！”李棠一边挣扎一边数落他们，无奈这几个人铁了心要带她离开，油盐不进，她只好求助吴承恩，“吴承恩，你还愣着做什么，快来帮我啊！”

吴承恩拿着龙须笔，另一只手伸入怀想要掏火铳，但想想这些人是李棠的家奴，之前也曾好言相劝，让李棠随他们回家，可惜李棠搬出大小姐的架子让他们知难而退。这回不知怎么，竟然如此强硬，而李棠可能并不想伤他们所以才被钳制住，否则她拔出锦绣蝉翼刀，一刀斩下来，谁还敢放肆？也不至于被他们这样拖走。

于是吴承恩把火铳收起来，正考虑如何营救李棠的时候发现镇九州哈哈一笑，从他身边跃了过去，很快就只剩下一个背影。

“喂，你去哪儿？不是说要回镇邪司衙门吗？”吴承恩喊道。

“我去哪儿你就别操心了，先跟你这位李大小姐好好谈情说爱吧！”镇九州的话传来，彻底不见了踪影。

“谁跟他谈情说爱，你眼瞎了吧——”李棠不甘心地回吼一句，却也被这几个执金吾抬着渐行渐远，“吴承恩！”

吴承恩一时不知道该追哪边，最终想到麦芒伍的嘱托，原地跺了跺脚，扬声道：“你先稳住他们，等我找回青玄再来救你！”

李棠有家奴保护，应该没什么危险，最多被关一两天，她那么聪明，很快就能脱身的。即便不能脱身，被保护着也未尝不是一件好事。

其实，正如吴承恩所想，执金吾正是这么打算的。他们之前劝说李棠无果，想着反正是镇邪司的人，他们只是“逢妖必杀”，对人，哪怕有可能是敌对势力的人并不会轻易动手，更何况是他们李家的大小姐，对方出手前总要掂量掂量。再说了，有他们这些执金吾暗中保护，大小姐任性些要在镇邪司出入倒也无妨。

但此次不一样。

——他们暗中跟随大小姐到天牢处守护，却突然发现大明皇帝也去了天牢！还跟大小姐有接触！

因为天牢里几乎都是大明的人，他们又人手不足，虽能暗自潜进去，却并不能随意出手刺杀皇帝。他们的首要任务是保护大小姐，所以，执金吾隐藏在暗中一直没有出手，直到皇帝离开，大小姐从天牢出来，他们才跳出来，拼着被大小姐嫌弃也要先把大小姐守在他们眼皮底下！

京城实在是太危险了！

另一边，吴承恩还在埋怨镇九州乱跑，这么快就不见踪影了。

他不知道的是，镇九州逃跑的方向虽然不是镇邪司，他却在半路又改道转回了镇邪司。

原因无他——只因他根本不知道卷帘在哪儿。与其无头苍蝇似的在京城乱转耗费体力，倒不如先回镇邪司，诈一诈同僚的口风。

所谓近乡情怯，镇九州在天牢住了好几年，现在回到镇邪司，反倒磨蹭了许久。

大堂门口，镇九州深吸一口气，然后猛地推门进去——里面，依旧是空无一人。这倒没令人意外——大敌当前，二十八宿自然都各有各的职责，驻守于京城之内。

“还以为大当家能在呢，”镇九州略微失望，他一边走一边叹了口气，“我提的要求，听起来格外难办吧……老伍一定觉得，即便有办法，但是任性如此，我也不能心安理得吧……”

镇九州踱着步子，在地砖上左踩右踩；十几步之后，一声机关响动，一扇通往地下的暗门露在了镇九州眼前。

“坏就坏在，你总是把兄弟想得太简单。骗你，实在是太容易了……”镇九州说着，走进了暗门，朝着下面绵长的楼梯走去。

不晓得走了多深，终于，一根火把照亮了一扇铁门。镇九州笑了笑，抬手扇灭了火光——一下子，铁门径自打开了。

这是一间暗室，里面四壁空旷，什么装饰也没有。房间之中只有两顶白色的轿子；轿子很像是五寺大人坐的那种，除了并非是八抬大轿之外，用的料子乃是一模一样。白色的丝绒之中隐了银线，可以防住各种兵器偷袭。而布料的夹层中间，也埋了许多经文，可以抗住妖气的侵扰。

能坐上这种轿子的人，身份必然特殊。

镇九州走到房间里，身后的房门立刻关上。

“为何是你来？”其中一顶轿子里面，传出了发问的声音。

没等镇九州开口，另一顶轿子里面，已经有了兵器抽出来的声响：“这不是废话吗，他在天牢那里就支开了伍大人，又在半路甩掉那书生，现在独自下来，你说他要干什么。”

镇九州哈哈大笑，然后搔着头道：“如此便简单了，我刚才还一直想怎么开口呢。”

“大家都是二十八宿，非要闹到如此吗？”刚才最先发问的人踌躇了片刻，叹口气。

“从卷帘进京，估计便是你俩监视着。我现在命不久矣，也只能出此下策。”镇九州双手抱拳，以示抱歉，“还望两位兄弟告诉我卷帘的下落。你俩乃是咱镇邪司最重要的人，只要有可能，我断不想兵戎相见。伤了你们的话，我便不能痛快地赴死了……”

没人回答。

“这便是要决裂了。”镇九州并不意外——试问二十八宿之中，哪个不是忠肝义胆？

轿帘各自掀开，两个身影走了出来。一个身形如同猴子一般，戴着眼罩，拄着拐杖。而另一个，则是扛着一把长长的火铳。面对着杀气渐起的镇九州，二人毫无惧色。

镇九州不打算耽误时间——他知道，这两人一心不可二用，一旦动手，就会跟丢了卷帘。所以，眼下就是要快。

“千里眼、顺风耳……”镇九州揉了揉自己的肩膀，将手攥成了拳头，“镇九州，得罪了。”

夜已深。四周格外安静。

因为失去了镇九州的踪影，又不知青玄到底去了哪里，吴承恩在路上走走停停，最终掏出了他的书箱，拿出今天为镇九州解除永生蛊时用的那本书。

他自己的书他自己最清楚，用度妖手段写进书里的故事，都能从故事里找到蛛丝马迹。

吴承恩匆匆翻到了最后一页，看到了永生蛊这一篇；细细看去，三个凌乱的黑墨文字却有脉络，留白处隐隐成了文章，记录了许多不为人知的细节。这些故事多半只与镇九州相关，并没有发现预想中卷帘的行踪或者弱点。

吴承恩捧着书皱了皱眉，一无所获的他并不甘心，索性继续细读书卷里的文字——但是，一股不适感很快涌上了心头：书卷之中详细记录了镇九州的片片回忆，读来都是其如何被刑部想出的毒刑所折磨。这些回忆，透过书里的文字，径自冲进了他的脑海——水淹、土埋、斩首、断肢、车裂、火焚……他的眼前，甚至浮现出了当时鲜血淋漓的画面，以及镇九州始终冷笑的嘴脸。

"还不够，"镇九州的声音，说不清是绝望还是期待，"再狠一点。诸位大人，这样下去，我会睡着的……如此一来，倒在皇上面前失了分寸。倒不如试试那边剥皮用的钩子？"

"爱卿言重了……倒不如，朕亲自来试一试？"

另一个身影，另一个声音，涌入了画面之中。只感觉到其他的回忆纷纷退让，似乎都不敢再接近。

吴承恩一面觉得恐怖，但是却也有了兴趣。

大段的回忆不断地从书卷中浮现而出。镇九州已经不能算是一个人了吧……这种病态的心智，简直与那些冷血的妖怪如出一辙，让人感受不到一丝光明。

从一开始的惨叫声到后来的冷笑，整段回忆越来越安静。

黑暗，绝对的黑暗……一只纤纤玉手，用尽了浑身的力气从幽暗的深渊中探来，死死扒住了黑暗的边缘。似乎这只手的主人想要逃出永生蛊的控制一般，不肯放弃久未谋面的光明。

"我要见他一面再死……"一个女人的声音突然响起，这声音透着几分熟悉，仿佛在哪里听过；即便这个嗓音听起来十分微弱，但是其中的坚决却是不可动摇的。

"玄奘，我要见你一面再……"

吴承恩猛地回神，只见那"永生蛊"三个字渐渐洇了墨汁，凝成了黑色的线条，在书面上张牙舞爪。

吴承恩急忙拿出龙须笔，点在那墨汁上，重新写进了书里。

奇怪，平日里封印进书里的妖物，即便戾气再重，也绝不会如此暴躁不安。难不成是因为换了那巨龙的笔，用不惯才失了手？

莫非……至少还有一只永生蛊在外面？刚才……他仿佛感觉到，还有人被困在永生蛊之中。而且，那是个痴情的女人。她一直喃喃说着，要见一个人一面再死。

吴承恩捏紧了笔——这便说得通了——看来，这些蛊虫本是一体，它们共享着意识。只是封印其中一只的话，它与外界仍有联系。

果然，这蛊虫作为卷帘的法宝，并不简单。

书卷里，永生蛊依旧在抖动着，似乎不肯老老实实地被困住。只见它的触手还隐隐从书中探出，指向一个方向。吴承恩心下一动，跟着蛊虫指的方向，追踪而去。

第五十二章

旧人旧事

两个时辰前。

一笑楼。

卷帘刚解决了九剑，确定李晋不会找自己的麻烦，这才回到楼里。

今夜，他要等的人还没来。莫非是怕了？还是有什么新的阴谋来对付自己？

青玄……真是没想到，如今的你竟然寄希望于朝廷镇邪司。卷帘嗤笑一声，心中冷哼：那些捉妖人的手段，他怎能不知？他原本可也是一个捉妖人呢……

是青玄，改变了他。但也是青玄，放弃了他。吾已入魔，汝焉能安？

卷帘握紧双手，眼底闪过狠戾的光芒，是时候把白骨夫人放出来了，也好为之后好戏的上演增添一点乐趣。

青玄，你也该来了吧！

果然，在卷帘翻来覆去地折磨白骨夫人时，传来了脚步声。

“够了吧？”青玄只身一人踏进一笑楼，看向白骨夫人的目光满是悲悯。

他刚刚才超度完九剑，不想再超度一个白骨夫人。白骨夫人看着他，张了张口，却什么都没说出来。当日在南疆，她被卷帘的分身沙巨人钳制威胁，都没有说出那人的真实身份，现在，不问那人的事情，也是在帮他了吧！

“我们两人的事，不要牵扯到她。”青玄收回视线，只盯着卷帘，“你先放了她。”

“不可能。”卷帘斩钉截铁地打断青玄的话，继而将白骨夫人从泥棺材里拉出来甩在地上，“怎么可能仅仅是我们两个人的事呢？她也算一个。”

白骨夫人并不知道为何她被算在其中，只是隐隐觉得不安。

这个人……这个人给她的感觉太熟悉了！

而且现在这个场景——给她的感觉也太熟悉了！

她已经记不清了，几百年前……还是一千多年以前……好像就是这样的场景——卷帘将她甩在地上，与她心爱的人对战。

可是，她心爱的人，不应该是那个叫“吴承恩”的人吗？

是她搞错了吗？书上明明……

白骨夫人心绪烦乱之际，卷帘和青玄已经出手，五行之力和狂沙在黑夜中已经掀起了无数的利芒，在碰撞和摩擦中摧毁了院中的大部分物事。

而卷帘，似乎只是想玩一玩，地底的流沙如同蟒蛇一般游弋而出，从他脚边蜿蜒而上，慢慢将他保护起来，同时，如蟒蛇头部的流沙猛地袭向青玄。

青玄的念珠闪出黄芒，罩起“庚金”防护，将自己和白骨夫人都笼罩起来。金为进势，但青玄却并未出杀招，他的目的在于先将白骨夫人护住。

此刻的白骨夫人面露茫然，他看得出白骨夫人心有疑惑，却并未开口解释为什么会产生之前的误会。

从她在南疆认错人的时候起，青玄就没打算解释。

情之一事，于修行不利，这一点他早在当年就已经做了决断。

“来战吧！青玄！”卷帘又操控起多束沙流，一束束砸向青玄召唤出的庚金结界。

沙流取之不尽用之不竭，但青玄的结界不知能撑多久。

我们势必要有个了结的，不是你死便是我亡！

与此同时，鬼市。

“伍大人，这白本的买卖，为难我了。”铜雀为坐在面前的麦芒伍看了一盏粗茶，显得有些浑身不自在。麦芒伍的身后，不仅站着金角、银角，还有铜雀其他的贴身好手。

眼下这个节骨眼上，铜雀所提防的是卷帘；但是麦芒伍平日里一向与自己划清界限，现在早不来晚不来，偏偏在这种敏感的时候来了鬼市……

麦芒伍是个聪明人，面对他的举动铜雀不得不多想。桃花源一向中立，如果这种时候和镇邪司走得这么近，恐怕外面的人都会觉得桃花源倾向于朝廷了吧？

况且，麦芒伍开口竟然就是借钱的事情，两三万两银子这种小钱，说出去有几个人能信？看来，他这是活脱脱要把自己拉下水。

坦白讲，铜雀很反感麦芒伍这种强人所难的举动。

“不，我真的只是来借银子办事的。”麦芒伍说道，并不介意眼前的这杯茶水颇具送客的意思。

铜雀思忖三分，眼下可真不是与麦芒伍就这种事情争执的时候。

银子，小数目罢了；关于西域来的贡酒，鬼市里确实周转留了两坛，不过其中一坛已经出手了。剩下的一坛，就算给了麦芒伍倒也未尝不可。

“伍大人，以咱们的关系，两三万两银子可不是个小数目，”铜雀推托一番，最终还是把话落在了一个钱字上，“况且，这几日小店的银两都放在了武举赌局之中，实在周转不开。”

麦芒伍点头：“掌柜的是担心咱镇邪司会欠债不还吗？”

铜雀哑然失笑，摆摆手：“倒不至于怀疑大人的人品。只是大人已经将衙门的银两全部下了注，赌在了镇元身上。一旦赌局落败，到时候，大人可就真的是既没有银子还，也没有命来还了。”

说罢，铜雀掸了掸衣服上的尘土，一副并不在意的样子。

“掌柜的果然好算计。”麦芒伍盯着手里的茶杯，并不生气，“看来，即便之前掌柜的向我们报信，却还是不看好镇邪司。”

“别忘了，卷帘有三大绝技。”铜雀抬起眼，提醒了一句。

“如果掌柜的是说南疆的尸兵，那么，您多虑了。”麦芒伍依旧从容，将茶杯放在了桌子边上，轻轻推倒，茶水瞬间弥漫，而麦芒伍伸出了一根指头，将水流划开，“在老板还在鬼市的这几年，朝廷便注意到了些许端倪。有人不断购入帆布、铁钉等器具，送往南疆。按卷帘的心思，自然是不会如此冒险。想必，卷帘在南疆做的准备，远超乎你我想象。只是……我知道卷帘入京后，三大绝技之一自然就被锁住了。”

麦芒伍此刻的胸有成竹，并不像是虚张声势。

铜雀叹了口气，朝袖子里摸索一番，掏出银票放在了桌子上：“不过，即便伍大人一时手紧，以镇邪司的底子，总也会有些稀罕物可以典当。大人此次空手而来，不会是真的想空手套白狼吧？”

麦芒伍皱皱眉，这番话是什么意思，他还真的不好猜到。铜雀起身，朝着外面的人挥挥手。金角银角立刻将门帘放了下来，随着其他人也避开了。

“其实，我一直听说，镇邪司这几年在替皇上收集红钱，”铜雀换了个姿势，不再直视麦芒伍凌厉的双眼，“红钱在鬼市什么价格，伍大人心里有数。如果伍大人能破了规矩行个方便，抵押几枚红钱在我店里，那倒是帮了我大忙。”

红钱……麦芒伍抬头，凝视着铜雀。

“大人，莫非想要杀人灭口？”铜雀看着麦芒伍此时的眼神，笑了笑，“不过，大人的担心，倒也能理解。天下没有不透风的墙。既然镇邪司做得出，那就得扛得住。这件事，可大可小，全看大人如何抉择。”

往大了说，镇邪司此举乃是欺君之罪，整个衙门满门抄斩也是罪有应得。

往小了说……其实，红钱就与这西域贡酒一样，在一般人眼里，只是个贵重玩意罢了。

对于铜雀的说辞，麦芒伍并没有太过意外；他并不觉得镇邪司里面有了内鬼，与铜雀勾搭在了一起。毕竟红钱是由外而来，这种秘密自然是无法严防死守的。铜雀能够知道，也算是情理之中。

“衙门里，确实有几枚红钱没来得及献给皇上。”麦芒伍知道，在铜雀面前装糊涂，实在是难于登天，所以他扶好了茶杯，有一说一，“只不过，你我都知道这些东西有些来路。为了防止意外，红钱一直都是交给咱镇邪司的二当家贴身保管。倒不如今晚，我给掌柜的送来。”

“今晚？”铜雀点点头，“我也一直听说，镇邪司的二当家可谓神出鬼没，一向是日间修养，晚上才会现身。这么说，伍大人倒也算是有几分诚意……”

砰的一声。

桌子上的茶杯忽然间被什么击穿，摔了个粉碎。铜雀吓了一跳，而麦芒伍也即刻转身，手亮银针——金角、银角已经赶到了门帘外面，朝着里面探视。

“不好……”麦芒伍看到外面的人反应，知道不是他们动手。相反，这种发展，才是麦芒伍能想象到的最糟的情况，“衙门出事了。”

此时，镇邪司衙门的密室之中。

顺风耳手中的火铳微冒青烟，他气喘吁吁地站在千里眼身后。千里眼松开了捂着耳朵的双手，然后以手中的拐杖探了探路。

镇九州抬起自己的手掌，看到上面有一个新鲜的血洞。除此之外，镇九州的七窍也被刚才的雷响震得流了血。

“果然，你这弹丸，是拦不住的。”镇九州并不在意，只是甩了甩手，重新摆好架势。实际上自己不仅拦不住顺风耳的弹丸，甚至，他都没有看到弹丸的身影。

顺风耳刚才这一枪，并非要伤镇九州，只是为了给鬼市里的麦芒伍报信。镇九州对此也心知肚明，所以才眼疾手快，以手去抓那弹丸。只是没想到，自己终归大意了：看起来弱不禁风的两人，虽说一个瞎子一个聋子，倒也真是有些本事。

也好，只是报信的话……麦芒伍身在鬼市，一时半会赶不回来。镇九州轻松一笑：此二人的本事虽然出乎自己的意料，但他依然胜券在握。

顺风耳，乃是神机营出身；本来此人能力极高，仕途坦荡，只是因为在神机营当差时被震聋了双耳，才不得不离开。在他失魂落魄，委顿于街边买醉等死之际，是麦芒伍收留了他。果然，麦芒伍没有看错人。

顺风耳手中的火铳，乃是神机营现在唯一的一把“天雷顶”。这把火铳，原是神机营最失败的作品之一，按道理早该销毁的……这兵器，已经震杀了七八个使用者，实在是不祥之物。麦芒伍也是费尽周折，才将这把火铳“买”了出来，交给顺风耳防身。

顺风耳只是盯着镇九州的脸，看着两片嘴唇上下翻动一番后，开口说道：

“别小瞧我们。咱们虽然相处最久，但是，大家都不知道彼此的深浅吧。”

镇九州笑了笑，张开嘴巴不出声地说了一句话。霎时间，那顺风耳气得发抖。

“怎么了？”千里眼拄着拐杖扭过头，朝着顺风耳问了一句，不晓得生了什么变故。

“没什么，一句脏话而已。”顺风耳重新架起了手中长长的火铳，示意千里眼不要分心。

镇九州看得出，这顺风耳的能力又比之前精进了不少，现在已经可以读唇猜话了。这两个家伙，不愧是镇邪司护得最深的耳目。

“我们俩现在身兼重职，你却如此乱来……”千里眼踱着步子，缓缓走到了镇九州的侧面，“虽然你这些年为了朝廷受尽苦痛，但是眼下除掉你的话，想必伍大人也不会责怪于我俩。”

镇九州并没有将自己的视线转到千里眼身上；眼下，对面顺风耳的火铳第一次瞄住了自己的脑袋。

而且……镇九州知道，自己是看不到千里眼的。

——因为他步法诡异，会一直站在你的盲点上。

“不攻过来，还在等什么？”顺风耳开口问道，“难不成你还指望着我们念旧情，放你而去？”

“不，我只是略微伤感，”镇九州叹口气，说道，“咱们七人都是走投无路，被麦芒伍收留。而且，咱们三个也坐到了二十八宿。如今，却不得不刀兵相见……我只是想去揍卷帘一顿，为何要如此苦苦相逼？况且，二十八宿失了我，可以由傻子顶上便是。但是如果伤了你俩的话……”

“傻子和愣子，他们已经……”顺风耳心中一动，情不自禁开了口。

“瞎子、聋子、傻子、愣子、瘸子、疯子、骗子……想当年，别人都说锦衣卫专收残障，确实有趣。”千里眼开口，打断了顺风耳的话，“只不过，伍大人的知遇之恩，不得不报。眼下，便不要提七子的事情了。我们俩自然是按规矩办事。咱们，只需以死相搏。”

“好，”镇九州说着，再一次攥起了拳头，“以死相搏。”

顺风耳握紧了扳机——伍大人，你多年的筹备，一向稳妥。只希望我们的一时任性，不会出什么纰漏吧……

此刻的一笑楼中，卷帘仍在与青玄对峙。

卷帘开始变得肆无忌惮，所用招数不再是试探，反而皆是杀招，青玄却有所顾忌，一直在避让，甚至还分出一部分精力去维护一笑楼周围的民居，以防被卷帘的攻击连累。

卷帘大笑：“你还是如此愚蠢！维护他们有什么意义呢？不过是些蝼蚁。”

青玄费力躲避着卷帘的攻击：“你曾经也跟他们一样……”

“不，你错了，我跟他们不一样。”卷帘踩在沙流上，逐渐被送到高高在上的位置，他居高临下地俯瞰周遭的民居，眼底都是傲然，“你看这些人类，只能活短短几十年，而且他们没办法把自己知道和看到的东西永远记下去。于是几世以后，我们当年的事情，都成了各种各样零散的传说，比如说每个世代的你都会被我吃掉。又比如说他们认为我只要吃了十世的你，就能修成正果。仿佛一切的源头都在我这里。”卷帘冷哼一声，直指问题中心，“他们不知道，其实这一切的源头都是因为你……”

青玄没有出声，卷帘仿佛说到兴处，继续侃侃而谈：“而我，却不同。我已经掌握了这世上至高无上的能力——永生！”他随手甩出两道沙流直袭青玄，语气中又透出几分得意，“我不会死！我还要杀了你！得到你所有的力量！而你，就在这流沙中安息吧！”

“说得好！”忽然一个声音响彻耳边，卷帘听到猎猎风声由远及近，目标是自己，连忙操控沙流，竖起一道屏障挡住突如其来的攻击。

“卷帘！我也要杀了你！死在这些沙堆里才不枉你沙神之名啊！哈哈哈！”镇九州状若疯癫地大笑出场，一拳砸向卷帘面前的沙流屏障。

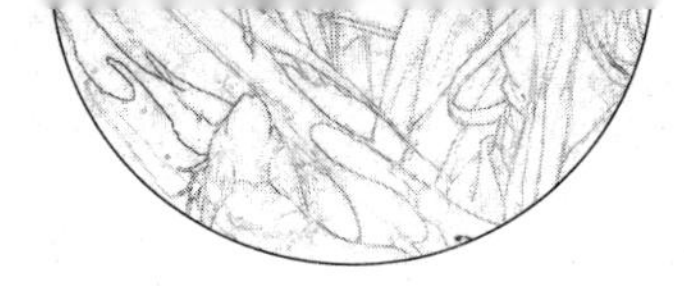

第五十三章

一拳

麦芒伍疾步如飞，直接迈入了镇邪司大堂之中，片刻没有停留便打开了密道。身后二人紧跟而入。

进了地下密室之中，里面已经是一片狼藉，就连两顶特制的白色轿子也已经被砸了个粉碎；顺风耳擦拭着手中的火铳，而千里眼手中的拐杖也已经断成了两截。二人见麦芒伍前来，并不意外，正打算起身迎接——

“你二人无事吧？”麦芒伍皱皱眉，轻声问道。

千里眼和顺风耳急忙点头称是。

“觜火猴、女土蝠……你二人，是如何与镇九州串通一气，放走了他的？！”麦芒伍的语气虽然平静，但是千里眼和顺风耳二人知道，麦芒伍是真的动了脾气。平日里，麦芒伍绝不会用二十八宿的名号来称呼自己人的。

这代表着，眼下四人面对的并不是平日里老妈子一样的伍太医，而是掌握镇邪司生杀大权的管事：麦芒伍。

一时间，密室中的四人齐刷刷跪在了地上，丝毫不敢怠慢。

“看这情形，多半是那镇九州自己在密室中胡闹。他二人拼死抵抗，却未能得手……”麦芒伍身后的其中一人微微抬起身，替千里眼和顺风耳开了口。

“住嘴！”麦芒伍头也不回，便打断了身后那人的解释，“莫要骗我，也不用替他们开脱；这件事，你与瘸子也参与了其中。”

身后两人互相偷视一眼，不再言语。

“……是我二人念及七子旧情，于心不忍，才放走了镇九州。”千里眼抬起头，开口说道，“这件事，与骗子和瘸子无关……”

无关？麦芒伍心中明白，这件事怎么可能与另外两人无关？麦芒伍为了周全，在离去之前交与骗子与瘸子的命令，本来是在镇邪司大门附近看守，以防万一；但是两人却擅自去了鬼市门口，口称是来迎接、保护自己。从大局分析来看，这两人本意多半是要去拦住自己，为千里眼和顺风耳争取时间的……

他们几个互相包庇，倒也是情理之中。毕竟这七人很久之前都是自己的贴身侍卫，彼此间交情很深。后来，疯子得了皇上的赏识，封了镇九州的名号；不久后，瞎子和聋子也靠着一技之长，成为了千里眼和顺风耳，跻身于二十八宿。自此之后，虽然七人身份有别，却依旧情同手足。

七人在京城内出生入死，保护着京城安全。只是没想到，这一次傻子和愣子都死在了卷帘手中。

对于锦衣卫镇邪司来说，每日生活本就是一只脚踩在棺材里，所以自己兄弟即便死了，心中涌起的，也并非难过。但是，欠债还钱，杀人偿命；只有这自古的道理，流传了千百年。

“我知道你们想要替愣子和傻子报仇，但是如此胡来……”麦芒伍看着地上长跪不起的四人，此刻反而发不出什么脾气。“顾全大局”这种话，这些人是听不进去的。

明日便是武举殿试，奈何却突生这等变数。如此下去，九剑与奎木狼岂不是白白牺牲了……

“大人，咱们若是铁了心真要胡来的话，便随着疯子一起去了。”地上跪着的骗子似是喃喃自语，又似是心不甘情不愿，故意让麦芒伍听进了耳朵。

规矩，就是规矩。

几句抱怨，麦芒伍没有理会，只是手中亮出了四根银针。除了千里眼外，其他三人很自觉地伸出了自己的右手，露出了各自的命门。很快，顺风耳推了推身边的千里眼，他才心领神会，挽起了自己的袖口。

“死而无怨。”千里眼说着，脸上甚至依稀泛起了笑意。

几里地之外，一笑楼内已经面目全非。

即便里面天崩地裂，一笑楼的门外依旧没有人注意到；只因为这一笑楼有桃花源所布下的结界，再加上青玄的新一层结界，可谓与世隔绝。

而李晋就躲在墙角，惬意地欣赏着里面的死斗。

卷帘没有丝毫大意；眼下最要提防的，便是贴着自己的镇九州。要说这镇九州，其实并不像其他二十八宿一般有所绝技；他唯一的厉害，便是力气大得惊人。

是的，只是力气大得超乎想象，仅此而已。

卷帘是万万没想到镇九州会出现在自己面前的，不过，既然来了，他们做个了结也不错。

想到镇九州和自己的关系，再想到自己与青玄的关系，卷帘嘴角忍不住露出个讽刺的笑容。真是孽缘啊——

镇九州飞身上前，朝着卷帘的后腰便是一脚；这么大的动作，卷帘自然没有硬接，只是小心地侧身躲开——不过，镇九州浑身都是伤口，一脚踹出后，泼洒出了不少血滴。单单就这几滴溅在了卷帘衣袍上的血珠，硬是将卷帘险些掀飞出去。

“没打到啊……”镇九州收了腿脚，揉着自己的拳头，脸上已经是几近疯癫的笑容。

卷帘站稳了身子的同时，从袖口甩手扔出了一个头颅大小的蛊巢——他现在终于确定了：自己万不能与这不要命的镇九州近身缠斗。对于今时今日的卷帘来说，镇九州的一拳一脚，都是杀招。

那蛊巢之中，尽是飞翅毒虫，口器中的毒液足以化骨。蛊巢落地之后滚了几滚，便嗡的一声飘飞出无数蛊虫——青玄本能地用手扶住了白骨夫人的肩膀。继而伸出手摊开五指，一面丈宽有余的佛光盾霎时间张开。飞扑而来的蛊虫刚刚碰到佛光，便息了振翅，安静地落在了地上。

而卷帘本人，则是乘乱在地上抓起了一把泥土，匆忙捏出了两三个泥僧，朝着青玄甩去。泥僧轻易穿过了青玄的法盾，落在了白骨夫人脚边。

“得手了。”卷帘不禁一番得意。果然，青玄散出的佛光并非实体，多半只能隔开戾气。泥僧既然能过去，那自己便有的是办法。

正待卷帘抬起右手准备施法，右手忽然间被人攥住——卷帘心中一惊，回头望去，乃是镇九州。没想到，这厮竟然不顾毒虫包围，悄无声息地走到了自己面前。

卷帘低头望去，别说后招了，现在自己的手腕就已经乌黑青紫，估计骨头已经被镇九州捏碎。卷帘知道大事不妙，断掉的左臂位置涌起了一阵沙土，凝成了巨爪，想要尽快甩开镇九州——

“死吧。”镇九州冷笑一声，朝着卷帘的面门便是重重一拳。

霎时间，拳风呼啸凛冽，扬起的沙土足以遮天。

镇九州知道，自己并没有得手——这一拳上去的触感，并非轰到了对方的肉身，反而像是砸进了无尽的泥沼之中。

尘埃落定，衣衫褴褛的卷帘，站在了众人面前。青玄看到卷帘现在的装扮，忍不住双掌合十；而白骨夫人更是情不自禁小声叫了出来。

卷帘的衣衫之下，竟然戴着一根诡异的白骨项链。说是项链，其实是用九颗人的头骨贯穿而成，套在脖子上显得格外瘆人。这些头骨接二连三渐渐失了白色，化成了枯黑。取而代之的，是卷帘之前失去的断臂，此刻则又完好无损地长了出来。

卷帘看了看自己少了一枚头骨的项圈，然后朝着青玄望了望；最终，他还是把目光放在了与自己近在咫尺的镇九州身上。

这些并非传言所说的什么九世金蝉子的头骨，而是他泄愤时随意杀的捉妖人的头骨，也不知那些世人怎么就将他与青玄的关系传成了那样的传说……

不过，这些头骨也并非只是摆设，他杀了那些捉妖人后，又重新炼制他们的头骨，吸收他们的修为，如今的自己，比几百年前可要强太多了！

镇九州看到眼前一幕，不仅没有失望，反而大笑不止；他多少知道一些关于人骨和金蝉子的事情，明白此刻卷帘已经被自己毁了太多修为，否则他也不会将这些头骨亮出来。

“找死。”卷帘再也按捺不住心中的怒火，双手并举，朝着镇九州喷出了一阵沙土。

镇九州即刻俯身向后一跃，避过袭来的沙砾。同时，他双手插进了地面之中，然后暗自发力——紧接着，镇九州大喝一声，像疯了一般将一笑楼的房梁、门柱、石板等器具纷纷拆碎，然后向天空抛去。只是片刻之间，以前风生水起的一笑楼，便被镇九州轻易夷为平地。不仅如此，镇九州还在继续重复这个动作，双手不断下掘，同时向上抛甩；地上形成了一个越来越深的大坑。

卷帘皱眉，却不想因为愤怒而与镇九州这个疯子过多纠缠——没想到，镇九州这些年来修为也有进益。自己的修为毁损过重，眼下再不拿下金蝉子，更待何时？拿定了主意，卷帘即刻腾空而起，双手散开的沙砾化成了旋转的兵刃，就要朝着青玄扑去。

“玄奘！”白骨夫人急忙用左手扶住自己的右肘，略一用力，一根巨大而又锋利的骨尾便从身后刺出，直取卷帘的心口。始料未及的是，这坚硬的骨尾还没接近卷帘的肉身，便如同一根稻草般被轻易削成了碎片——甚至，骨尾碎开时连一点声响都没有。

这般情景，倒是让白骨夫人不知所措了：不对，卷帘此时唤出的，绝不是平日里的沙砾。这其中，一定有什么玄机。

其实，以卷帘的心机，自从入京那日被麦芒伍伤到胳膊后，便一直在谋划京城的种种前路，他怎么可能会束手待毙呢？

卷帘，自然也做了其他准备。唤沙的本事，乃是将妖气注入沙砾之中，进而被卷帘所用。只是，京城取沙砾并不如南疆那么方便，卷帘三大绝技看似被掣肘一门。但就在初赛的夜晚，向卷帘伸出援手的不是别人，正是铜雀。

“这批铜沙，请大仙妥善使用。”铜雀送来的三大箱铜沙，重似苍山；卷帘将手探进去略微一摸，便感觉到了这并非普通矿藏，乃有妖气蕴含于其中。

今日，卷帘便用上了铜雀所赠的铜沙，果然威力惊人。白骨夫人并没有止住他前行的脚步，眼看卷帘离青玄就在三丈以内——

轰隆一声，卷帘脚下的土壤被人掀开，镇九州一只手握住了卷帘的脚腕，自己从里面爬出了半个身子；卷帘一下子失了平衡，险些摔倒。原来镇九州看似疯疯癫癫，其实是藏在地底下攻过来的……

只是这一次，卷帘并没有选择退让。他猛地抬脚，将镇九州从土中拔了出来，然后用裹着铜沙的手掌，一招便贯穿了镇九州的肩膀，将他整个人悬在了半空——

镇九州口吐鲜血，目光却依旧没有离开卷帘的眼睛。

卷帘做出这个决定，并非莽撞。刚才镇九州握住自己的脚踝，力道似乎减弱了太多。卷帘虽不晓得其中变故，衡量一番，却觉得自己可以应付。

“亏我当年高看你一眼……仗着力气只会拳脚，难成大器。”卷帘以为镇九州力气用尽，便索性抬起了自己的另一只手，瞄住了镇九州心脏的位置，“既然道不同，那便好聚好散，有借有还。我给你的，今日便还于我。”

青玄看到这一幕，暗道不好，急忙伸手——一道佛光化为手掌掠过，拍在卷帘身上；但是，却无法驱散开卷帘身边的铜沙。

扑哧一声。

卷帘的手，贯穿了镇九州的心脏；但是，这只是一个开始。卷帘耐心地在镇九州的肉身之中摸索着，寻觅着自己的目标——那些自己多年前藏在这个肉罐中的蛊虫——自然，还有那永生蛊！只要取回自己的宝贝，休养些时日，便可恢复法力。到时候，自己又可以……

镇九州身子抖了抖，脑袋向后仰去，眼神已经开始涣散。

嘿嘿嘿……

镇九州已经呼吸困难，却发出了一声冷笑。卷帘皱眉，似乎也发现了事情不对劲。

“你什么也取不走。”镇九州尽力想要抬起头，让自己好好看看卷帘现在的表情；是的，卷帘此时的表情一定格外有趣：当他发现永不泯灭的永生蛊已经被人除去时，他该多么慌乱啊。

确实，卷帘心中一慌：不可能！且不说那永生蛊除了自己外无人能除，镇九州如果真的离了永生蛊，也会片刻间耗尽精元，化为蛊虫巢穴。奈何此人却能活着与自己对抗这么久？到底藏在了哪里，藏在了哪里！

搜索之余，卷帘突然觉得，镇九州身上有一种似曾相识、令自己非常不悦的感觉。难不成，是……

镇九州的表情，一直没有变过；是的，卷帘猜得没错：镇九州其实早就该死，要不是靠着奎木狼留下的内丹，他的肉身此刻已经灰飞烟灭。之前在镇邪司内，镇九州与千里眼、顺风耳稍微交手，两人便察觉到了镇九州的蹊跷之处。细看之下，才明白镇九州已经离了永生蛊，命不久矣。

“揍他一拳。”镇九州当时已经神志不清，口中喃喃重复的只有这句。只是，规矩还是规矩，千里眼和顺风耳，并不能破。走投无路之际，镇九州哑然失笑，收了自己的形法，恭恭敬敬双手抱拳，眼看膝盖就要着地——

“他在一笑楼。”千里眼摘下了自己的眼罩；而顺风耳已经飞身而至，一把搀住了镇九州。

镇九州面无表情，取出了随身带着的属于奎木狼的内丹，一口吞入。霎时间，他浑身血脉精热无比，仿佛是在用生命燃烧一般烫手。

“大恩不言谢。”镇九州深吸一口气，再次双手抱拳。

“你要去，便去。”千里眼重新戴上了眼罩，不再说话。

“只是，要揍那卷帘就多揍一拳。”顺风耳也让开了门口，不再阻拦，“因为，愣子和傻子，也……”

镇九州听完，哈哈一笑。

转过身，才是痛彻心扉，咬牙切齿。

“还差一拳……”镇九州的眼神已经模糊，看不清面前的卷帘，但是他依旧勉强抬手，用左拳，微微擦在了卷帘的脸上。卷帘连躲都没有躲；或者说，他根本没有必要躲了。此时别说挥拳出招，镇九州连说话都费劲了。

可恶，失算了！卷帘明白自己落了下风，索性改了主意：起码，也要将其他的蛊虫取回才是，聊胜于无。想到这里，卷帘的双手撕扯得更加凶狠。

只会拳脚嘛……倒是被这天杀的卷帘小看了。早知道，就该与麦芒伍多学几招才是，说不定就不会如今日一样狼狈。镇九州心中说着，目光凝视着天空——

呼啸声。

“只与伍大人学了一招，”镇九州长出了一口气，“流星。”

墙外的李晋也听到了声响，不禁惊喜抬头望去——紧接着，他面色又重归失落，急忙起身闪躲。

卷帘一惊，却也来不及反应了——之前镇九州发疯似的拆了一笑楼，又将那些个断壁残垣抛上了天空，原来都是伏笔——此刻，天空坠下来的不仅仅是那些柱子、横梁，还有四五块镇九州从地底挖出又趁着一笑楼轰塌的嘈乱之际抛上天空的巨石！

这些看似杂乱无章、足有三丈宽窄的巨石，遮天蔽日不说，且是同时落下、布阵精准，封住了卷帘的所有走位，令他无从躲闪。卷帘急忙想要唤起铜沙保护自己，却发现被自己双手控住的镇九州体内也有妖气，铜沙没了昔日的灵便。

“我说了，你什么也取不走。”镇九州哈哈大笑，“妖孽，咱们便随着我这一拳……”

一起尸骨无存。

第五十四章

慈悲

因为对京城的路不是很熟，吴承恩根据书里永生蛊所指的方向，在京城兜兜转转花了好些时间，才终于来到了一笑楼附近。

从外面看，一笑楼很安静，大概是因为结界的缘故，不论里面如何战斗，外面都看不出任何端倪。

当然，这是对普通人来说。

吴承恩比普通人强了那么一点，他自然能感受到里面的力量波动，而这些波动告诉他，他找对地方了。

吴承恩又向一笑楼的方向走了一段路，竟在路上捡到一串念珠——是青玄的念珠！

吴承恩捡起念珠，顺势缠在了书卷上，永生蛊果然安分了许多。

正当他到达门口想进去的时候，却听一人声音响起："你最好别进去。"

吴承恩回头，发现是麦芒伍。

"伍大人……你怎么……"

麦芒伍没有说话，视线落在吴承恩的书卷上。他辨认出念珠乃是青玄一直形影不离、捏在手中的那串。书卷内，永生蛊熟悉的气息正在张牙舞爪，却死活不得而出。看来，这种情况多半得益于缠在书卷上的念珠，这宝贝功不可没。如此说来，青玄此时应该是赤手空拳对上了卷帘，怪不得吴承恩要急着赶过去……

麦芒伍忽然出手，一把夺过了吴承恩抱着的书卷。

“别碰！”吴承恩大声喊道——

麦芒伍并未收手，打算拆下那串念珠，但是在自己的手碰触到念珠的瞬间，他感觉到经脉瞬间被冻结了——不，冻结的原因并非彻骨之寒，反而是一股平静的温热——麦芒伍顿时失去了一切杂念，就连松开手都做不到。他心中萌生的唯一念头，竟然是抛开一切、立地成佛。管他什么江山社稷，管他什么天下苍生，管他什么……

吴承恩掏出了龙须笔，深吸一口气，然后小心翼翼将麦芒伍碰触在念珠上的手掌拨开——麦芒伍这才猛然醒神，踉跄了几步后大口喘气。

“这是什么……”稳了稳神，麦芒伍指着书卷上的那串念珠，开口问道，“这绝不是一般人的法宝。扰人心智，乃是魔物。”

可能，还远不止扰人心智这么简单……麦芒伍突然觉得后脊有些发凉：自己如果再多握一刻这串念珠，说不定会就地变成一块石头也未可知。

“并非魔物；这念珠上有五行之力，乃是封印。”吴承恩见麦芒伍开口闭口尽是诋毁，自然替青玄鸣不平，“此乃苦行，青玄为的是用来克制自己的杂念。”

五行之力……是了，青玄的技能便是五行之力。

这五行之法听起来与普通法术无异，其实内里暗藏玄机：任何一个人或妖，修炼出金、木、水、火、土几样法术，都不足为奇；但是，五行之间彼此相生相克，想要同时掌握五种法术，任何肉身都会因为强大又不可控的力量而从内到外崩坏。

看来，青玄是得了这宝贝才能驾驭五行之力。这么推测起来，倒也合情合理。

吴承恩不再多说，只是走上前去，将念珠摘下，握在了自己手中。麦芒伍看着他手里的念珠，明白此举意义重大：这念珠，说好听一些是会消除杂念，说难听一些的话，是会剥夺人的感情及其他一切，甚至于物主的存在。

怪不得青玄不能被人记住……想必，与这念珠也有关系。

只是……

只是，麦芒伍依旧没有让开的意思。他注视着一笑楼，眼底闪过几丝黯然的光，低声道：“这是他们三人的恩怨……不，如果加上白骨夫人，就是四人……是他们四人的恩怨，旁人插手不得。”

“伍大人不也来了吗？”吴承恩不以为意，无论是几个人的恩怨，青玄是他师兄，也是他一路以来最亲近的人，他不能放着青玄在危险中。

那个卷帘……可不是什么简单的人。

若是青玄被他逼得破了杀戒……那就不可收拾了。

想到这里，吴承恩顾不得再与麦芒伍寒暄，急切地想要冲进一笑楼。

麦芒伍闪至吴承恩面前，不依不饶地拦住他：“我说过，你不能进去。”

“里面说不定也有镇九州！”吴承恩向他展示自己的书卷永生蛊那一章，急切道，“不是说不定，是一定就在里面，我就是顺着这里面永生蛊的指引来的，除了镇九州，这世上还有别的永生蛊，所以它们之间相互呼应。我们快点去帮忙！镇九州毕竟是你们镇邪司一员，你难道忍心就这样看着他白白送死吗？”

“这是他的夙愿，我愿意成全他。”麦芒伍手里亮出银针，“而且，他体内永生蛊一除，本来也活不长了，倒不如完成他最后一个心愿。”

“可青玄是无辜的。你不管镇九州无所谓，我可不能留青玄在这里！”吴承恩瞥了一眼麦芒伍的银针，捏紧了自己手里的龙须笔。

“青玄并不无辜！”麦芒伍紧盯吴承恩，“吴公子，我一直没有问你——惊天变那一日，你跟青玄……都在场吧？”

吴承恩脸色一变，强自笑道：“哈哈，怎么可能……”

“总之，吴公子本事还有大用处，万不能在此冒险。”麦芒伍手指灵活飞舞，几枚银针脱手而出，袭向吴承恩，“得罪了！”

与此同时，被执金吾软禁在客栈的李棠不安地在房间里转来转去，她几次想从几人监视下逃跑都未果，甚至连爬窗户都用上了，可还是被守在窗边的人给发现。

“大小姐，您要出门，就先杀了属下，从属下的尸体上跨过去，否则，属下决不能让大小姐以身犯险！”无论是哪个执金吾，面对她时说的都只有这么两句，听得李棠耳朵都要起茧了！可她也有所顾忌，这些人虽说是她家的执金吾，但几乎是将她从小看到大，平日关系也不错，大家都很宠爱她，她任性归任性，总要考虑大局。

是以，李棠只是在房中发发牢骚，然后在心里祈祷，祈祷她的朋友不会出什么事……

但是，她的祈祷怕是要落空了。

吴承恩被麦芒伍的银针刺中，晕了过去。

麦芒伍直接将他带回了镇邪司。

虽然他也很想参战，但到了卷帘青玄以及镇九州那种级别，他此刻插手根本无济于事。

而且，最重要的是，他要确保万无一失，才能出手，否则，之前所有的安排所有的牺牲都白白浪费了。

就在刚刚，镇九州的“流星”悉数坠下，将一笑楼毁了个寸草不生。要不是青玄与白骨夫人躲入了结界，恐怕定会死在里面。想必卷帘也没想到镇九州的这一招是如此结果：结界之内只有十数丈宽窄，这几颗陨石般的巨石蕴含和迸发的能量如同被包裹在锅里面不得宣泄，冲击压迫了卷帘的全身，而他自己暗藏的蛊虫也经不住这份磨压，死伤大半；再加上卷帘本来就已经元气大伤，铜沙又使不顺手——

天崩地裂之后，卷帘浑身血肉模糊，力不可支地倒在了地上。

这一击，乃是凝聚了镇九州和奎木狼二人一世修为，实在漂亮。如果镇九州知道这一拳的结果会将卷帘逼入绝境，一定会笑出来吧……

只是，镇九州已经如同自己所说的一样，在爆炸的核心位置得偿所愿。那里已经是一个七八丈深浅的陨坑，四壁被灼烧漆黑，里面唯一残存的，便是半块锦衣卫镇邪司二十八宿的腰牌。

是的，镇九州什么也没有给卷帘剩下。卷帘之前饲养在镇九州血肉之中的蛊虫，全部随着这一击，烟消云散了。

待尘埃落定之后，白骨夫人才引着青玄重新回来；地上的卷帘略微一动，白骨夫人即刻亮出了两支白骨巨爪，心中也是惊恐万分——

只是，卷帘并没有下一步行动；相反，他只是尽力抬起头，眼神模糊，嘴里面喃喃自语着什么。

白骨夫人难以置信地看着眼前的一幕：眼前奄奄一息的，真是卷帘！是那个不可一世的南疆沙神——卷帘！

刚才那人，真的得手了？！

白骨夫人没有大意，只是双手十指交叉拼在一起，朝着卷帘一指——霎时间，卷帘身边冒出了几根弯曲的骨头，纷纷刺入了卷帘的肉身之中，将他死死插在了地上；白骨夫人此举本是想要防备卷帘是在诈死，才没有贸然上前。只不过她没想到自己的这一击，几乎取了卷帘的性命。

卷帘的身上，流出的是血，而不是平日所见的沙砾。他抖了抖身子，并非是想反抗，只是因为浑身的剧痛在本能地挣扎。

青玄看到这一幕，甚至都有些于心不忍。

“卷帘真的……”白骨夫人忍不住说道，话声未落，她已经将右手幻化成骨刀，左手凝了脊蛇，朝着卷帘走去。

青玄看着白骨夫人：“你要做什么？”

“我……”白骨夫人顿了顿，换上了一副欣喜的语气，“我想看看，他身上是否有永生蛊的解药……”

青玄听完，皱皱眉，却还是放下了自己的手臂。

白骨夫人屏住了呼吸，加快了自己的脚步。

千载难逢的机会！只要自己手起刀落，砍下卷帘的人头，那么玄奘便可以躲过这持续了几世的劫难！一定要趁现在，杀了卷帘！至于自己身上的永生蛊，除不除得掉都没什么要紧的，不过是永生苦痛而已，跟玄奘平安相比，又算得了什么？

卷帘口吐鲜血，断断续续开了口：“你……你要杀我？”他没有理会白骨夫人，而是盯着青玄，“你真的要杀我吗？”

白骨夫人的手，却突然被青玄握住了。她不禁觉得浑身一颤，却仍然努力抑制住心中的情感，回头看向青玄。

却听卷帘继续道：“哈哈哈……来啊！要杀便杀！能死在你手上，也算有始有终！”他看了一眼镇九州死亡的巨大深坑，表情带了几分癫狂，“镇九州死在我手上，而我死在你手上，哈哈哈，多么地契合！青玄！你动手吧！”

青玄没有说话，也没有动，他只是看着卷帘，目光悲悯又无奈。

“你动手啊！这一切的一切都是因为你！当初你若没有丢弃我，我怎么会变成今天这副模样？”卷帘哈哈大笑着，嘴里的血落下，他却浑然不觉似的，“吴承恩是吧？他那手袖里的乾坤的确不错，可那又怎么样呢？过个几年，等你发现他不是你要找的人之后还不是一样会把他抛下，就如当年抛下我一样……青玄，你其实根本没资格自诩菩萨心肠，你比任何人都冷血无情！”

青玄拉着白骨夫人转身欲走，卷帘嘴角露出一个得逞的笑意，转瞬即逝。

白骨夫人难以置信地看着青玄：“你不杀他？”

“佛家有言，放下屠刀立地成佛。”青玄站定，仍旧背对卷帘，但话却是在对卷帘说的，“只要你大彻大悟，我可以饶了你。”

“玄奘，不要被他蛊惑！”白骨夫人凄声喊道。

“但……若你执迷不悟，”青玄留下一句带有杀意的话，“我一定亲手了结你！”

青玄拉着白骨夫人离开了一笑楼，走出一段距离后，才收了笼罩在一笑楼的结界。

他松开白骨夫人的手：“你走吧。”

“走？你让我走去哪儿？”白骨夫人痴痴地望着他，在南疆时，她认错了人，这个人一言不发；与卷帘对决时，她一心记挂他的安危，这个人仍旧一言不发；现如今，只剩了他们两人，她本以为可以诉说这些年来的相思之苦，这个人却对她说，你走吧。

苦恋千年，却换来这样一句你走吧。

想来也真是可悲。

不，不是可悲，也不是可怜，而是可笑。

“回你原来的地方去，莫要再残害生灵。”青玄冷声道，“离卷帘远远的，别再被他找到，也别再被他利用。”

“他不会善罢甘休的。你放了他，他却会卷土重来，”白骨夫人恨声道，“要你的命！”

“那也与你无关。你且去吧！我不想对你动手。”青玄无动于衷。

白骨夫人垂下眼眸：“我不走！你若想杀我就动手吧！”

青玄自然不会对她出手，而是转身离开。

白骨夫人看着他的背影，惨然一笑，忽而开口：“让我离开也可以，先帮我把体内的永生蛊解了吧！”

青玄蓦地停下。

一笑楼外，聚集了不少百姓。就在刚才，一笑楼忽然间塌了个粉碎，引得周围的人纷纷一惊。

人群之外的角落里，蹲坐着失落的李晋；刚刚赶回来的哮天乖乖蹲在一旁，舔舐着自己主人的手背以示安慰。

“为什么呢……哪里出错了吗，哮天……引他破戒就这么难吗……”李晋的语气，仿佛失了浑身的力气，“明明就差一点，可他怎么还是放走了卷帘呢……”

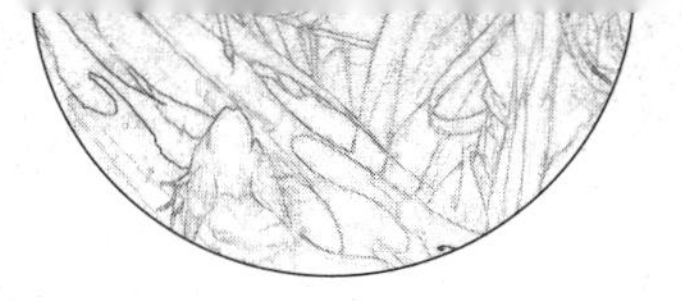

第五十五章

沙暴

世上没有善恶正邪，只有弱肉强食。

这一夜，发生了太多太多的事，然而当阳光照过每一片土地之时，昨夜京城的种种都烟消云散，仿佛什么都没有发生过一样，安静，祥和。

今日乃是武举决赛的日子，也就是殿试的日子。

周围的城墙上，除了埋伏的兵士外，五寺的大人们也都依次到席。只是，五寺的几位大人都是一脸怒容：这该死的卷帘，为何没有到场？

是的，参加武举的甲乙丙丁四组胜者，本该在皇上面前各自展露一手，博得皇上欢心才是。现如今，四人的殿试竟然缺席了两人！只剩下了镇邪司举荐的吴承恩，还有左将军的侄子大不善跪在皇上面前。

想必，那个叫李晋的，已经被左将军除掉了；这人无名无姓，死就死了，小事一桩。但是，卷帘难道也遭了毒手？

五寺的几位大人，意味深长地瞅着在城墙上巡视的左将军。昨日，有人密报，说是一笑楼一夜之间被毁了个干净，里面断壁残垣，一片狼藉。只有一具被砸得不成样子的东西，勉强辨认出是人的尸首。多半，那就是卷帘吧……

五寺的大人们心中追悔莫及，之前一方面是出于对卷帘身手的信心，另一方面也是碍于同僚的面子才一直没有使出这种手段。

这下，反倒让镇邪司得了便宜!

想到这里，五寺的大人们又止不住瞪视着城墙的另一边。

麦芒伍正站在那里，居高临下地看着殿试中的吴承恩。他的身后，站着一个行者。这副狂态，自然更是让五寺的大人们怒火中烧。

这行者，便是青玄。

昨日，青玄得知白骨夫人体内有永生蛊之后，没有再赶她走，而是带她去了镇邪司。

镇邪司成员虽然逢妖必杀，但因白骨夫人是一个与卷帘相关的不稳定因素，且与青玄关系匪浅，他们听从麦芒伍的命令，并未过多刁难。

青玄之所以带白骨夫人来这里，是因为他想让吴承恩帮白骨夫人解了蛊。

青玄能够在与卷帘有所决断之后平安归来，吴承恩很开心，不过在看了白骨夫人体内与镇九州体内如出一辙的永生蛊之后，他没有立时下笔，而是将利害关系说了出来。

“永生蛊可以解，但一旦解除永生蛊，她便活不成了。”

白骨夫人一副无所谓的样子，反而将这难题丢给了青玄：“若你想让我解了这永生蛊，我绝无二话。”

倒是青玄，竟破天荒地犹豫起来。

“反正卷帘已经答应离开京城回南疆，不如先给她留着这永生蛊吧。”吴承恩最后如此提议道，青玄答应了。

白骨夫人忍不住笑起来，但很快又收住。她开心便好，原来，那人对她并不是毫不关心。

之后青玄与吴承恩商议想要离京，但麦芒伍却劝说吴承恩参加完最后的殿试。

镇邪司如今已经缺了好几位成员，如果能将吴承恩吸纳进来，才能让镇邪司不被其他势力小觑。

吴承恩虽然并不想加入镇邪司，但也不愿半途而废，是以答应了麦芒伍，先参加完殿试之后再说。

锣鼓过后，礼官上前，宣读了一番皇上的丰功伟业，又吹嘘了一番今次武举乃是天下盛事之类的。皇上坐在龙椅上，忍不住打了个哈欠。

这武举殿试，也太过无聊了。本以为今日能看个过瘾，没想到只有小鱼小虾三两只而已……朕的天下，难道就没有像样点的人吗？

那礼官还在口若悬河，大殿之外，却传来了脚步声。

这脚步声虽然微弱，却清楚地传进了每一个人的耳朵。紧接着，外面有人通禀了左将军；左将军还未答复，下面的城门，竟然擅自开了。

一个衣衫褴褛的身影，站在了城门正中；其他守卫的身影，竟然一个都不见。城墙上的弓箭手即刻搭弓上箭，就等着皇上的一声号令。

然而皇上似乎被这身影勾起了一丝兴趣，摆摆手，示意先不用动手。

大不善听着礼官一直念着自己听不懂的文字，心中早就不耐烦了。见得城门中忽然走进一人，忍不住冷笑一声，心中暗喜，打定主意要先发制人，以便在皇上面前露上一手——只见他顾不得礼仪，大呼一声：“哪里来的乞丐，惊了皇上圣驾！”

话声未落，大不善已经剥落了自己的上衣，露出了一身横练的筋骨，映着手中闪着寒气的弯刀闪闪发亮；这寒刀乃是左将军花重金从刑部买来的奇物，多年间一直沉浸在毒汁之中，淬炼七七四十九次而成。单是此刀插进土里，就可以在片刻间催枯几丈内的花草。

如果被此刀砍中肉身，中刀之人当场便会失了浑身力气，半炷香时间内毒汁就会侵入骨髓，一时三刻就会化作一摊脓水。

本来此物过于凶险，左将军也不想在皇上面前让大不善使出，留在身边以备不时之需；但是此时大不善已经被到了眼前的名利冲昏了头脑，挥起寒刀朝着城门那人的脖子用力砍去。

刀刃砍在那人的脖子上，却并没有溅出血花；只见被砍的那人抬起手，轻而易举撅折了大不善手中的刀刃。这人并不打算与大不善周旋，只是抬眼四望；很快，他便与麦芒伍四目相对。

“卷帘。”麦芒伍站在城墙上，淡淡说出了这两个字。旁边的青玄闻听此言，不免一惊。

“白骨夫人说得没错，”麦芒伍低声向青玄说，“他果然会卷土重来。现在你信了吗？”

青玄捏着手中的念珠，一语不发。

卷帘……昨日我本已放你一马，你却如此不知悔改……

难道，真要逼迫我犯杀戒吗？

大不善见对方赤手空拳，自己这一招还落了下风，面子丢尽，自然不甘心；他握紧了手中的断刀，朝着卷帘的胸口插去——卷帘没有躲，只是微微扭头，看了看面前杀气腾腾的大不善——

麦芒伍指了指下面的卷帘，开了口：“放下屠刀，从来都是说得容易。”

一阵铜沙在卷帘身边腾空而起，然后似是瀑布一般，肆无忌惮地从上而下倾泻在了大不善的头顶上；短短片刻之间，大不善便被砸得跪在了地上，浑身上下血流如注。待到这阵铜沙倾泻完，大不善早已经经不住铜沙的万斤重压，与铜沙一起平铺在地上，化作了一摊肉泥。

站在城墙另一边的左将军有些站立不稳，脚下忍不住有些摇晃；而他身边，五寺的几位大人却面上带了喜色。

“来者何人？”皇上喝了一口手旁的热茶，面上的倦色总算消散三分，仿佛期待已久的好戏开了场。确实，本该四人殿试，结果两人缺席，只剩下了一个书生一个壮汉，这样打起来也没什么好看。

卷帘站在原地，冷冷一笑；他昨天一直在藏拙，这些人真的以为自己是那么容易就能被人杀死的吗？

三大绝技，如今一个他都没有开始大张旗鼓地使用，这些人怎么就如此愚蠢呢？

蠢货是没有活着的意义的，整个京城的人，都来做我下一招的尸兵吧！

从卷帘脚底下开始，不断有沙流喷涌而出，慢慢聚集，从少到多，而其他的地方，也开始有沙流涌出，从卷帘脚底到整个校场，从整个校场的地下席卷整个京城！

此景何其壮观，伴随着京城的沙暴蔓延，南疆开始不断有漩涡出现，然后塌陷！

“哈哈哈——都去死吧！”卷帘被沙流托举着逐渐升高，那些沙流仿佛是随着他的心意在移动在袭击。

众人的视线慢慢被黄沙遮挡，开始自顾不暇，一个个沙巨人拔地而起，不断有人被卷帘用沙巨人击败淹没，惨叫声此起彼伏，校场几乎成了人间地狱——

漫天黄沙席卷京城，这可不是普通的沙暴，而是宛如巨浪一般实体化的沙暴！

百姓被黄沙淹没，民居被黄沙浇倒，触目所及，皆是令人不忍直视的画面！

李棠被执金吾保护在客栈里，但客栈也开始摇摇欲坠。

好在这几个执金吾都是有些本事的，他们合力将大小姐护住，整个京城，几乎就只有李棠所在的地方是完好无损的。

李棠却暗道不妙，如此诡异的风沙，不用多想，便知道是卷帘操控的。这次的沙暴这么凶残，可见卷帘是存了将京城一网打尽的心思的。

大明皇帝如何，李棠是不关心的。但那些百姓何其无辜！

“执金吾听命！”李棠捏紧了手里的灵感，“速来京城救我！救百姓！”

灵感作为李棠贴身携带的玉坠儿，本就是为了保护她。而灵感最大的用处，就是能够传送李家的执金吾。

几乎在下一刻，便有一队执金吾从灵感映射出的水膜空间跃出来，单膝跪地，十分训练有素：“属下拜见大小姐！”

“你们快点想办法保护那些百姓！”

“这……”执金吾有所迟疑。

李棠斩钉截铁道：“只要你们保护那些百姓，我答应你们，等卷帘被杀，我就随你们回家！绝不食言！”

“还有——我现在要去找我的朋友，不许再拦我！”

眼见李大小姐真的摆出了威仪，执金吾莫敢不从，但他们想跟在她身边：“属下愿随大小姐一同前往！”

“有两个人跟着我便是，其他人——保护百姓！”

“是！”

李棠顾不得沙暴横行，从窗口跃下，灵感吐出一层保护膜，将李棠罩在其中，并不受沙暴侵袭，跟着她的两个执金吾，一人在前，一人在后，护送她前往沙暴的最中心——武举殿试场地——而去！

李晋在一个角落躲避着沙暴，看起来有些狼狈，但他的嘴角却带了一丝笑容。

只见他伸手入怀，掏出那枚属于杏花的内丹，或者说，这是一枚种子，凝聚了杏花毕生妖力和在黄花镇时得到的百妖之力的种子。

他一直留着这种子，就是在等这一刻！

卷帘，你以为没有人能治得了你这沙暴吗？简直太天真了！

李晋掏出弯弓，整个人的气场陡然一变，周遭无风自动，吹过来的黄沙仿佛撞上了什么铜墙铁壁一般，绕开他形成一个漩涡，而他就在漩涡的正中心。

李晋拉开弯弓，将那枚珍贵的种子射了出去。

除了他所处的漩涡，周遭已经全是黄沙，只见那枚种子仿佛利刃一般将混沌的黄沙劈开一道口子，继而势如破竹般冲到最高点，然后，种子上裂开一道缝隙，细小的嫩芽从缝隙处钻出来，迎风长大，一条、两条、三条，嫩芽从手指长短逐渐变成棍棒长短，再变成合抱一般的参天大树。

令人惊讶的是，这些大树不是向上生长，而是向下延伸，好似天际长出了一棵巨大的树，枝桠不断延伸蔓延，将整个天地都笼罩其中。

而那些沙暴，则被这棵大树粉碎压制，最终压向地面，重新被大树扎在地上的根系带回地底——

卷帘察觉到有股力量在隐隐与自己对抗，他难以置信地站在原地，感受着手里操控的沙流越来越少，越来越小，直至……再也无法召唤出分毫的流沙。

这怎么可能？

是什么人？用了什么方法？竟然比南疆的奎木狼还要懂得压制他的沙暴！

不过……卷帘的震惊只是短暂一刻，他很快改变了方法。

只见卷帘冷哼一声，慢慢张开了自己的嘴——竟然从内里爬出了一只蛊虫！这蛊虫钻出卷帘的身子后，张开双翅，爬到了卷帘的手边。

你们以为压制了我的沙暴，就可以高枕无忧了吗？

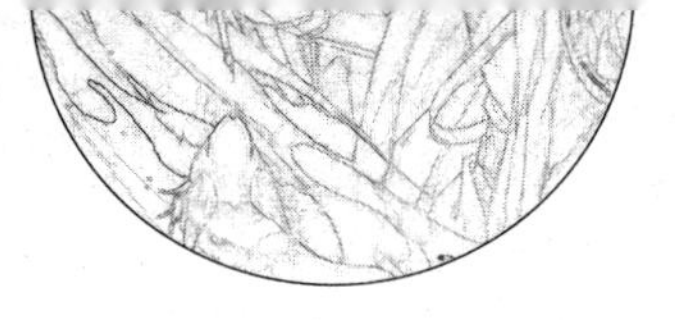

第五十六章

君临

沙暴突然席卷京城，又在短时间诡异般消失，校场一片狼藉，但好在吴承恩等人都无大碍，他们若是连自保能力都没有，又谈何对付卷帘？

“永生蛊？”

不过，在沙暴刚刚消失之际，卷帘便换了新的技能，看到他手边的蛊虫后，吴承恩脱口而出。

这蛊虫像极了镇九州与白骨夫人身上的那两只，只不过相比来看，这一只更加油光锃亮，体型也大了几分。

蛊虫落入卷帘手中后，身子抖了一抖，张开了自己的口器，吐出一根长长的芯子。紧接着，蛊虫吱吱嘶鸣几声，浑身散发出黑烟，体型也增大无数——等到灰尘散尽，那永生蛊已经化作了一把前宽后窄的罕见兵器，握在卷帘手中。

月牙铲——麦芒伍看到这里，心中暗叫不好。

世上永生蛊只有三只，其中最邪门的便是卷帘一直留在身边的这只。平日里，永生蛊本是用来保命的；现在卷帘就连这兵器也亮了出来，看来是真打算鱼死网破了。

吴承恩想也没想，即刻出手，一时间宣纸漫天飘飞，每一张上都写着一个“箭”字。紧接着，吴承恩向后一跃，凭空挥笔，落下一个“风”字。霎时间骤风暴起，万箭借着风势，齐刷刷射向了卷帘。

只见卷帘并不慌张，随手一挥手中的月牙铲，迸出了一道张牙舞爪的妖气；飓风虽紧，却敌不过这妖气厉害，无数宣纸还未到卷帘身边，便被撕裂成碎片。

“这便完了？”卷帘收了手，看了面前的吴承恩一眼，便转了身，直勾勾瞪视着远在百丈之外的皇上；而吴承恩此时内心涌现出的是惊恐。

怎么可能？吴承恩一直信心满满，自己这绝技一直深藏不露，现在再加上龙须笔的厉害，照理来说没人可以接得住这一招的；为何眼前的卷帘竟然随随便便就将自己的绝技化解了？他昨天不是还受了伤吗？难不成……昨天他一直都在示弱？！

青玄忍不住捏紧了念珠。是的，吴承恩这一招，在他眼里也算是厉害的；只是万没想到，昨夜被九剑、镇九州甚至他重伤了的卷帘竟然更胜一筹！真是如此的话……这卷帘的命……着实不能再留了……

恰在这时，李棠赶到，她很少废话，毕竟被软禁这么久，着实憋屈，看到卷帘压制吴承恩后，她猛地将锦绣蝉翼刀拔出，便要到城墙下面去。

“李家小姐，”麦芒伍注意到了李棠的动作，叹了口气，“你从到了京城，便一直将杀卷帘这三个字挂在嘴边。只不过，这卷帘到底多厉害，恐怕小姐并不知道吧？若不是他忌惮于小姐身后的执金吾，恐怕早就……有些时候，说得出，未必做得到。所谓一诺千金，靠的是自己的本事。”

李棠紧握唐刀，并不看麦芒伍，冷冷地说：“有没有本事，试一试才知道。”她绕过麦芒伍继续往城墙边走，麦芒伍再次拦住了李棠的去路。

“小姐一定觉得，我镇邪司乃是官差办事，行事拖泥带水，比不得小姐快意恩仇。”麦芒伍暗暗运气，做好了一切准备，“倘若镇邪司二十八宿全员上阵，这卷帘必定败走；但是咱镇邪司也会损兵折将，起码三分有二的人都会陨落于此役。我谋划多年，为的就是用最小的伤亡来除掉卷帘；一步一步，一步一步，将卷帘逼入绝路……可能在小姐眼里，在下的所作所为，只能算是谨小甚微吧。我本无谓于旁人所说，只是……”

李棠不明所以，抬头看看身边的麦芒伍；此时此刻，他脸上并没有刚才言语之中得逞后的欣喜，反而一脸落寞：牺牲了这么多兄弟才走到这一步，麦芒伍心中有愧。这番道理，气头上的李棠根本听不进去，只是无论她怎样向旁边移动，试图跳下城墙，麦芒伍那条胳膊都像铜墙铁壁一样横在她的面前。

殿试广场，已经有士兵围了上去——无论此人是谁，竟突然当着皇上的面大开杀戒，已经是死罪了。该死不死，这人还敢直视当朝天子，简直罪无可赦——

青玄忽然一动，急忙捂住了李棠的耳朵，同时朝着下面大喊一声："吴承……"

"狗皇帝！"一声怒喝，从卷帘的口中喷薄而出；这一声怒吼，简直天摇地动。围上去的士兵纷纷止了脚步，被这声巨吼震得七窍流血。要不是青玄提醒及时，吴承恩先行一步捂住了自己的耳朵，恐怕此时也已经一命呜呼了。

气浪掀过，吹散了之前殿试的喜庆气氛。卷帘拎着月牙铲，凶相毕露。

麦芒伍却动也不动，甚至，嘴角露出了一丝笑意。

"传令，"麦芒伍开口吩咐道，身后被震翻在地上的管家匆忙爬起，等待着麦芒伍的口信；麦芒伍深吸一口气，继而淡淡说道，"卷帘反了。"

他一直忍到今日，便是为了能有一个名正言顺的理由动手。

镇邪司在京城想要有大动作，便要行得正坐得端，否则皇上会觉得他们镇邪司是借机生事，而且……捉妖之后即便没有功劳也会被卷帘背后的势力——那些所谓的大人诟病，以讹传讹，迷惑皇上，从而使皇上再次不信任镇邪司。

皇上听得卷帘如此大逆不道之举，却丝毫没有生气，反而还略微有些失望。虽然皇上自信卷帘在这个距离伤不到自己，却还是在身边一片"护驾"的叫喊声中离了座位；皇上身后大殿的大门忽然敞开，里面涌出的，乃是早就埋伏在此、手持各种火器的神机营。而皇上一直稳坐的看台下，也涌出了百十来个大内密探，一语不发，亮出了兵器，挡在阵前。神机营的将士似乎早就做好准备，一拥而上，将皇上团团围住后，稳稳退进内殿之中。

"可惜了，一场好戏。"皇上临走前，忍不住回头望了一眼——卷帘动也未动，似乎等待着的，是其他人。

左将军本来手忙脚乱，见皇上已经准备如此周全，片刻间便已经安排妥当，这才长出了一口气：毕竟伤了皇上，谁也担待不起。不过，左将军心中早就按捺不住侄儿被杀的怒火，当即喝令，调集驻扎在宫殿外的三千营士兵封住城门，准备围杀卷帘。

青玄和李棠正欲下了城墙去找吴承恩，却发现身边一直不动声色的麦芒伍已经先行一步，跃至半空后掷出一枚银针——正在指点江山的左将军忽然浑身一个激灵，捂住了自己的脖子后面。

“将军！”左将军身边的几位副官纷纷上前，不晓得出了什么事。

“我怎么这么糊涂……”左将军似乎并无大碍，只是拍了拍自己的脑门，一副懊恼的神色，“叛贼当前，怎可凭个人恩怨行事？快，传我口令，先护着五寺的大人们离开这里；至于那叛贼，稍后打算！”

几位副官虽然迟疑，却是行伍出身，懂得令行禁止、照章办事。城外的三千营按兵不动，只是封住了各个出入口。

等到五寺的大人在左将军的保护下散去后，偌大的殿试广场，鸦雀无声。场地之中，只剩下了卷帘和吴承恩。

吴承恩没有理会旁人在忙什么，他只是握紧了手中的龙须笔，准备和面前的卷帘一较高下；然而有一只手扶在了吴承恩的肩膀上。

“退下。”麦芒伍拍了拍吴承恩的肩膀，心平气和地说道。

“不用你多事。”吴承恩肩膀一甩，顶开了麦芒伍；只是这一次，麦芒伍没有退让，略微抬手，三根银针便钩挂着吴承恩的衣角，将他甩飞，钉在了城墙上。吴承恩挣扎一番，却不得解脱。

麦芒伍负手而立，缓缓走向卷帘：“在这个世上，从无善恶正邪，只有弱肉强食。如果想要惩恶扬善，就得比别人更有本事……”

这番话，似乎并非说给卷帘听的。麦芒伍顿了顿身子，继续说道：“吴公子，这一次卷帘不会再手下留情，你修为尚浅，还是静静地看着吧。”

“怎可袖手旁观，我还要替……”吴承恩一边挣扎，一边喊道。

“替你朋友报仇吗？”麦芒伍打断了吴承恩的话，目光决绝，“吴公子，我拿你当朋友，也十分看好你，你的本事奇特无双，只要加以修炼，关键时刻是能够拯救天下苍生的！但，现在，还不是时候。既然我镇邪司要招你入司，我就要保证你的安全。对付卷帘，我来！”

吴承恩心中一惊，没料到麦芒伍竟如此看好自己。他正要开口，却又闭了嘴，不敢让麦芒伍分心——因为卷帘已经上前一步，站在了麦芒伍的面前。

“伍大人，今日，话格外多啊。以往，你一直是个少言寡语的人。”卷帘扭了扭自己的脖子，横着一挥，月牙铲已经搁在了麦芒伍的脖子上。

“让大仙见笑了，”麦芒伍嘴中说着，脸上却没有笑意，“大仙欠下我镇邪司不少人命，今日大仇将报，在下心中窃喜，这才有些失了分寸，还望大仙海涵。”

“杀我，凭你？”卷帘咬牙切齿，从牙缝挤出了这几个字，“之前我一直忍辱负重，万般忍让……怎么着，莫不是你也随着李家的丫头，一并小瞧了我？”

“怎么会？”麦芒伍说着，摇了摇头，“真要小瞧大仙，便不会如此设计。坦白讲，镇邪司……胜之不武。”

随着镇邪司三字出口，周围城墙一阵响动，东南西北，落下了十数个身影。卷帘左右看看，当下一笑：“来了这么多二十八宿，也算是给足我卷帘面子。只是可惜了这场好戏，没了观众。”

麦芒伍并不答话，手中亮出了银针；同时，几只乌鸦也翱翔在卷帘的头顶，呱呱叫着，伺机待发。

皇上走了，此乃其一；没了要害，卷帘便不能控制皇上以一敌万。

其他人也走了，此乃其二；这样，卷帘死在这里，只能是镇邪司的功劳。

最重要的是……

“皇上一直担心镇邪司一家独大，所以处处提防，令我等不能放开手脚，”麦芒伍低声说道，似乎已经忍耐许久，“而今日，既然无人看到，便可以与大仙真刀真枪，来往一番了。”

卷帘听到这句话，开始还哈哈大笑，但是笑着笑着，表情渐渐严肃。

紧接着，卷帘将月牙铲猛地扎进了地底，如同坟头的墓碑一样骇人。

“世人都谬传我有三大绝技，不知道镇邪司的各位大人是否也有耳闻？”卷帘看着麦芒伍，缓缓平举起自己的双手，然后慢慢凭空握紧了拳头。

“左掌唤沙成崩国，右掌饲蛊得永生，”麦芒伍紧盯着卷帘的双眼，脚步却没有丝毫慌乱，“江湖传言都已一一印证；如此说，大仙果然还是留了一手。”

唤沙、用蛊、驱尸。

只不过从一开始，麦芒伍便早早对卷帘的三大绝技作了针对。根据奎木狼这些年的密报，麦芒伍着手做了相应安排：前些年，他便奏请皇上，利用户部和工部大修水木，改了南疆到京城的一脉河道；虽不知道卷帘悄悄造了这么多船意欲何为，总之……

卷帘的僵尸海军，一定到不了京城。

“既然你们想人多打人少，那我也不客气了。”卷帘的双手微微抬起，似乎用尽了浑身力气；而地上插着的月牙铲似乎受了召唤一般，也开始向上耸立。

大地开始震颤；不，确切地说，是整个皇宫都开始微微晃动。这股震颤犹如胎动，似乎地底蕴藏着什么令人绝望的恐怖。

“说起来……还要多谢那猴子了……”卷帘停了手上的动作，大地的震颤也随之而停。面前的月牙铲已经出土大半，发出了虫鸣。

卷帘猛地一跃，将月牙铲拔出了地面。紧接着，大地仿佛再也熬受不住一般，裂开了一个巨大的口子；这断口仿佛连接了深渊，传出了哀号。

无数腐尸，顺着这道口子，从地底涌出。这些腐尸出了地底，紧接着互相缠抱，汇成一团；渐渐地，死尸越来越多，竟然化成了一只巨大蛊虫的样子，在地上蠕动、翻滚。

麦芒伍也站立不稳，急忙跃开——

“不好……”麦芒伍的头上流下了冷汗；千算万算，没想到卷帘最后的杀招，竟然是……

惊天变。

不，不是惊天变，但却几乎和惊天变如出一辙！

“世人说我有三大绝技，”卷帘飘在空中，居高临下，仿佛在俯视着天下苍生；而地上的尸群已经发了狂，四处寻觅着活人的气息；卷帘双掌合十，捧着月牙铲，一字一句说道，“崩国和永生蛊，想必伍大人已经见识过了。今日你死我活之际，我便为诸位露上最后一手。此招凶险，名为……”

无数的尸骸继续集聚，地上蛊虫般的东西也越来越大，随即像是有了生命一般，将卷帘顶在了空中；紧接着，这巨大的尸虫，散发出了阵阵诡异的杀气——

“君临。”

卷帘拎着月牙铲，人如其招一般，君临天下。

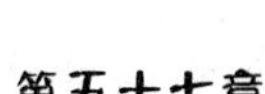

第五十七章

杨晋

无数的尸兵爬出地表后，不要命地冲到了卷帘脚下的巨虫旁边，然后便迫不及待地与这巨虫合为一体。眼瞅着地上的尸虫体积越来越大，外形也从一只虫卵的模样化作成虫，六根肢角已经隐隐成形。稳坐于虫背的卷帘却有些气喘吁吁，似乎有些后力不济。

然而，即便如此，尸骸依旧无穷无尽地涌出，并没有丝毫止住的迹象。

麦芒伍不禁皱眉，到底当年京城的“惊天变”留下了多少残尸？这群残尸又为何阴气极重，却仿佛一直被什么东西镇压了一般，自己多年竟无从察觉？

只不过，现在并不是追查此事端由的时候；麦芒伍略微一指尸虫，城墙上几个身影便朝着虫背上的卷帘奔袭而去。看气色，卷帘的妖力并未全部恢复，充其量也只是恢复了三成而已。与其想办法处理尸海，倒不如直接对其根源下手。

擒贼先擒王，是自古不变的道理。

卷帘自然猜测到了麦芒伍的想法，所以他朝地面挥舞了一下手中的月牙铲；一群还没近身的尸兵仿佛听到了某种召唤，纷纷抬头，喷出阵阵浓黑的毒雾。霎时间，尸虫附近便已经布满毒云，根本近身不得。

看来，卷帘只守不攻，是在为脚下的尸虫争取时间。

百十来只六翅乌鸦嘶鸣着，由四面八方飞来，盘旋在卷帘头顶上空，在空中搭建起了一座黑桥；卷帘抬头，看到已经有人从桥上冲了过来。卷帘沉思片刻，举起月牙铲，竟是朝着自己脸上一抹——霎时间，卷帘的脸上血肉模糊，毫无生气，看起来与身边的尸兵如出一辙——麦芒伍心中一动，急忙喝道："拦住他！"

麦芒伍虽已察觉到了卷帘的意图，却依旧为时已晚。卷帘纵身一跃，跳进了地上的裂缝之中；很快，隐了妖气的卷帘便混杂在不断涌出的尸兵中。麦芒伍眉头一皱，果然下面的尸兵有了新动作：他们不再只是朝着尸虫奔去，反而朝着四面八方散开，继而争先恐后地攀爬城墙，准备大开杀戒。

"一个也不要放走，就在殿试广场处理此事。"麦芒伍轻声说道。

周围几个身影纷纷拔地而起，着手行动。麦芒伍身边，只剩下了血菩萨；血菩萨扭头看了看城墙的另一边，示意麦芒伍留意。

城墙边上，面对袭来的尸兵，李棠和青玄已经救下了吴承恩，三人准备跳下去迎战了。

"如何？"血菩萨开口问道。

"派人去保护李家小姐。此役，容不得他人出手。"麦芒伍略一沉思，猛然抬手掷出三根银针，"要让世间的妖孽都明白，咱镇邪司的名号到底是什么分量。"

血菩萨本是面无表情，听完麦芒伍的最后一句话，脸上难得露出了笑容；几个尸兵已经上了城墙，他们抬起手，猛地抓住了血菩萨的脚踝——

几只六翅乌鸦旋转着从天而降，翅膀带起的气流仿如一股飓风，将这一队尸兵全部掀飞到半空。无数乌鸦一拥而上，将这群尸兵叼啄得只剩白骨。

"正有此意。"血菩萨说完，同其他身影一起跃进殿试广场参战。

麦芒伍朝着旁边的李棠等人瞥了一眼，随即抬头，看了看刚刚开始西落的日头。

城墙的另一边，李棠距离迎面而来的尸兵只有一箭之远了，而她依然保持着弓身拔刀的姿势，额上却迅速渗出了冷汗——

因为，锦绣蝉翼刀……拔不出来了。

眼看尸兵要到眼前，青玄急忙抬起手掌，一道结界凭空延展，将自己和吴承恩、李棠护在了其中；而尸兵碰到这结界后，虽然浑身都被灼烧，却依旧丝毫没有退让。唯一值得安心的，便是任凭这群尸兵如何敲打结界，却不得而入。

李棠这才有时间仔细看那蝉翼刀，三人不禁对视一眼：三根银针卡住了刀口。这三根银针的主人，显然连掩饰自己都不屑了。

这时只见眼前的结界突然一亮，如同烛火最后一丝跳动，接着也如同燃尽的蜡烛突然消失了。三人慌忙看去，只见一个身影蹲伏在麦芒伍的身旁，正朝着青玄的结界吹气。看来，正是麦芒伍的手下用了手段，破了青玄的结界。

这番一而再、再而三妨碍自己报仇的举动，着实惹恼了李棠。

“姓伍的，你仗着自己镇邪司管事的身份装腔作势，现在却躲在人后，装着指点江山，实则贪生怕死！你自己没本事亲自入场报仇，便要我们也袖手旁观吗？”李棠忍不住气得大骂。

麦芒伍并不反驳李棠的斥责，只是转过身去，不做理会。李棠不禁冷笑一声：看来麦芒伍这胆小鬼是被自己戳到了痛处，无从还口。亏麦芒伍之前还冠冕堂皇，口口声声说要替人报仇！既然麦芒伍不敢上前，那杀卷帘的机会，倒不如留给自己，正好可以为小杏花报仇雪恨……

吴承恩急忙握住李棠的刀鞘，让她冷静：“先对付尸兵。”

尸兵已经杀到，大敌当前，眼下只剩下吴承恩可以出手。幸好，吴承恩不是第一次同这些尸兵打交道了，所以并不慌乱。待尸兵冲到近前，吴承恩看稳方向，深吸一口气，朝着尸群甩出宣纸，每张都落笔一个“刀”字。只是这些刀刃劈砍在尸兵身上，仿佛隔靴搔痒，并无什么明显损伤。

三人且战且退，慢慢被逼至了城墙的墙角。

吴承恩有些迟疑，料想是自己发力不足，便重新凝了厚厚真气缠绕在龙须笔的笔尖上，单用一张宣纸写了个“剑”字，然后朝着最靠前的尸兵出招——

那尸兵心口中了宣纸，向后仰去——但是，它踉跄了几步便重新站住，紧接着便想要继续冲杀而来。奔了三两步后，尸兵终于失了力气，倒在地上不再移动。而那凝了吴承恩大量真气的宣纸，贯穿了这尸兵的前胸后背。

“有效果了！”李棠在青玄身后看到这一幕，不禁拍手称快。但是，吴承恩却没有继续出手。刚才的一剑，并非如同李棠看到的那般顺利。吴承恩的本意是要靠这一招依次贯穿这一排尸兵的。然而，却只杀了一个而已。

是的，一个尸兵而已……其他城墙上的尸兵已经杀了过来，吴承恩略微移开目光——殿试广场上的尸兵，又何止万千。

当初他们在南疆时遭遇的尸兵，又怎可与这些卷帘亲自号令的尸兵同日而语？

“青玄……”吴承恩一边抵挡着杀过来的尸兵，一边看着自己手中的龙须笔，后边的话，却说不下去了。

天高地厚这四个字，第一次有如烙印一般刻在了吴承恩的心里。以往自己和青玄一起闯荡江湖，也收了不少妖孽，自以为也算是功德圆满；吴承恩本打算一路除妖，一路撰写这本游记……

只是自己的眼界，到底有多远？而这世界，到底又有多大？

眼前这几个爬上了城墙的尸兵，无论身上中吴承恩多少招，却依旧肉身不毁；李棠和青玄已经退无可退，几个尸兵已经围了上来，情况不妙。一个落单的尸兵挥舞着手中的残刃，一脸狰狞地冲向吴承恩。吴承恩一个侧身闪躲未及，眼看就要从几丈高的城墙上跌落——

一只手猛地抓住了吴承恩的肩膀，将他从半空中一把揪了回来。吴承恩惊魂未定，转头望去，却是一个自己没见过的人，这人正是二十八宿之中的千里眼；他眼睛上缠着布条，手中支着拐杖，似乎行动不便一般茫然四顾。

“当心点。”千里眼对吴承恩开了口，却朝错了方向；然后用他手中重新接好的拐杖探着路，俨然只是一个盲人。

而他面前不远几步，便是三五个狰狞尸兵。但是这千里眼似乎并未察觉，反而继续前行。

“当心！前面有妖尸！”这一次，轮到了吴承恩开口；他将靠近青玄的尸兵踹下城墙后，即刻挡在了千里眼身前，亮出了怀中火铳；因为行动匆忙，吴承恩险些将自己的恩人撞下城墙。

千里眼一个踉跄，觉得吴承恩实在是冒失，又似乎不太懂得吴承恩的意思：

“我自然知道前面有敌人，砍了便是，何故公子刻意出声提醒？”

“这妖尸砍不死的……你看他身上……”吴承恩刚一开口，便知道自己失言了——此人眼盲，如何能看到妖尸身上横七竖八插进了无数宣纸呢？这些写满了“刀”的宣纸，即便加入了龙须笔的力量，却依旧只入了妖尸的表皮。可见妖尸身上一定被卷帘使了手段，才刀枪不入、水火不侵。

“什么鬼话，”然而，千里眼只是微微侧身，避开了挡在自己身前的吴承恩，依旧自顾自前行，“只是南苗的驱尸秘术而已，怎么可能砍不死呢？八成是因为……”

话声未落，几个妖尸都注意到了招摇的千里眼，随即吼叫着围了上来——

刀光一闪。

这群让吴承恩束手无策的妖兵，顷刻间便已经被劈得七零八落，散在地上不再动弹。

吴承恩似乎什么都没有看到，恍惚间才猛然惊觉千里眼不知何时又重新走回到了自己身后；而他的拐杖已经出鞘，乃是一把暗藏的锋利短刀。

千里眼嘿嘿地笑了，短刀已经缓缓入鞘，重新化作了他探路的拐杖：“我就说嘛，妖尸怎么可能砍不死……八成，是因为公子你力道不够而已。”

言语间，另一个身影忽然从天而降，悄无声息地落在了吴承恩与千里眼之间。只见此人穿衣打扮更是招摇，甚至肩头上扛着一柄火铳，似是神机营的九头鸟。这人正是顺风耳，他左右看看，朝着千里眼问了一句：“救的谁？”

“伍大人看中的。”千里眼听到这个声音，扭过头来，嘴角露了一个不屑的笑容。

“大人有令，说是……”顺风耳正要开口，忽然间察觉到了什么一般，即刻身子一旋，将肩扛的火铳挥舞而起，架在了吴承恩的肩头后扣下了扳机——吴承恩根本来不及反应，轰雷一般的声响便响彻云霄。吴承恩的五脏六腑受了冲击，震得站立不稳——而吴承恩身后的几个不在一条线上的妖兵已经全部被击穿了首级。

成了炮架的吴承恩这才捂住了自己的耳朵，身子一抖，蹲在了地上。

“大人有令，”顺风耳瞥了一眼地上的吴承恩，并无过多留意，继续同千里眼说道，“说你我二人只是耳目，并非战力，打杀之事能避则避，此役只求自保。还有，顺便保护一下客人……”

说着，顺风耳用下巴指了指李棠、青玄和吴承恩等人。

千里眼听完吩咐，虽然明显心有不甘，却依旧点点头，说：“得令。”

顺风耳将火铳抱在怀中，蹲在了地上，瞭望着殿试内场——无意间，他看到了吴承恩手中的笔，便略微皱了皱鼻子使劲一嗅，随即自言自语道：“哟，这味道……还是龙笔呢……”

“宝贝再好，能有什么用。”千里眼摸索着，走到了顺风耳的身边，“即便把你的火铳给了他，他能使得上？恐怕连扣下扳机的力气都没有吧。”

说罢，两人不再言语。

青玄急忙奔过去，扶起了地上的吴承恩；吴承恩此刻的表情，几乎面如死灰。青玄暗说不好，急忙用手捂住了吴承恩的胸口——

奇怪。青玄顿了顿，又仔细摸了摸；不对，吴承恩并没有伤到内里，应无大碍。倒是吴承恩脸上的表情……

“以此二人如此身手，在二十八宿中都不算战力。那我到底还能算什么……”吴承恩被青玄搀扶起来，却浑身失了力气；嘴中喃喃自语的，却是中的震惊与懊恼，“青玄，我到底……”

说着，吴承恩抬起头，捂住了自己的脸。

井底之蛙。

麦芒伍在不远处看着吴承恩的反应，心中却长出了一口气。吴承恩收妖的本事令人过目不忘，就连永生蛊也可录入书中……此技法无论后天如何修炼都无法企及，乃是天赐之物。如果他肯安心修炼的话……必将无可匹敌！

麦芒伍正在思忖之际，又有妖尸冲到了自己身边。麦芒伍随即出手，击退了眼前的尸兵。只是，如此下去，不是办法——除了马上就要成形的尸虫外，下面的尸兵也是层层叠叠，几乎要充满了整个殿试广场。最可怕的是，地上的深渊涌出的尸兵依旧连绵不绝，似乎无穷无尽。

而这群尸兵之中，还藏匿着一直虎视眈眈的卷帘。

麦芒伍心中清楚，卷帘表面上来皇宫参加殿试乃是草率之举，实则也是有着三分考虑。镇九州的毁天灭地的招式，二十八宿之中并非无人可以左右；坏就坏在，这里是皇宫。一旦用出了什么太过鲁莽的招数，投鼠忌器，惊了圣驾的话镇邪司必是在责难逃。

只是，即便二十八宿鼎力而战，却奈何尸兵太多。新的尸兵不断涌入战场，死去的尸兵倒在地上，渐渐开始散发出尸毒；用不了一个时辰，这广场内就要被尸兵和尸毒填满了。

麦芒伍抬头，看了看天色——夕阳依旧，看来，是真的赶不及了……

“别看了，赶不及天黑的。”一个醉醺醺的声音，似乎猜透了麦芒伍的心事，从城墙外打着酒嗝传来。

“你还未走？”麦芒伍顿了顿，头也不回开口说道。

“我还有李家密令在身……要等小姐。”城墙外的声音越发懒散，似乎并不在意一墙之隔的死斗。

忽然，城墙外面传来了一个女声：“让我进去，玄奘他……”

“现在你去，无异于送死，说不定还会连累他，你确定要进去？”那醉汉的声音虽然是在阻止，却透着某种蛊惑，仿佛是想让外面的女人进来，“如果你真的确定要进去，那便进去吧，我还巴不得你能连累他呢！说不定……”

“杨晋，”麦芒伍抬起一只手，打断了醉汉的满腹牢骚，“动手。”

城墙外面安静了片刻，继而传来了一声不耐烦的脏话；紧接着，一声狗吠伴着一声弦响从城墙外传来——

一道白色狼影势如闪电一般腾空而起，朝着落日呼啸而去——紧接着，这白色的狼影张大嘴巴露出獠牙凶狠一咬——

霎时间，整个天空仿佛被熄灭了一般，提前迎来了午夜。城墙角上的李棠情不自禁抬起头——天空之中，已经不见了落日，只剩下了点点繁星点缀着颇美的夜色。

殿试广场中的其他人见天色突变，本是一惊；但是当他们看到站在城墙上的麦芒伍后，随即离开了广场内里，纷纷跃上城墙。

麦芒伍的手掌之中，攥着一股真气，明亮得如同白昼一般让人睁不开眼。片刻后，麦芒伍向上一抛，手中的真气便如烟花一般升于空中——真气越升越高缓缓散开，这股光亮竟然是由无数银针凝练而成——只见银针浮在半空，逐渐聚拢起来，在黑夜中宛如一轮太阳，熠熠生辉。而其他尚未凝聚而来的银针有些分散，倒像是在太阳周围分布的星星。慢慢地，漆黑的天空中露出一副奇景——群星捧日。

“在下只会一招，不似大仙一般绝技众多。”麦芒伍看着殿试广场内的无数尸兵，对不知道藏在哪里的卷帘轻描淡写道，“此次不得已班门弄斧，只能在大仙面前献丑了，还望大仙不要见笑……”

有人说过，英烈殉职后便会化作天上繁星。

麦芒伍对这个市井传说，一直深信不疑；所以，他的绝技也正是借助群星之光——将星曜之力汇聚，成曜日之辉。

“看招。”麦芒伍一字一语，将手掌翻了过来，缓缓说道：

“天晷。”

第五十八章

裂缝

卷帘并没有在第一时间察觉到情况有多严重；对于藏在尸海之中的卷帘来说，外面的天色只是短时间内忽暗忽明——巨大的尸虫抬起了头，看着天空中的光芒，发出了嘶吼声。

天晷，乃是麦芒伍绝不外露的绝技，就连镇邪司之中知晓此招的人也是屈指可数的。然此技虽然厉害，发动起来却不是那么容易。第一个条件，便是一定要在日落之后、日出之前，否则银针飞上半空，便会被太阳所吞噬。

至于第二个条件……

随着麦芒伍的手掌翻过来的瞬间，天空中悬着的银针，终于迫不及待地朝着尸海坠去。青玄不得不张开了结界，保护着吴承恩和李棠。

只是，青玄这一举动，显然是多虑了。

地上的尸海再多，也架不住这漫天银针。每一个在地面上横行的尸兵，天灵盖都准确地挨了一记银针；这小小的银针从天而降期间渐渐发光，最终变成了正在被淬炼的火红色。银针自上而下，贯穿了每一个尸兵的躯体，自上而下留下一个拳头大小的圆整伤口。

而不断涌出尸兵的裂缝，则迎来了暴风骤雨般的银针，看那光景，宛若岩浆形成的瀑布一般骇人。许多还未来得及爬出地面的尸兵，直接被砸得稀烂。

吴承恩忍不住张大了嘴巴，却一个字都说不出口。

卷帘此时躲在地下十几丈有余的位置，正在凝神闭气，似乎是打算恢复自己的妖力。在卷帘的计划中，外面即便有所变故，尸虫也足够抵挡一两个时辰——说到底，若是看不穿这尸虫的底细，指不准能借机拖垮整个镇邪司也未可知。

广场上的尸兵几乎尽数被杀，但是尸虫身上，却没有一点伤。麦芒伍的银针虽然也朝着尸虫坠去，不过尸虫上的尸兵全部张开了大嘴，将银针吞进了肚子后烟消云散。眼见自己无法伤及尸虫，麦芒伍便不再浪费力气，刻意避开这巨大的目标，转而开始击杀尸兵。

杀光了尸兵后，卷帘，你就不得不现身了吧？

深渊之中的卷帘，这才意识到大事不妙：自己头上的尸海已经快要抵挡不住，银针雨距离自己越来越近。卷帘急忙重新握住月牙铲，嘴里念念有词。

巨型的尸虫见不再有尸兵汇入自己，抖抖身子长出了双翅，同时也不再伏于地表，微微抖动后六肢开始疯狂攀爬，简直就像一个没头苍蝇一样四处乱撞。转眼间，四周的城墙就快要支撑不住了。

麦芒伍向身后望了一眼——那是皇上逃走的方向。现在虽然看不到任何人影，但是杀气却是掩盖不住的。几支磨盘大小的纸鸢已经从天上飘了过来，借着气浪坠向殿试广场。麦芒伍认得，那是神机营的远程武器，火凤凰。这种巨大的纸鸢，龙骨乃是一根利箭，下面悬着的均是火药和爆竹，长长的引线自打纸鸢射出之际便被点燃。这火凤凰顺风时射程可达三四里地有余，逆风时也能飞到两里远近。

按时辰算，被神机营保护的皇上，最起码已经退到了三里之外。不过，即便如此，也断不能放这尸虫出去胡来。

这几支火凤凰，既是神机营测算风向的信号，也是给同僚的最后通告。就是说，如果皇上退到了十里之外而镇邪司还未取胜的话，两百门连珠大炮就要发威，将这里夷为平地了。如果尸虫现在冲向皇上的位置，只怕神机营为保圣驾，断然会当场开炮。

真若如此，镇邪司恐怕要死伤过半。

天空渐渐重新暗了下来，悬在空中的银针快要消耗殆尽。麦芒伍有些站立不稳，险些跌倒。身旁的血菩萨急忙一把扶住，暗说不好。

“不妨事。”麦芒伍看到了血菩萨的表情，摆摆手示意可以放开自己。血菩萨看着脚下的一片狼藉，知道这一发天晷少说也要耗去麦芒伍五年阳寿。不过，让人束手无策的尸兵，现在已经所剩无几。就连那裂缝之中，也久久不见新的尸兵涌出了。

剩下的，只有卷帘和尸虫。

尸虫此时已经化作了永生蛊的外表，张开了自己的口器：里面涌出了几条手脚相接的尸兵组成的触须，胡乱飞舞，舔舐着地上的尸骸。

城墙上有人抬头，见天色已暗，正准备跳下去收拾那尸虫，未曾想到尸虫浑身的尸兵同时张嘴，喷出了酸臭的瘴气。莫不说周围的那些倒下的尸兵，就连地面的沙石，也被这瘴气侵蚀，融成了黏稠的汁液。

近身不得吗……麦芒伍知道尸虫乃是卷帘最后的手段，早就明白不可能轻易取胜。眼见如此，麦芒伍重新站直了身子，将手掌摊开——

血菩萨一把抓住了麦芒伍的手腕，摇了摇头：“不可。再用天晷，你会……”

“退下。”麦芒伍理也不理，用力甩开了血菩萨的手。两个身影同时落在了麦芒伍身边，二话不说便跪在了地上，叩头如捣蒜一般：“大人，万万不可……”

“瘸子，你脚程快，速去禀报皇上，就说咱镇邪司已经掌握大势，不必让神机营毁了皇宫。”麦芒伍只是盯着地上的尸虫，不动声色地吩咐道，“以防万一，你背上骗子一起去；以他的口才，皇上必定会……”

“大人不必如此！我这便回衙门，请二当家来此便是！这小小蛆虫，不值得大人……”瘸子跪在地上，却不肯依令行事。

“是的！二当家知道大人如此，必定会摒弃前嫌，来此参战！”一旁的骗子也急忙开口，话里话外的语气都是信心满满。

麦芒伍笑了笑；果然，这骗子嘴里，永远听不到一句实话。倘若二十八宿真的能同李家的执金吾一样同心协力，那么镇邪司便不会有今日的下场。这两年，大当家久未露面，麦芒伍深知自己作为镇邪司管事终究还是能力未足。二当家的人早已自成一派，如果自己死在这里，想必二当家反倒会落得一个清净吧……

镇邪司的内里，虽说不上分崩离析，但是也颇有些貌合神离。如果自己的死，真的能让二十八宿同仇敌忾，那么麦芒伍觉得自己一定会含笑九泉。

既然如此，自己的这条命，足够赌一赌了。

渐渐地，麦芒伍手中再次凝聚了一股明光。另外几个身影见到这边的光亮，心说不好，急忙匆匆跃到了麦芒伍的身边——

“退下！”麦芒伍未等众人开口，便大声喝道，“镇邪司的规矩，你们都忘了吗！”

众人彼此看看，纷纷暗暗运力，不打算再劝说——看来，只能来硬的了。血菩萨给了众人一个眼色，正准备从背后一把抱住麦芒伍……

却不料众人的右手手腕接连闪现寒光，脉门的位置隐隐亮出了一根银针，继而封闭了浑身真气；而刚才几乎用尽了全力的血菩萨，此刻更是直接跌坐在了地上。

规矩，就是规矩。

麦芒伍看着自己手中的明光，然后又看了一眼身旁的众人，淡淡说道：“日后，朝廷和镇邪司，便仰仗诸位了。替我转告二当家……”

一声钝响。

话音未落，麦芒伍身子一晃，倒在了地上。血菩萨一愣，急忙一把捧住麦芒伍；此刻，麦芒伍的嘴角流了血，脸上尽是疲劳，而脖子上也多了一道淤青。

“有什么话，你不会自己去跟老二说，真是——妈的，大家加入镇邪司就是给你跑腿传话的吗？架子也忒大了。”一个声音，在麦芒伍背后的位置不耐烦地响起；众人右手的银针霎时间失了光泽，真气通了全身，这才纷纷抬起头，看到了一个戴着白色面具的人手臂半举，显然是让麦芒伍倒下的罪魁祸首。而他的身边，还跟着一个年轻貌美的女子。

“执金吾！”众人一惊，万没想到此刻忽然有此变故，纷纷亮出了兵器。

血菩萨定睛看看李家这人的手臂——上面的花纹，倒是似曾相识。

“大人生前有令，说此役不得他人插手，这位朋友倒不如……”血菩萨抬起手，先止住了杀气腾腾的其他人，才缓缓开口。

“什么叫生前有令？你别血口喷人啊你！这番话是要出大事的！”这白面具

之人心下一慌，直接开口，打断了血菩萨，“我，我就是小姐的一个保镖而已，从刚才到现在一直闲看热闹……怎么你们二十八宿如此霸道，连看热闹的乡民也不许吗？”

这番话，倒是在理；刚才众人一并被封了真气，加上跪在地上，倒真没有此人出手的真凭实据。照这么说的话……

与此同时，一股带着恶臭的妖烟从地上的裂缝之中冉冉升起。众人纷纷扭头望去。

“伍大人只是因为昨夜政务繁忙，此时小憩片刻。”血菩萨开了口，显然不打算继续纠缠此事，“尸虫姑且不论，你们先去对付卷帘。”

众人得令，即刻纷纷起身，深吸一口气后朝着冒烟的裂缝杀了进去。

“杨晋，你……”血菩萨见众人离开，转头正要与那白面具搭话，却发现他已经带着身边的女子奔向了一旁的吴承恩。

千里眼和顺风耳早就严阵以待——其实刚才麦芒伍发招之际，要不是身上还有保护身后这几个废物的命令，两人便要冲过去了；此时，戴白面具的男子带着女子冲了过来，千里眼和顺风耳并不能判断是敌是友。

“怎么办？”顺风耳开口问道，同时已经将肩上扛着的火铳握在了手中。

“砍他一条腿再说。”千里眼半蹲下身子，用手指挑开了手中的拐杖，露出一寸刀锋。

“玄奘！”同样，白骨夫人也并不晓得对面的两人到底是敌是友，匆忙间，已经将妖气凝在手中，亮出了脊蛇。

电光石火之间，大地忽然震颤起来，广场中的豁口开始剧烈地崩裂、轰塌，引了所有人的注意。正当血菩萨担心裂缝中人的安危之际，地上的尸虫已经从毒雾之中趁机跃上了城墙，伏在了吴承恩的面前。紧接着，这尸虫张开了口器，深吸一口——

一阵飓风袭来。

“不好！”千里眼和顺风耳霎时间知道自己大意了，急忙转身，伸手去抓——幸好，千里眼一只手将拐杖深深插入了城墙，另一只手死死握住了吴承恩的脚腕；吴承恩在空中挣扎一番，也死命地伸出手，一把握住了李棠的刀鞘，勉强算是保住了李棠，另一只手去抓青玄，这次却迟了，青玄无所凭依，被尸虫吸入了肚子。

只听空气中一声裂帛般的窸窣，那是锦绣蝉翼刀出鞘的声音，李棠一把将刀尖追进了那尸虫的嘴中。

其实李棠此举也完全是凭借本能，入了尸虫口中才稍稍一愣，刀又能用了？看来是因为麦芒伍晕过去，封刀的银针失了效力……

“李棠！”吴承恩大喊一声，正也要追进去，几根从尸虫肚子下面探出的触手狠狠甩开了他；而那尸虫也似心满意足，缓缓合上了口器。白骨夫人已经顾不得其他，凝了浑身妖气于双手，死命去掰那尸虫的嘴巴。

那尸虫却毫不在意，只是抖了抖身子。无数妖气四下而起，凝成了妖丝，开始缠绕包裹了尸虫。

“这下麻烦了……”戴着白面具的人不禁一慌，知道大事不妙。

李棠追进尸虫口中，完全是个意外。她本意是用刀将尸虫刺痛，引它吐出青玄，却没想到刚靠近尸虫的口边，便觉得一股散发着腥气的气流将她吸引过去。李棠心中虽然有几分害怕，却也知道此刻后退，青玄就没命了，不由得再向前一步。那气流就骤然变强，她在吴承恩的喊声中一脚跌进了尸虫的肚子。

尸虫的肚子中，竟然别有洞天；只是四壁皆是人脸，各个表情狰狞，令人感觉置身于地狱。青玄匍匐在一个角落里，李棠略微站定便急忙奔过去扶起他，而青玄虽然抬起了手，却发现自己无法撑开平时的佛光结界。

隐隐约约中，不远处，传出了一声呻吟。

“谁！”李棠低声惊呼，青玄急忙捏紧了念珠，眼神示意李棠不要鲁莽行动。

而那呻吟声渐渐清晰，似是一个人的喃喃自语——仔细听的话，青玄似乎在哪里听过这番呼喊。

“师父，救我……”

青玄不禁一惊——是的，这个声音的主人是——

卷帘盘坐在尸虫的内里，而他面前的月牙铲，已然插在了尸虫的内壁。原来，卷帘改换了自己的容貌后，第一时间便躲进了尸虫之中。裂缝中的，只是掩人耳目的替身而已。卷帘气喘吁吁，嘴里面断断续续地重复着刚才那句话。只是，这一次他的语调不再是求饶，而是充满了贪婪和欲望。即便此时的卷帘一脸疲惫，但是他身上散发出的阵阵妖气，就连李棠也深知不妙。

没有多想，李棠便一刀刀砍在了尸虫的内壁上——不行，怎么也要先从这尸虫里面出去才是。刀锋过处，留下了漂亮的切口；但是，不消片刻，这伤口便重新痊愈。

“此乃永生蛊虫，小姐不必试了。”卷帘说着，指了指插在蛊虫身上的月牙铲。那月牙铲虽是兵器，却似有生命一般，躯体轻轻蠕动着。这尸虫已经得了永生蛊的力量，只要卷帘躲在其中，便可万无一失；就算是如此逃到南疆，也是十拿九稳。

卷帘站了起来，瞥了一眼青玄后，身子缓缓融入了尸虫的肉壁之中——

“等我回来……”卷帘对着青玄说道。

卷帘知道，自己还少了一样东西才能完成期待已久的仪式。

同一时间，城墙上的白骨夫人跪在了吴承恩面前——

“杀了我，”白骨夫人抬起头，眼睛里已经全是泪水，“快。”

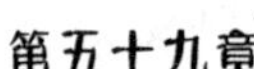

第五十九章

人心

尸虫的腹部正在缓缓蠕动，即便隔着这些尸兵组成的肉壁，里面酝酿着的那股让人不安的气息也愈发强烈。可是吴承恩不晓得白骨夫人到底发了什么疯，就是死死拽住自己的裤脚不肯松手。青玄和李棠现在已经被这虫子吃进了肚子里面，再不抓紧的话……

“你听着……”白骨夫人吐了口血，咬着牙看着吴承恩怀中的书卷，语气不容置疑，“卷帘想要将玄奘吸入体内，必须有永生蛊作为药引，才能确保玄奘的灵力与他自己的灵力共生。现在他走投无路，放了一只永生蛊加入战场，就没了药引……眼下，他只是将玄奘困住，并不会害他的性命。所以，你只要……”

说着，白骨夫人掀开了自己的衣襟；累累白骨下，那黑色的永生蛊正在缓缓蠕动着，死死依附于白骨夫人的内丹之上，贪婪地吸食着她的生命力。

虽然白骨夫人潜伏于卷帘身边有些时日，但是卷帘却处处小心提防，并没有透露太多自己的秘密；毕竟卷帘谨慎，身边的人谁也信不过。只是，千防万防，卷帘也没想到，白骨夫人会从尸兵下手。那些已经死去的尸兵平日里都会随着卷帘南征北战，自然将许多事看在眼里。而白骨夫人正是还魂了那些尸兵后，这才从死人嘴里知晓了一些卷帘的手段。

永生蛊，是卷帘和玄奘之间的关键。

吴承恩略微迟疑，后脑勺便挨了那戴白面具之人的一巴掌；只见那人不耐烦地说道：“还等什么？小姐还在里面呢！”

这声音太熟悉了，即使遮着面具，吴承恩也立即辨认出来，不禁倒吸一口凉气，看着面前威风凛凛的男子喊道：“李晋？”

“啰唆什么！再不救小姐就来不及了！青玄在里面可以保全性命，小姐可不一定！”李晋压低声音朝着吴承恩怒吼一句。

“好……”吴承恩自然也是惦记二人安危，顺势亮出了龙须笔，准备再来一次地牢之中的除虫法式。可是，不知为什么，吴承恩握笔的手有点儿发抖——恍惚间，他记起了镇九州离了永生蛊后的躯体是如何在自己眼前变得伤痕累累的。

夺走了永生蛊的话……面前这个白骨夫人，登时便会灰飞烟灭吧。

为了救青玄，即便上刀山下火海，吴承恩也不会有一丝一毫犹豫；只是眼前的白骨夫人确实无辜，这反倒让吴承恩不知如何是好。

显然，白骨夫人猜到了吴承恩的心思，她脸上露出了一丝苦笑：“不必手软，这是我的归宿，我是……心甘情愿的。为了保持玄奘曾经见过的容貌，我也曾经谋害过不少年轻女子，割了她们的脸皮为己所用。说起来，我到底辜负了玄奘的一番苦心，死有余辜……”

还没等到白骨夫人继续开口，她的后脊突然被千里眼一刀刺穿；这股剧痛让白骨夫人忍不住哼了一声，但是她依旧没有松开拽着吴承恩的手。千里眼脸上的表情有些迟疑，即刻手腕一转，刀锋带给白骨夫人的痛苦立刻重了百倍。

“不要动手！她……”吴承恩看到这般情景，急忙朝着千里眼大喝一声。

“逢妖必杀。”千里眼冷冷答道，头也不抬，只是将刀从白骨夫人身上抽了出来，准备另寻要害下手。刚才白骨夫人露出内丹时，千里眼便已经留了心思；现在听得这白骨夫人说出了如此作为，更是气上心头。正待刀锋即将再次落下之际，旁边的尸虫一阵咆哮，似乎是在恭迎从尸群之中探出身来的主人——

卷帘。

卷帘探出身来，先是朝着殿试广场张望了一眼；看来自己的计划失败了一半：是的，麦芒伍计划周全，什么都考虑到了。在武举殿试之前，麦芒伍已经密奏了皇上，提了一个看起来格外张狂的请求：

如果卷帘造反，那么独由镇邪司来迎战卷帘。皇上接到奏折之后显得格外开心，即刻恩准了麦芒伍的请求，只是加上了一个条件：

“朕只能给你半个时辰。这里毕竟是京城，朕不能由着他胡来。”

这也是为什么皇上会即刻撤走的原因之一；一切，都在麦芒伍的计划之中。

卷帘本想依靠一招君临，唤出尸兵后以战养战——只要皇上身边的五军营、神机营和三千营与尸兵交战，双方必定互有损耗；那么，新的尸兵就可以源源不绝，慢慢拖垮镇邪司的众人。

但是卷帘万没想到，在麦芒伍的安排下，朝廷竟然真的只留下了十几个人与自己交手——这个局面造成的结果，便是尸兵已经所剩无几。

不过，麦芒伍这一招剑走偏锋，却也有极大的风险；且不说镇邪司落了下风，便是双方两虎相争打个平手，待时间一到，神机营的炮弹便会从天而降。到了那个时候，整个镇邪司也是要给卷帘陪葬的。

要知道，以神机营和镇邪司之间的关系，他们断不会心慈手软。

不过，卷帘知道，自己现在依旧有机可乘。

地上的裂缝，困住了想要寻觅自己身影的二十八宿；想要从深渊之中归来，起码也要一炷香的时间。卷帘也知道一时半刻这里不会再有新的敌人；也就是说，卷帘还有足够的时间完成自己最后的进攻。

机不可失，卷帘双手撑住尸虫，想要将身子完全拔出；还未等卷帘落地，两只六翅乌鸦已经奔着他的双眼而去。尸虫似乎感受到了自己的主人受到威胁，尸兵即刻横七竖八地伸手，似乎要擒住这两只畜生。

一声雷响——顺风耳手中的火铳朝着卷帘的脑袋开了一枪；卷帘身子微微斜侧，避开了这一发弹丸。借着这巨响的一晃神间，吴承恩才发现千里眼已经不在自己面前了；紧接着，就连卷帘也没有发觉，千里眼已经登上了尸虫，悄无声息地站在了卷帘背后。

声东击西，刚才的一枪只是掩护；千里眼和顺风耳两人之间的默契，已无须言语沟通。

电光石火间，千里眼手中的杖刀已经横劈而至，砍中了卷帘的脖子；卷帘半截身子一个踉跄，然后缓缓转头——鲜血从卷帘脖子上的伤口流下，溅在了尸虫身上，令其更加暴躁。

千里眼手上加了一把力气，然后露出了一个苦笑——这一刀，本想着是要砍掉卷帘的脑袋；此刻刀锋虽然伤了卷帘的肉身，却无论如何也无法继续深割下去；甚至，现在千里眼想要将刀拔出来都已经是痴人说梦。

“修行未到，到底还是砍浅了。”千里眼这句话里面，夹杂了无数悔恨、懊恼。卷帘并不搭话，只是抬起手，朝着千里眼便是一掌，这一掌击在了千里眼的心口处——即便战场嘈杂，千里眼肋骨断裂的声响依旧清晰可闻。千里眼的内脏已经被震伤，一口浓血吐了出来，人也支撑不住，眼看就要倒下——

卷帘略一皱眉，发觉千里眼吐出的这口鲜血起了涟漪，紧接着，十几只乌鸦从鲜血之中振翅涌出，死命地围住了想要继续下杀手的卷帘。

“救人！”不远处的血菩萨抱着麦芒伍高声喊道；他知道，自己借着千里眼的鲜血唤出的这些乌鸦挡不了卷帘太久。千不该万不该，这二人不该主动迎战卷帘的。千里眼和顺风耳本都是镇邪司中的瑰宝，而并非善战的类型。眼下，自然是该知难而退才对。

顺风耳已经落在了千里眼的身后，抬起手拦腰将他抱住，身影一闪便要离开；但是顷刻间，两人又重重地摔在了尸虫的背上。原来卷帘丝毫没有顾忌自己身边的乌鸦，从鸟群之中伸手一探，一把抓住了正要腾空离去的顺风耳的脚踝，硬生生将他拽了下来。

这一切，几乎是一眨眼的工夫，双方你来我往，到底让卷帘占了上风。

控制住了千里眼、顺风耳两人之后，卷帘略一搜罗，目光紧接着便落在了地上的白骨夫人身上。

李晋没有迟疑，即刻拉起了弓弦瞄住了卷帘，身上的文身也是熠熠生辉：“卷帘，还想试试我的天地一色吗？”

李家的人……卷帘略一恍惚，知道这人便是在南疆一招灭了自己分身的仇人；当时那一招威力无穷，竟然还伤了自己真身一条胳膊。即便此刻卷帘的身子依旧在永生蛊内，他也不得不提防眼前这个花臂汉子。

李晋没有放过卷帘犹豫的机会，随即松开了弓弦——那尸虫在卷帘操纵下即刻一阵翻滚，意图避开离弦的弓箭；毕竟现在卷帘绝对不能失去脚下的尸虫，他不可能铤而走险——只是，天地一色并没有发动；甚至除了一声弦响外，什么也没有发生。

李晋忍不住笑了笑——自己怎么可能真的放箭呢，李棠可还在这虫子的肚子里面。卷帘躲得有些狼狈，却发现对方并未出招，气急败坏地骑着尸虫重新爬上了城墙。

但是很快，卷帘便发现自己上当了：且不说地上的白骨夫人和吴承恩已经不见了踪影；甚至自己刚刚擒住的千里眼和顺风耳，也被血菩萨救了回去。

是的。

李晋什么都能射出去，就连人也不例外。

“你把她藏在哪儿了？”卷帘左右看看后，咬着牙问道。但是李晋不仅没有作答，反而朝着自己刚才放箭的方向眺望了一番，眉宇之间透露着一股令人要发狂的轻浮，缓缓吐出了两个字：“你猜？”

卷帘强忍着没有发怒，心下却是一沉；如果面前这厮只是救几个人，本来没有大碍。但是，这个花臂汉子连白骨夫人都藏了起来……莫不是，自己现在急需白骨夫人身上永生蛊的秘密被看破了？真若如此，镇邪司便是掌握了自己的死穴！

既然对方已经知道了自己的算盘，卷帘便不打算继续藏着掖着了。只见他摊开了自己的左手手掌，然后用右手的食指和中指朝着左手猛地一刺；顷刻间，卷帘的手掌便多了一个渗血的窟窿眼。

不远处的城墙下，感受到了主人召唤的永生蛊即刻传来了虫鸣声。李晋脸上得意的笑容渐渐凝固了，他本以为卷帘会追着自己放箭的方向而去，没想到自己的骗局如此轻易便被揭穿。刚才听完吴承恩和白骨夫人之间的谈话，李晋心里明白，绝对不能让白骨夫人落入卷帘手中。所以刚才慌乱之际，毫无防备的吴承恩只是被李晋一脚踢下了城墙，顺带着将白骨夫人也带了下去，二人其实并未躲远。这种灯下黑的手段，几乎成功骗过了卷帘。

此刻，吴承恩已经再一次亮出了龙须笔，朝着白骨夫人心口的永生蛊迟疑探去——

“没办法。”李晋往前走了一步，挡住了卷帘去路的同时吹了一声口哨；哮天浑身闪烁着火焰一般的光芒，从李晋的胳膊上一跃而出，虎视眈眈地盯着面前的敌人。李晋摸了摸哮天的脑袋，然后耸耸肩膀，重新朝着卷帘拉开了弯弓：“既然识破了，只能搏一搏了。”

一阵振翅的响声，血菩萨已经落在了李晋的身旁，弯曲的手臂上蹲着几只乌鸦伺机待发。刚才血菩萨已经将千里眼和顺风耳二人依托乌鸦带走；至于麦芒伍，倒也并无大碍。现在，血菩萨也要专心作战了。

“我缠住卷帘，你对付尸虫。”血菩萨小声说道，随即准备出手；而李晋却急忙扭过脸去，手忙脚乱地想要套上自己的白色面具。这番举动不由得让血菩萨皱眉：“暂时没有旁人了，杨晋你不必多此一举。而且，我是在和哮天说话。”

哮天抬起头，看了看血菩萨，发出了呜噜呜噜的声响。

“谁是杨晋？”李晋已经戴好了面具，这才转头，捏着嗓子朝着血菩萨喊了一声，“我可是李家的执金……”

话音未落，尸虫的触手已经飞速袭来；哮天顾不得凶险，飞身上前一口咬住了那支触须。虽然挡住了攻势，但是尸兵组成的触须即刻散出一阵毒雾，哮天不得已还是松开了嘴，退回李晋身边。

血菩萨并没有走神，见得卷帘脚下的尸虫发招，立刻后发制人；只见血菩萨抬高了手臂，几只栖息在上面的乌鸦立刻冲撞成一股，祭成了一只血红发亮的六翅猛禽，展翅之后足有仙鹤大小。猛禽略一停顿，旋着身子不断四处散落锋利的羽毛，朝着卷帘袭去。

尸虫探出来的触角猛地挥起，想要打飞这团血红；但是触角还未碰到目标，便被甩开的羽毛切得七零八落。卷帘皱眉，知道这一招是奔着自己来的，着实厉害，硬接下来的话可能会元气大伤；思及于此，卷帘当机立断，从尸虫身上抽身，奔着虫鸣的方向而去。

血菩萨正打算令自己的六翅猛禽追击卷帘，未想到那尸虫突然发威，张开口器吐出了一根长长的芯子——那芯子，正是月牙铲。只见这芯子顶着漫天的羽毛横着一扫，便将血菩萨祭出的猛禽击落在地，化作了一摊血水。血菩萨身子一抖，本来就枯黑的躯干此时更加干瘪，仿佛生命力也随之去了大半。

尸虫并未作罢，继续朝着二人袭来。哮天嘶吼一声，迎着尸虫扑了上去；只是这尸虫几倍大于哮天，稍作搏斗，哮天便落了下风。几根触角缠住了哮天，尸虫略微一嗅，便张开了血盆大口，准备以哮天果腹——

“来得好。”李晋嘴角露出了一丝窃笑，显得胸有成竹，双掌在面前互击一声，顷刻间哮天便重新化作了李晋胳膊上的文身——但是，李晋自己也没料到，这一次并非像平时那样由哮天飞向自己，反而是自己飞向了哮天。

虽然哮天化险为夷，而李晋此刻却没来得及挣扎，便被尸虫一口吞进了肚里！

血菩萨没想到事情是这般发展；他本想上前拉李晋一把，却发现自己连挪一步的力气也没有了……

同一时刻，不远处的城墙下面。

吴承恩的笔尖已经触到了永生蛊虫。黑色的光芒格外耀眼，那虫子也发出了刺耳的鸣叫。白骨夫人顿时感觉到浑身上下仿佛置身于冰窟一般冰寒刺骨，痛得令人发狂；即便痛苦欲死，白骨夫人也只是用双手缠了自己最后的妖气，死死捂住了自己的嘴巴，连轻哼一声都不肯；她唯一担心的，就是自己的惨叫会引来卷帘。吴承恩满头大汗，用尽了浑身力气，缓缓将这黑色的蛊虫抽成细丝，想要引入另一只手中捧着的书卷之中。幸好，书卷之中已有的永生蛊似乎还有灵性，正在吸引着白骨夫人身上的永生蛊，倒是帮了吴承恩的大忙。

只是……

随着蛊虫渐渐被剥离，白骨夫人的内丹正在迅速枯萎。

这种痛苦，简直令人痛不欲生。

“你会死的……”吴承恩喘着气，看着泪流满面却不吭一声的白骨夫人，忍不住还是开了口，“你，你真的会万劫不复的……”

白骨夫人想说什么，但是却一个字也说不出来；她担心松开了捂着嘴巴的双手后，自己就只剩下了惨叫。所以，白骨夫人只是朝着吴承恩轻轻点了点头，用尽力气挤出了一个勉强算是笑容的表情，示意吴承恩不必多虑。

永生蛊本身并无什么力气，主要是依附内丹，所以才格外难以去除。随着缠绕在白骨夫人内丹上的黑色虫丝越来越少，吴承恩感觉自己抽回来的笔越来越轻松。吴承恩心里知道，自己马上就要大功告成——但是，他却越发迟疑起来——

吴承恩清楚看到，在黑色虫丝剥离之后，白骨夫人显露出的内丹，却隐约是一颗血红的心脏模样。甚至，那颗内丹，正在如同人类的心脏一般缓缓跳动。

难道她已经修炼到了如此境界……这番修为，何止千年？

“你，你是人？”吴承恩不忍再看，轻声开口问道。

白骨夫人眼神迷离，似乎已经失去了意识——

“白骨！还给我！”一声怒吼，迟来的卷帘已经顺着虫鸣声从天而降，朝着白骨夫人的内丹伸出了渗血的左手！

就在同一瞬间，吴承恩一个跟头向后翻在了地上，跌出去几丈远——而笔尖上甩飞的黑色虫丝，宛如流水一般，被引入了书卷之中。

卷帘一掌贯穿了白骨夫人的内丹，然后死命一抓，终究还是迟了片刻。白骨夫人身子一抖，却没有挣扎，只是抬了抬头，看着跌在地上的吴承恩。

“告诉玄奘……那些脸皮，只是病死的年轻女子……我虽取之，但，我真的没有害过人……”白骨夫人长出一口气，朝着吴承恩微微一笑；这笑容，竟如此倾国倾城。

卷帘略一迟疑，松开了自己的手；而白骨夫人那颗被卷帘攥碎的内丹，渗出的并非妖气，而是鲜血……

也罢，自己这一辈子，太长了。

人与妖自古两别。

真希望还能有下一世啊……

不过，这怕是奢望了吧……没了永生蛊，等待她的，只有灰飞烟灭一条路。

玄奘……我等了你九世，缠了你九世；相思之苦，难以名状。

这一世，终于是你等我了。

说不定，如此一来，你就会明白我为何迟迟不肯死心……

只不过，玄奘啊玄奘……

“我好想……再看你一眼啊……”

那曼妙的身影，渐渐化成了粉末，随着风缓缓飘散。而最终留在吴承恩笔尖上的，只剩下了一滴眼泪。

吴承恩一动不动，怔怔地愣在原地。

卷帘却没有任何表情，只是将白骨夫人留下的血迹轻轻抹去，重新将自己的血涂满了手掌。原来，他们并非能除掉永生蛊，只是将其封印。这样便简单了，自己只要趁着二十八宿没有插手之前杀了眼前的书生，再将永生蛊取回来，便可以回到尸虫体内开始法式……

正在盘算于心的卷帘忽然一愣，继而忍不住笑出了声：“怎么，你要挣扎？”

面前的吴承恩用尽了力气从怀中掏出了火铳，瞄准了卷帘的脑袋。

这书生的本事，卷帘已经在一笑楼门口领教过了，简直等同蝼蚁。卷帘毫不在意，一步一步朝着吴承恩走去……

忽然间，卷帘猛然抬头，然后急忙后退了一步——一个庞然大物从天上跌落，坠在了卷帘和吴承恩之间，发出了巨响。待到尘埃落定，卷帘定睛一看，才惊觉坠下来的巨物，竟然是自己最得意的永生尸虫！

只见尸虫的腹腔位置已经被人切开，尸虫似乎疼痛难忍，六肢乱蹬，拼命挣扎。卷帘一愣，顾不得其他，先是翻身上了尸虫的肚皮扒开伤口细看。

里面已经空无一物。

而城墙上，已经多了三个人的身影。李晋手中握着锦绣蝉翼刀，怀中扶着的是一直在咳嗽的李棠；而青玄平日里绝不离手的念珠，此刻缠在了李棠的手腕上，这是青玄发现自己无法保护李棠时，能够给出的唯一方法，以便阻止尸虫体内的瘴气继续侵蚀李棠。

李晋骂骂咧咧地将手中的武器插在了地上，然后拿起了李棠腰间的灵感吸食着沾染在李棠身上的瘴气。而青玄已经跃下城墙，落在了吴承恩身边。

“青玄……青玄……”吴承恩带着哭腔，却一句话也说不出来，他只是颤颤地拿出了龙须笔。笔尖上凝聚的那一滴泪水，显得晶莹剔透。

青玄伸出一根手指，接过了那滴眼泪——泪水瞬间在青玄的手心散开，一股暖流遍布于青玄全身。那些感情和记忆，再也没有了顾虑，开始肆无忌惮地盛开。

一世恍惚，一晃而过。

青玄叹了口气，双掌合十。

“放心吧……”卷帘看到青玄并未逃走，这才松了一口气，“马上，你便可以与我合为一体。到时候，你就有大把时间去怀念那个贱……人……”

卷帘的后半句话，说得越来越慢，也越来越迟疑。

因为，他感觉到了一股凛冽的寒风，狠狠扫过了自己身上的每一个毛孔。

“卷帘。”青玄低着头，没有人能够看到他此刻的表情；他的语气如此轻描淡写，甚至充满了无力感。但是就是青玄这个与世隔绝的声音，缓缓道出了后面几个字，便会令人感到一股泰山压顶般的不安与绝望——“这次，我一定要杀了你！”

第六十章

破戒

无尽的混沌之中，总算露出了一线光明。

麦芒伍似乎闻到了一股幽香，缓缓睁开了眼睛；等到麦芒伍看到了搀扶着自己的那人的面孔时，他忍不住露出了一个欣慰的笑容。

“掌柜的，有劳了。”麦芒伍轻声说道。

扶着麦芒伍的人，正是铜雀；而金角、银角分站两端，严密守护着中间的铜雀和麦芒伍。对于麦芒伍来说，铜雀的出现注定是一个好消息：这个生意人，只会站在赢家的一边。现在既然桃花源的人露了面，那也就是说……

“此乃九转还魂香，”铜雀说这番话的同时，不无心疼地看了一眼自己手中的香炉，“大人也知道鬼市里这宝贝作价几何，银子日后还得算在镇邪司的头上了。”

看来，铜雀已经打算同镇邪司“日后算账”了。

麦芒伍咳嗽几声，坐直了身子。

铜雀见麦芒伍并无大碍，索性也移了目光；他此时前来，为的就是能够亲眼看到最后。这场武举赌局的最终结果，马上便会水落石出。

且说半炷香时间前，李晋被尸虫擒住之后，顺势滚进了它的肚子之中。尸虫体内的瘴气已经十分浓密，就连张嘴吸气都会感觉到嗓子里无比黏稠，甚至有一种溺水的错觉，无论如何都无法再吸进去第二口。李晋只能屏住呼吸，快走几步，这便见到了李棠和青玄。

情况并不乐观。

青玄已经站立不稳，但是依旧护着几近昏厥的李棠。幸与不幸，李棠腰间的灵感也失了往日的轻盈，仿佛一只木鱼一般呆呆挂在绳上，可见它之前为了保护主人已经耗费了很多灵力。好在李棠的手腕上又多了青玄的念珠，这才保持着脸上的血色没有褪尽。

李晋只是对着青玄微微一点头，心中有了几分佩服：殊死之际，青玄还是像个爷们儿，不惜以自己的性命做交换护住了自家小姐。如果不是青玄的保护，那么李棠很可能撑不到现在了。

李晋俯身，捡起了李棠手里的锦绣蝉翼刀，说："小姐，借我一用。"而李棠神志涣散，甚至手中的武器被人抽走也没有太大反应。青玄看着李晋的举动，本想开口劝阻，但一张口就是一阵剧烈的咳嗽——

刀砍不穿这虫子的肉壁，刚才李棠已经试过无数次了；这方法不仅徒劳无功，反而妄生疲倦。李晋自然不肯信邪，即刻唤出了附在自己手臂上的哮天，它叼起锦绣蝉翼刀之后朝着虫子的肉壁便是一刺；刹那间，刀身尽入，只露刀柄。但是，这尸虫却好似不疼不痒。待到哮天想要拔出武器，挥砍下刀时，却是不能了——那肉壁上的伤口除了流出一股毒液外，随即开始愈合，紧紧锢住了刀刃。

李晋也万没想到，竟然连李家的至宝锦绣蝉翼刀都奈何不了这尸虫；李晋抬头看看青玄，离了念珠的他毫无保护，已然是只剩下了半条命。而哮天才刚刚现身，便已经开始轻轻呻吟，显然也是耐不住尸虫内的瘴气。

哮天用尽了力气，发现自己依旧不能抽出兵刃；在看了一眼自己的主人后，哮天似乎得了命令，甩着尾巴走过去护在李棠的身边。

"这便真的没辙了。"李晋忍不住叹了口气，索性盘膝而坐，正对着面前的青玄，一脸的不悦。青玄双掌合十，双眼再也熬受不住瘴气的熏扰，微微闭上，开始诵经凝神。只不过慢慢地，诵经的声音越发小了。而李晋的埋怨声，反倒是中气十足，说的都是一些不堪入耳的粗话。

说不定，自己真要死在虫子的肚子里……李晋有点儿想笑，即便千猜万算，也料不到自己竟然会落得这么一个结局。

就在这与世隔绝的“世界”之中，青玄的声音终于被虫息所淹没，没了一丝声响。

“青玄，青玄？”李晋忍不住推搡了青玄几下；而青玄却只是随着他的推动身子惯性地晃动一下，连回应李晋的呼唤都做不到了。看来，继李棠之后，连青玄也失去了意识……

能救一个是一个吧……李晋吹了声口哨，示意哮天回到他的身上；但是护着李棠的哮天却摇了摇头，伸出舌头，舔了舔李棠的耳朵。

李晋挠了挠脖子，似乎格外为难。而一直伏在李棠身边的哮天抬起了头，朝着主人“汪”了一声。李晋不耐烦地挥挥手，示意哮天不要插话。只是这一次，哮天却没有了往日的乖巧，反而继续吼叫：

“汪汪！”

“啰唆！我知道小姐快撑不住了，但是……”李晋似乎发了脾气，对着哮天皱眉。

“汪！”哮天的声音也越发小了；但是听着这犬吠，却是生气的样子。

“啊呀，你再说一遍！反了你了！”李晋忍不住一拍大腿，重新站了起来。哮天本能地一缩脖子，似是惧怕；但是随着身边李棠微微的一声咳嗽，哮天抖了一下身上的毛，朝着李晋又吼了最后一声：

“汪呜！”

李晋在原地愣了愣，然后走到哮天身边，抬起腿踹了哮天的屁股一脚；之后，他转身走到了那把插在尸虫肉壁之内的刀柄面前。浓稠的毒液不断腐蚀着兵器，发出了令人汗毛倒竖的吱吱声响。

李晋探出手，还未握住刀柄便被那汁液灼伤；手掌的皮肤顷刻间便似虫啃一般，血肉模糊。这般疼痛让李晋即刻又把手缩了回来，握着伤口，朝着哮天卖可怜。

只是，哮天也如同青玄和李棠一般，仿佛睡去，没有了回应。

李晋吓了一跳，急忙回到了李棠身边，试探着她与青玄的鼻息；此刻莫说这两人已经命悬一线，就连哮天的身子也开始朦胧涣散，似乎要蒸腾而去……

李晋轻轻放下李棠，一个转身便握住了肉壁上的刀柄；不晓得为什么，尸虫忽然间肉身一震，似在颤抖。紧接着，李晋便将锦绣蝉翼刀轻轻抽出。那尸虫受了惊吓一般，竟然发出了嘶鸣——李晋忍不住单手握刀，腾出一只手捂住了一边耳朵。

“吵死了。”李晋不耐烦地说道。

然后。

手起，刀落。

尸虫面前的血菩萨已经没了什么力气，几只六翅乌鸦也不肯听令撤走，只是护在自己的主人身旁不肯离去。走投无路的血菩萨本以为自己也会被眼前的尸虫果腹，未曾想到那尸虫忽然冻结在原地，紧接着便是身子猛烈一缩，开始上下飞腾，似乎是疼痛难忍一般发狂。待到这尸虫飞到了半空，一阵刀气似乎再也按捺不住，从它的腹腔位置喷薄而出。

尸虫的肚子，被豁开了一个巨大伤口；李晋等人纷纷落下，跌在了哮天身上。而尸虫惨叫几声，悬在空中，朝着下面吐出了口器中的芯子——月牙铲。几道妖气如同剑气一般，随着芯子横七竖八地乱甩冲向了城墙。

李晋刚要抬手去挡，斜眼却瞥见了站在不远处的血菩萨，不由得一愣；这微微的一走神，几股妖气已经铺天盖地杀到了眼前。

几枚银针飞过，一一击溃了迎面而来的妖气；麦芒伍已经重新站起了身子，喘着气，手中已经凝练不住更多的真气。

那尸虫没想到竟然还有对手，即刻振翅转了头，想要先对付麦芒伍；只是，金角、银角不知何时已经攀上了尸虫的后背，一左一右同时环抱住了尸虫的翅根，然后同时用力一撅；这一对由无数尸兵化成的翅膀应声而断，碎下来的尸兵再也无法站起。尸虫惨叫一声，从半空中笔直坠下。

卷帘抬起头，看到了李晋等人的身影。铜雀所带来的九转还魂香果然是奇宝，略微一闻便叫人心旷神怡，体内附着的尸毒渐渐随着呼吸吞吐，大股大股被清出了体外。

除了李棠还没有什么力气外，青玄已经落在了吴承恩身边。接过了那一滴白骨夫人留下的眼泪后，青玄的眼神已经让朝夕不离的吴承恩备感陌生了。

卷帘虽然也被此刻的青玄惊了一惊，却并不打算束手待毙。他直接上前，站在倒在地上的尸虫口器旁边，一把将月牙铲拔断握在手中。尸虫一阵抖动，继而那些缠绕在身上的尸兵一并散了，再也凝不成虫形。

“你本有机会取我性命，”卷帘舞弄了一番手中的月牙铲后，摆出了架势，“但是你错过了。现如今，你想杀我，莫要让人笑掉大……”

话音未落，卷帘已经伺机出手——月牙铲的锋刃直逼着青玄的下盘而来。卷帘并非要取青玄的性命，却也不能放任其不管。倒不如先砍断他的双腿防止他逃走，等机会再慢慢料理这家伙。

青玄并没有避让的意思，只是抬起脚，然后轻轻一踩——顷刻间，卷帘忽然觉得月牙铲上传来了千斤力气，自己几乎握不住。紧接着，那月牙铲便连带着卷帘本人，一起贴服在了地上。

到底是什么东西……

卷帘挣扎一番，却发现自己无论如何都站不起来。仿佛……仿佛泰山压顶般的感觉？

不！

卷帘知道，这并非是错觉，而是真的有一座山落在了月牙铲周围。他勉强抬头，看到了青玄身后的一股佛光；只是这股佛光并不纯粹，其中夹杂着古怪的细流。

吴承恩见卷帘已经被制住，便勉强扶着自己的双腿重新站起，探出龙须笔后颤颤巍巍地迈着步子——机会！只要自己碰到卷帘的内丹，便可以将他收入书中……

就在吴承恩与青玄擦肩而过的瞬间，青玄看也不看，一把拦住了吴承恩继续前行。吴承恩一愣，以为是青玄不想让自己以身试险，正要宽慰一句……

“我要杀了他。”

一个对吴承恩来说陌生而又冰冷的声音，自青玄的口中缓缓道出。

“青玄，你不能……”

“不如此，何以超度死去的杏花、白骨？”青玄微微回头，眉宇之间，隐隐竟有戾气。

这副面貌，与之前判若两人。

他是谁……城墙上的李棠已经恢复大半，看着城墙下的青玄备感陌生。而李棠手腕上的念珠，也呼应着青玄一般，发出了异样的光彩。

“情戒已破；本以为是杀戒的……倒也无所谓。”李晋看着城墙下的这一幕，倒落得了个轻松，索性重新坐在了地上，一边揉着哮天的肚子一边喃喃自语，“伤痕累累的你，此刻哪里会是他的对手……”

卷帘伏在地上，如同蝼蚁一般挣扎不得。不，不可能的……只凭一招，便要了结了我的性命？区区一个金蝉子转世，本该是自己的一口美餐，却妄想反抗？

重如泰山的光芒，源源不断地灌压在卷帘身上；卷帘虽然不能动弹，却也没有要咽气的意思。如果按照以往修为，卷帘断然是挨不住这一招的。只是，卷帘此刻手中紧握着的月牙铲，乃是永生蛊……

有能耐，你便如此镇我一世！卷帘咬着牙，虽然说不出声，但是心里却在盘算着自己的后招。青玄的身子已经有些颤抖，想必这一招并不轻松，撑不了太久吧……卷帘知道，只要自己手中握着永生蛊虫，便可高枕无忧。

时间早晚，你这小溪，终究要归入我这汪洋。天地万物，唯我永……

刀光一闪。

李棠已经自城墙跃下，双手握紧锦绣蝉翼刀，不由分说，朝着月牙铲的正中便是一劈。月牙铲被轻易地一分为二，断口处散出了浓烈妖气，断开的两截兵器各自萎缩，妖烟散尽，竟然是两截虫子的尸体。

只是李棠此举太欠考虑，那青玄召唤的佛光可并非善物，李棠进了范围也即刻感觉犹如千斤在身——要不是李晋立刻随着李棠的身影一并跃了下来，替她挡住了自上坠下的光芒，恐怕李棠早就在这股力量下化作肉泥。

只能说，李棠这一招，赌对了。

永生蛊必须依附于内丹，才有无尽的再生能力。此刻单独的蛊虫，即便外表坚硬无比能做兵器，却没有了最令人惧怕的不死之力。千算万算，卷帘也没有想到，自己最后的救命稻草，竟然会被李家的小女子一刀斩断……

失了永生蛊的卷帘，一下子觉得不堪重负。

落地后的李棠顿觉呼吸困难——因为自己的周围，就连无形的空气，都被青玄死死按在了地上。李晋落地之后没有迟疑，顾不得礼数便抓起李棠的手腕，一把摘掉了念珠后转身甩给了吴承恩——

“给他戴上！”李晋高声大喊。

念珠几乎是贴着地面飞到了吴承恩的脚下；但是吴承恩还未捡起，突然一阵风袭来，一个身影鬼魅般出现，将念珠抓在手中，堪堪拦在吴承恩面前。

吴承恩怒气冲冲瞪视着眼前这位来无影去无踪的苏公子，几乎要吐出血来，都什么时候了，竟然还冒出来捣乱：“还给我！”

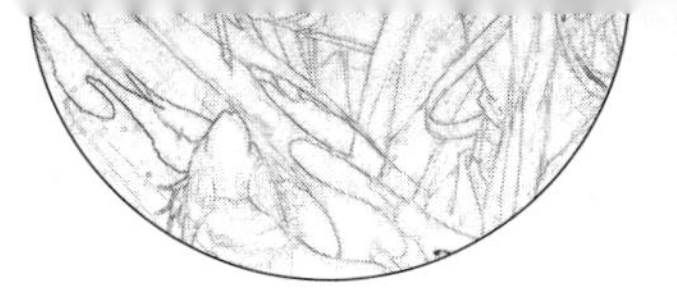

第六十一章

输赢

“吴公子，我们又见面了。”

没错，面前站着的，正是近些天来不见了人影的苏公子。他身穿一件嵌金丝的肩袖大氅，正笑盈盈地摆弄着手里的念珠。

“现在不是叙旧的时候，还请苏公子将念珠还我！”吴承恩上前欲夺，苏公子一个闪身躲过，继而微微一笑：“吴公子何必如此心急？我回来不为别的，就是想与吴公子一较高下。”

苏公子似乎不知何为紧急，慢悠悠地说着自己想说的话：“其实我文试那天到家后，与哥哥们吵了一架。哥哥数落我不长进，是个人都比我有心性。我怎么想都睡不着，今日有空，便偷偷赶了回来，想与吴公子切磋一下身手。谁知这京城突然变了天，我可是找了许久才找到你的，吴公子，可别叫我失望而归呀！”

吴承恩哪有耐心听他说这些乱七八糟的话，他一直在抢苏公子手里的念珠，奈何苏公子不知是故意的还是本就修为莫测，无论他怎么抢，都抢不到那念珠。

吴承恩不由得气恼地质问：“你家里的哥哥数落你一番，然后你来找我切磋？这是何道理？”“因为，有人觉得你比我强啊。”苏公子眼神朝李棠所在的方向扫了一眼，懊恼地开口，随即想了想，又补了几句，“不过，这件事和成亲那件事没有关系。就算我赢了你，我也不想成亲，你别多想。吴公子赶紧，我还得在哥哥发现之前赶回去呢，路可不近。”

“喂，姓苏的，你别捣乱，快将念珠给他！”李棠也十分焦急，不由得插话催促。

苏公子将念珠在手指上转了转：“给他也行，只要他能跟我比试一番，我目的达到，自然不会再阻挠。”

“什么时候比不行，非要现在！”李棠气得直咬牙，却觉得这人性格如此，倘若再纠缠下去，只会没完没了，倒不如遂他的愿。想到这里，李棠对吴承恩道：“吴承恩，你跟他比试一番！比完就可以了！”

“我哪比得过他！”吴承恩叹了口气，也明白了李棠的意思，他深吸一口气，将心神安定下来，努力思索着，随后道，“行行行，但是要比的话，咱们不能比武。要比，比别的……比如，琴棋书画，或者……”

“跟他比写字！”李棠喊道。

吴承恩目光一亮，写字？

对，写字是自己的强项，不过不知苏公子会不会同意。

却听苏公子铿锵应道：“好，那就比写字！”

苏公子一挥手，便将一大块毁掉的城墙抓来，横在两人面前，权作桌子，然后他掏出似乎是事先准备的纸张铺在桌上，让了一让吴承恩：“吴公子先请！”

吴承恩心急如焚，也顾不得谦让，直接提起笔来，便要落笔。

“且慢！”

“我也觉得应该苏公子先写！”吴承恩为了节省时间，飞快接道。

苏公子摇摇头：“不不不，我还有一样东西没给你。”他掏出一枚妖丹递给吴承恩，“我听人说，你有个奇妙的本事，肯赏脸让在下见识见识吗？”

吴承恩深吸一口气，将妖丹接过来：“这妖丹……”

“哦，我回来的路上顺手取的。”苏公子随口道，仿佛取一枚妖丹不过是吃饭喝水一样极其平常又简单的事。当然对他而言，可能真的就是如此简单吧。

在吴承恩蘸取妖丹化为故事落在纸上的时候，苏公子的眼神亮得有神。

有趣！有趣！

李晋那家伙说得没错，这书生的本事实在是妙！

难怪他写的故事会讨李家大小姐欢心了。也难怪镇邪司的人一直在想方设法邀请他加入，甚至把他这个弱不禁风的书生丢到武举阵营中，原来他真的有点本事。

“好了，苏公子，该你了……”吴承恩将那枚妖丹都度化之后，转而看向苏公子，余光则一直在看不远处的青玄。

青玄仍旧处于暴走边缘，李棠和李晋艰难地制止着他，眼见就要支撑不住。希望这苏公子能快一些。

岂料这苏公子将纸张一收，仿佛验证了什么似的露出满意的微笑，然后从善如流地一低头：“愿赌服输。”

说完，他将念珠丢给吴承恩，吴承恩连忙伸手接住。

苏公子看着周围的人，嘴角的笑容越发神秘莫测，他双手缓缓抬起，天空忽然传来一声怒鸣，仿如惊雷，贯穿了整个京城。

所有人都下意识地仰起头，注视着天空。再低头时，苏公子已经消失不见，只看见远处巨大的宛若翅膀一样的阴影从地面掠过，但当众人寻觅时，却什么都没发现，好像刚刚只是错觉而已。

这位苏公子，真可谓来无影去无踪的典范了。

吴承恩捏着念珠，诧异地眨了眨眼。

所以这人就是来试探他度化妖丹的本事的吗？

顾不得多想，吴承恩拿着念珠匆忙赶到了青玄身边。面前的青玄，即便知道自己这一招会伤及李棠和李晋，却仍未打算收手。大地似乎已经承受不住，开始层层龟裂。

“停下，青玄……”吴承恩深吸一口气，便将念珠重新挂在青玄的手腕上。但是青玄双掌合十，面无表情，单单只是欣赏着地上失了永生蛊的卷帘此刻是如何痛苦——层层重压，已经挤破了卷帘的内丹，里面包裹的修为和妖气不断外渗。此刻，卷帘那绝望与不堪剧痛的表情，竟然是如此有趣。

只是，李晋已经单膝跪地，哮天勉强撑着四肢，挡在李棠身上。他们三个，也已经到了极限。

“青玄，停下！”吴承恩再次吼了一声；然而，青玄似乎并没有听到一般，眉宇间的戾气越发浓重。

几只纸鸢再一次飘落在殿试广场周围；这代表着，神机营已经准备就绪，随时都可以大开杀戒。

吴承恩没有再说话。他只是恍惚了一下，然后径自朝着卷帘走去。

青玄忽然间一皱眉——

还未走几步，吴承恩便猛地被一股力量死死按在了地上，霎时间便口吐鲜血。青玄知道，吴承恩已经进入了自己的法术范围内了。

“出来！”青玄忍不住大声喊道，然后用尽力气，微微分开了自己的手掌。压在吴承恩身上的力气登时减少了几分；但是，吴承恩擦了擦嘴角的血迹，勉强站起，却义无反顾，继续迈开步子，朝着卷帘的方向前进。

只是两步，吴承恩的身躯便再一次被天上坠下的光芒压住。这一次，吴承恩离卷帘近了些许，而遭受的伤害，却比方才重了一倍。

青玄的双掌再次撑开些许，压在吴承恩身上的光芒也一并减弱……这已经是极限了。如果吴承恩继续一意孤行的话……

会死的。

再继续接近卷帘，哪怕一步，吴承恩便会登时死去。是的，容不得青玄再手下留情；那种距离内，已经不是人类可以承受的重量了。只要往前一步，吴承恩便会在弹指一挥间化作粉末。

吴承恩站起了身子，又险些跌倒；但是他只是深吸了几口气，便头也不回地重新迈开了步子——

光芒消失了。

青玄将念珠捏在了手里，闭上了眼睛。片刻之后，他重新睁开了双眼，焦急地朝着吴承恩奔去，将他一把扶住。

而李晋则是一屁股瘫坐在了地上，大气连喘。李棠试探了一下，发觉自己重新行动自如，便拎着锦绣蝉翼刀朝着卷帘走去。

卷帘伏在地上，早就没有了声响。李棠走到了他的身边，双手握紧了刀柄，就要朝着卷帘的心口一刺——

“给我陪葬吧……”一声惨笑响起。

卷帘忽然间翻过身来，他已经遍体鳞伤，体内的骨头也早就断得七七八八。李棠虽然被吓了一跳，但是看着卷帘这般模样，实在想不出他还能有什么手段可以……

“不好……”李晋喘着气，却一眼便瞧出了卷帘的阴谋——

卷帘的手中，握着三枚红钱。

都给我陪葬吧……你们这群蝼蚁！

卷帘长出一口气，随即张开了嘴，将三枚红钱一并扔进了嘴中！霎时间，一股诡异的妖气升腾而起，充斥着卷帘的肉身。他的内丹位置，被妖气撑得几乎透明；那三枚入了肚的红钱，此刻正吸附于内丹上面，变得愈发血红！

“我，赢，了……”卷帘的双眼开始上翻，但是嘴角流露出的，却是最后的得意。不出一刻，整个京城都会随着自己一起烟消云散。

而两个身影，已经走到了卷帘的身边。

“落笔。”青玄轻轻扶着吴承恩的肩膀，轻声说道；而吴承恩掏出了龙须笔，触在了卷帘的内丹上——

“收。”

一股温绵之力，席卷了卷帘全身。卷帘突然感觉到，那股一直想要撕裂自己的妖气渐渐涣散；他低头望去，红钱的光芒似乎也随之减弱了几分。难不成，这是……

内丹已经化作笔墨，凝练于龙须笔的笔尖之上；吴承恩一手捧着打开的书卷，开始不断落笔。而卷帘的脑海中，也不断地浮现出自己这一生中的一幕又一幕。

周围那些始终围绕着自己低语的冤魂，终于安静；自己无穷无尽的罪孽，仿佛得到了救赎。而近在咫尺的那本书里面所包含的大千世界，似乎注定就是自己的归宿……

不……不可能！

吾乃卷帘，南疆沙神！

堂堂南疆霸主怎可能被眼前无名的书生所超度！即便败了，也要败得惊天动地！

如此这般想着，卷帘已经狠狠捏碎了手中的半截永生蛊；那虫子的血水顺着卷帘指缝流出，渗入了地表之下。体内的红钱似乎感受到了宿主的意愿，渐渐地，红光又旺盛了起来，散发的怨念开始与卷帘呼应——本已没有了半分力气的卷帘，竟然咳了一口血，似乎想要站起来！

扑哧。

李棠没有半分犹豫，一刀刺下，贯穿了红钱和卷帘的内丹。那红钱有了刃口，霎时间便融化成了一团糨糊，再也没有了钱币的模样。紧接着，妖气便喷薄而出，似乎再没有了约束。只是那锦绣蝉翼刀依然深探于内，妖气似乎得了引领一般，不断涌入锦绣蝉翼刀的刀锋内里。

“这一刀……”李棠握紧刀柄，用尽全力，向下一捅，“是替小杏花还给你的！”

漫天的文字从卷帘的内丹迸射出来，一个一个笔画狰狞无比。但是很快，它们又凝成了浓墨，平静地落在了吴承恩的笔下。吴承恩已经无须思考，下笔如有神助一般龙飞凤舞。而青玄搭在吴承恩肩膀上的那只手疲惫不堪，吴承恩的衣服已经被汗水浸湿。这股凌厉的戾气，远超青玄想象，眼瞅着青玄快要吃受不住……

青玄微微移开目光，和地上的卷帘四目相对——卷帘的目光复杂难辨。眼神之中，是不甘心？是愤怒？是要同归于尽的决绝？还是……

“我记得了，这就是失败的感觉……”卷帘笑了笑，眼神开始涣散。已经多少年了，自己未曾尝过这种滋味。这一招，莫不就是传说中的……

卷帘的内丹已经被剥离得七七八八，大功告成近在眼前。

“惊天变……原来如此……原来如此啊！”卷帘的笑声越发凄厉；忽然间，他朝着东方望了一眼。那里并无一物，只有空旷的地面而已。

他一生高傲，今天的落败，归根结底，就在于一个道理：

弱肉强食，成王败寇。

他忽然想起了数年之前，那个毛躁的身影对自己说过的那番话：

何谓无敌？唯有齐天！

卷帘的头，第一次低了下去。闪烁的红钱失了光泽，也被并入了墨液之中，流入了吴承恩的书卷里。书卷已经多了整整一页，只剩下了最后一行字的空当；吴承恩深吸一口气，缓缓落笔：

“九世卷帘窥山水，一夕参破求悟净。”

地上的卷帘，再也见不到一丝一毫的身影。龙须笔闪烁着的海蓝色，终于平息下去。而青玄再也坚持不住，身子一晃，倒在了地上。

“青玄！”吴承恩合上书卷，这才看到青玄已经体力不支；李棠和李晋也急忙奔了过来……

城墙上，负手而立看着下面一切的，正是麦芒伍。看到下面的卷帘已经烟消云散，麦芒伍才收起了手中的银针。

铜雀安静地站在一旁，隔着脑袋都可以听到他脑海里的算盘声。

“今科武状元，便是镇元子——吴承恩。”麦芒伍对着空气，轻声宣布了漫长武举的最终结果。

铜雀只是点头，不置可否。

“烦请掌柜的告知天下。”麦芒伍不动声色，话外有音，“如此，便是我镇邪司赢了。”

“铜雀，悉听尊便。”铜雀抬头望了望，随即笑了笑；而他身后的金角、银角也随着自己的主子一起，微微屈身。紧接着，这三个本不该出现在这里的身影，登时消失不见。

地上，只留下了一沓银票。

远处，漫天的炮声绵连而至，轰隆隆连成了一片，仿佛人间惊雷。麦芒伍抬头望了望，东边神机营的两百门大连珠炮，已经轰杀而至……

十里外，神机营大寨。

金黄色的帐篷内，并无他人，只有皇上斜靠在龙椅上打着哈欠。一阵妖风刮过，三个身影落在了皇上面前，恭恭敬敬地跪在地上。

“平身。”皇上看也不看，开口说道。

地上跪着的，乃是铜雀三人。虽得平身示意，但铜雀并未起身，只是示意送自己过来的金角、银角即刻退下。二人站了起来，瞥了一眼皇上后，随即消失。

帐篷外面，火炮连天。

“你来了……”皇上终于坐正了身子，看着下面的铜雀，“那么说，是卷帘败了。”

“皇上高瞻远瞩，正是。”铜雀已经一动不动，只是对答如流。

皇上笑了笑，随即拍了两下手掌。很快，外面的火炮声便平息了下来。

还是晚了一刻啊，要是铜雀能够再早一些前来汇报，神机营便不会节外生枝了；不过，幸而火炮刚起，也无大碍……如此念叨着，皇上站起了身，走到了铜雀的身边。

铜雀的身子忍不住抖了抖。

“天威浩荡，一切如皇上所愿。至此，武举一役，镇邪司与卷帘皆为败家。”跪在地上的铜雀，头埋得更深了，“是皇上赢了。桃花源愿为皇上效犬马之劳，只求皇上……”

“放心，朕不会除掉你的。”皇上似乎发觉了铜雀的不安，随即开口安慰道，“朕很中意你，你知道什么该知道，什么不该知道。朕，需要一个聪明的生意人留在身边，以为手足……”

铜雀还未来得及搭腔，门帘便已经被人掀了起来；左将军带着几个近身的侍卫冲进了帐篷之中。

“有妖怪！护驾！”左将军大声喊道；看来刚才金角、银角来去之间，还是引起了人注意。倒是跟来的几个侍卫并没有上前为难铜雀，只是守住了门口。

左将军亮出了宝剑，朝着铜雀走去——但是，他的脚步直接略过了铜雀——面前剩下的，只有一人……

当今皇上。

“皇上出事了！有妖怪！护驾！”门口的几个侍卫也纷纷亮出兵器，大声喊着。

皇上脸上并无慌乱之色，只是重新坐在了龙椅上，饶有兴趣地朝着左将军问道：“爱卿意欲何为？”

“镇邪司保驾不力，皇上惨遭不测，只能依靠五寺大人接管大政，辅佐太子。”左将军上前一步，握紧了手中的宝剑，“如此，镇邪司满门抄斩；京城的赌局，便是平手了。”

皇上点点头，说，有道理；随即，皇上拍了两下手掌，淡淡说道：“来人，护驾。”

这一次，并没有人响应。

“皇上身边的那几个大内密探，已经死于妖怪手下。”左将军目光紧紧盯着皇上，越发紧逼；而门口的几个侍卫的兵器上，都沾染着新鲜的血迹。虽然神机营为皇上直接指挥，但是皇上的帐篷为保周全，外面尽是擅长于肉搏战的三千营将士。刚刚的火炮声，也震得神机营的将士们耳朵发聋。

如此一来……

左将军大喝一声，朝着皇上挥起了手中的兵器——

铜雀跪在地上，依旧没有抬头，只是瑟瑟发抖。

“朕再说一次，”一个浑厚的嗓音在铜雀耳边响起；而帐篷内，在这一眨眼间多了七八具干尸，横七竖八倒在地上；至于左将军，却已经不见了踪影，刚才站立的位置上，只留下了一摊血水；铜雀不敢动，更不敢抬头；那个声音笑了，轻轻说道，“朕，很中意你。平身吧。”

铜雀终于鼓足勇气，缓缓抬起了头。

龙椅上，皇上的脸上依旧挂着那副令人捉摸不透的笑容。

净通寺的天鼎微微一颤，鼎壁上，凭空多了一道深深的裂痕……

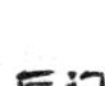

后记

京城，卯时，距离京城三十里的万秋山净通寺。

天鼎久违地再一次赐下了一块写着“天下大吉”的签子。同一天，南疆的信使传来捷报：天威浩荡，卷帘留下的南苗叛军已经被悉数歼灭。

百姓们都说，大明江山的太平盛世，将会千秋万代。

这一刻，距离京城武举，才过去了短短的一个月。

在神机营开炮的那一日，连天的炮火落下之前，二十八宿已经逃离了武举殿试广场。从那时候起，没有人再去追问当天是否皇上亲自下令炮轰镇邪司。工部即刻调遣了附近所有的泥瓦匠进京，没日没夜地开工；没有几天，本来一片断壁残垣的殿试广场，已经修复得如同以往一般恢宏。文武百官照旧会从广场路过，恍惚间都觉得这里似乎什么也没发生过。

除掉了卷帘后，朝廷依旧没有对镇邪司发表任何褒贬之辞，一切都一如往常。这个月里，朝廷也没有再下达什么指令；看来，皇上是有意让镇邪司休养生息一段时日。

这期间，麦芒伍与铜雀见过一面；前几天，铜雀难得地从鬼市抽身来京城里面办事。一切顺利，事情妥当之后时辰还早，铜雀便顺路进了镇邪司衙门与麦芒伍闲话家常。

当时，铜雀只是放下了一块被丝绸包裹的木牌，然后便东拉西扯了一番，说这是一个带着狗的家伙所托，要自己转交的。麦芒伍缓缓揭开，里面包裹的，却是九剑和镇九州的腰牌。

“有劳掌柜的。”麦芒伍第一次朝着铜雀施礼，主动奉了一杯茶。

当时铜雀手里一直拎着一个锦盒，看起来倒像是给麦芒伍的礼物；但是临走之际，铜雀又将锦盒带了出去。

“我今日便是为此而来，但是并非什么稀罕物。”铜雀当时便注意到了麦芒伍的眼光，却也并未有所避讳，指了指锦盒后直接告知了麦芒伍，“欠债还钱，天经地义。桃花源一向是小本生意；既然他不肯交银子，我便只能……”

即便隔着锦盒，麦芒伍也闻到了里面的血腥味。但是，血腥味再大，也盖不住铜雀身上的一身铜臭味。

那一日，光禄寺传来噩耗，说是寺卿大人夜里犯了急症，暴毙身亡。入殓的过程草草而过，抬棺材的轿夫事后嚼了舌头，说是棺材轻得恍如无物。

除此之外，京城之内再无一丝风吹草动。

这天早晨，吴承恩被幽幽传来的钟声所扰，迷迷糊糊翻了个身后，他照旧轻声唤道：“青玄。”

“嗯。”

一声近在咫尺的应答，便令昏昏欲睡的吴承恩无比安心。

青玄就在吴承恩的床边打坐，寸步不离。哪怕这里是守备严密的镇邪司衙门，青玄也没有一刻懈怠。这一个月里，吴承恩幸得麦芒伍悉心照顾，身上的伤才没有大碍。只不过，这个把月里，吴承恩几乎不能下地走路。

吴承恩本想跟着李棠一并前往南疆，探望一眼小杏花，但是身子实在不能上路，便只能由李棠和李晋先行去了。这段时日，吴承恩除了安心养伤，白天偶尔会捧着自己的书卷补上几笔，到了夜里，便是疲倦地呼呼大睡。

等到自己的腿脚利索了，便去南疆——这是吴承恩心中一早计划好的。

这些日子，青玄借着吴承恩睡觉的工夫，频频趁着夜色去往广场，收集着地上散落的零星闪光。只是这些碎片实在太少，无论如何搜集拼凑，最终能够组成的，也只有那一滴眼泪而已。

皇城正在紧张地修复之中，青玄也不再方便于此出没。那一夜，青玄终于挖开了一片土地，将这枚骨质眼泪葬于其中；然后双掌合十，默默超度。

“葬的何人？”一个声音，在青玄身后饶有兴趣地问道。

“一个……朋友。”青玄没有睁眼，只是略微迟疑，便给出了这个答案。

青玄身后的，却是李晋。这些日子里，他一直悄悄跟着青玄，注视着青玄的一举一动。时至今日，得了青玄的答案后，李晋顿感无趣。第二天，李晋便没和任何人打招呼，独自陪着李棠离了京城。

吴承恩得知两人离去的消息后并未吃惊；毕竟李棠的性子一向如此。吴承恩只是觉得：只怕，下一次再见时，不知是何日了。

今天，难得天鼎赐了好签子，京城上下一片欣喜。吴承恩隔着院墙，也能听到街上热闹喧哗的声音。正当他和青玄念叨着今天的早膳时，麦芒伍推门进来，招呼吴承恩随他去一个地方。

其实，要去的地方，就在镇邪司内。而且依照规矩，麦芒伍没有允许青玄一同前往。吴承恩本想拒绝，却碍于自己一直躺在人家的地界里吃吃喝喝，连算上汤药钱的话起码欠下了六百两银子——无奈之下，只能拄上拐杖，一瘸一拐随着麦芒伍同行。

出了屋子后，往前走了没几步，便是麦芒伍独居的天楼。而麦芒伍引着吴承恩直接略过，继续前行。再往前走，便是镇邪司正中的大殿了。

麦芒伍并没有进入镇邪司的大堂，他只是顺着大殿边缘前行，走到了大殿之后。与威严耸立的大殿不同，那里有一座古旧的祠堂，里面的香火却没有断过。只是祠堂里面并没有供奉什么神仙或者牌位；相反，里面悬挂着的只是一枚枚穿了金线的腰牌而已。这些腰牌大都残缺不全，分成了二十七绺，并排而挂。

吴承恩略感好奇，拄着拐杖跟了上去。

麦芒伍并不避讳身后的吴承恩，只是从怀中掏出了三枚腰牌，依次用红绳系紧，整齐地挂入祠堂。腰牌在空中不断旋转，忽隐忽现地露出了自己主人的名字。

九剑、镇九州，还有奎木狼。

吴承恩心中一阵感慨，正要上前祭拜，却陡然发现里面的腰牌有些蹊跷：九剑的那枚腰牌上明明写着“亢金龙”，但是这枚腰牌所在的一绺，已经有六七块腰牌早就悬而供之了。而这些腰牌，虽然前面的姓名各异，但是无一例外都写着“亢金龙”这三个字。

“九剑到底死了几次……”吴承恩看着眼前的异象，不禁开口问道。

麦芒伍只是笑了笑，轻轻抚摸了一下最靠前的腰牌：“算起来，九剑已经是第六代亢金龙了。”

第六代？吴承恩听到这个没头没尾的答案，有些迟疑。

“镇邪司的历史，远比你知道的要长得多。”麦芒伍指了指奎木狼的腰牌，“从今天起，你便是第四代奎木狼。”

吴承恩的脸上，一丝一毫的惊喜都没有。倒是从这祠堂看来，这门差事多半九死一生。果然，每一个名号后面的腰牌，少则三四枚，多则近十枚——看来镇邪司这些年为了天下安稳所付出的代价，远非常人所知。

只不过……吴承恩还是上前一步，仔细数了数。错不了，这里只有二十七绺腰牌。

还未等吴承恩开口询问，麦芒伍便表示事情已经办完，交接仪式已经达成；至于吴承恩，倒是可以回去继续休息了。

“完了？”吴承恩甚至没意识到这个所谓的仪式是什么时候开始的。

“是的……”麦芒伍只是右手轻轻一甩——吴承恩觉得自己手腕略微发麻，急忙抬手细看，却也没发现什么端倪；麦芒伍看着吴承恩，淡淡地说道：“从今日起，你便正式加入咱镇邪司，位居二十八宿。”

吴承恩当下便急了眼——这可不是他要的归宿；但是，还未等吴承恩的脏话出口，一个人影已经顺着麦芒伍的招呼，走到了两人身后。

“吴公子。”那人微微欠身，张口便对吴承恩招呼道。

“你是谁？”吴承恩略微一愣，不晓得此人的来历与目的。

“在下李春芳，京城之中小小的书商而已。”那人倒是爽快，向吴承恩做了自我介绍，“多得伍大人提点，听说公子有一本游记想要成书，这才派人把小的叫来，与吴公子商量一下细节……当然了，镇邪司的大人要出书，绝对怠慢不得。”

不到一炷香的时间，吴承恩已经欢天喜地地跟着李春芳去了——他要跟青玄一起商量一下，毕竟出书可是大事。麦芒伍注视着二人远去的身影，直到消失不见。霎时间，祠堂里恢复了以往的安静。

“诸位……”麦芒伍低下了头，朝着祠堂一拜，思忖良久，终于只是叹了口气，“辛苦了。”

清风徐来，悬挂着的二十七绺腰牌纷纷点头一般，微微晃动……

回了天楼，四下无人之际，麦芒伍端坐在棋盘面前，淡淡地说道：“我知你二人等了许久，现身吧。”

两个身影无声落下，跪伏在麦芒伍身前。此二人，正是麦芒伍身边七人近身侍卫中的二人，称为骗子和瘸子。

“大人，我二人想过了，”那骗子低着头开了口，语气坚定，“如今大人正是用人之际，我与瘸子还是想留在大人身边，不想加入二十八宿。”

麦芒伍不置可否，只是示意二人起身落座。但是骗子和瘸子却依旧跪在地上，似乎是在等麦芒伍的答复。麦芒伍不禁皱了皱眉。

“你嘴里向来没有真话。”麦芒伍摆了两个茶杯，沏上了一壶好茶。茶香四溢，麦芒伍抬头看看，这个时辰的天楼里竟然也难得有了几分暖色，“现在，不是我自己用人，而是镇邪司急需帮手。入了二十八宿，便可在朝廷里得个功名，日后的生活也算是有个交代。依旧是在我身边办事，何必纠结？”

一番话确实明理得当，骗子一时间不知如何作答。倒是一旁的瘸子替他解了围，咬牙说道：“就不去。要不然，大人杀了我便是。”

麦芒伍叹口气，站起了身：“我知道你们七子一向与二当家不大顺当，但是镇邪司既然立为朝廷支柱，个人恩怨就不该凌驾于使命之上。你二人……”

言语之间，麦芒伍知道，骗子与瘸子已经下了决心。

也罢。

“不入便不入。你二人，从今天开始，须承担新的任务。”麦芒伍再次示意二人起身；骗子和瘸子听到这里，这才露了笑脸，坐在桌子旁边，迫不及待地喝了口茶。

麦芒伍满意地看着二人喝完了茶水，才缓缓说道："从今日开始，你二人的名号，便定为……"麦芒伍略微思忖，顷刻间便拿了主意，"清风，明月。你们要留在吴承恩的身边，陪他写书、练功。"

两人顿时一愣，顾不得茶水入肚，满脸的厌恶已经涌了出来。

"我知你二人瞧不起那吴承恩，"麦芒伍摆摆手，示意二人不必多说，"但是……这把刀鞘，必须在咱镇邪司手中。"

"刀鞘？"瘸子愣了愣，不晓得麦芒伍的意思。

"大人是说……"骗子倒是有了一丝头绪，略微思忖，便知道这件事确实责任重大，"吴承恩，只是刀鞘罢了。而那个青玄，才是刀。"

外面的街道人来人往，无比热闹。

这就是所谓的太平盛世？

麦芒伍抬头看了看天井。每一日，阳光都会有片刻洒落在天井之内。只是这短暂的光明，注定不会长久——除了卷帘，剩下的敌人，依旧在对朝廷虎视眈眈。

短则一年，长则三年。

他们，迟早会按捺不住的……

南疆。

李棠在杏花树前，倒下了一杯水酒；朦胧之中，她期待着小杏花可以从树上睁开眼，然后飘到自己的手里。

只是，什么都没有发生。

李棠的身后，不算李晋的话，已经整整齐齐跪着八人了。这些人都穿着金白色的斗篷，身后绣着一个金色的"李"字，脸上也悉数戴着白色修罗面具。李晋知道，如果不是大事的话，这些执金吾是不会穿着制服出来办事的。

"家主之令，接少主回府。"领头的，依旧是那个身材细小的执金吾；他的眼光，却落在了李棠腰间的锦绣蝉翼刀上；此刻即便隔着刀鞘，也能看到这把唐刀的刀身隐隐发红。没想到啊没想到，少主出来才不到一年，竟然已经为这把刀汲取了如此多的妖气……这么说，马上就可以进行下一步了。

李棠身边的金鱼玉坠，抖了抖身子，然后安稳入睡。这一年，灵感已经累坏了吧。

“只是接我回去的话，不至于派这么多人来吧，”李棠看到几人装扮，也明白这一次并不能使性子了，“我哥哥是信不过我吗？”

“不……”为首的那人将头放得更低了一些，“吾等前来，只是路过。除了确认少主回府外，还有一件事要做。即便卷帘已死，吾等来南疆，也是礼仪之举。按照路程来说，下一站，是京城。之后，还要赶往狮驼国、火焰山等地界，着实耽误不得。”

“难道是……”李棠听到这里，不禁皱了皱眉。

“少主猜得没错，吾等要去送请帖，”跪在地上那人抬起了头，脸上满是凝重，“咱们李家的规矩——百妖大会。”

李晋听到这里，不禁一愣，脸上随即露出了一个不易被人发觉的笑容；但是，他即刻怒斥道：“袁天罡，你身为执金吾二当家理应晓得规矩，怎么可以在小姐面前提及此事！”

“闭嘴。”那细小的身影，散发出的杀气却让人忍不住后退一步；这句话一出，李晋即刻意识到自己失了口，便不再作声。

一阵沉默后，李棠才开了口：“莫要吵了。李天罡，既是百妖大会，为何你们要去京城送帖？”

几个执金吾互相看了看。

被唤作李天罡的人想了又想，终于回答道：“因为……”

京城，养心殿，内阁。

“因为……”皇上把玩着手中的串串红钱，嘴角微微上扬，“朕，等了好久了。”

鸣谢参与

/ 出品方 /
不空文化

/ 出品人 /
铜雀叔叔 林水妖 白毛毛

/ 项目经理 /
王策 林黎倩 叶白二

/ 项目运营 /
蓝夕 云中雾岚 江伊望 诗雨

/ 内容协助 /
王建雄 佟天珍

/ 美术视觉 /
赵老湿 41 陈彤 Miolu 猫爷 董董

/ 营销宣传 /
白玉 王冬梅 黄玉玲 赵凯娜 郑美宁

/ 官方番外作者 /
李维北 沈鱼藻 暗号大老爷 翊 _ 李茜茜 梳楹 南陌枕流 北棠墨 薄葬子 里吃香

/ 官方插图画师 /
爆弹熊、不愿意透露姓名的光战、deoR、-gaosheng 一、GS、韩一杰、JanusLausDeo、吉猫小弟、九明、九千坊、橘贩、俊霊 CG、林跃然是好叉子、木美人 -yuki、shishio 、狮央、孙云飞、_ 徒手撕咩 104、wehip 鹤、小枣子、杨杨和夏季、咬人、烨火

/ 视频支持 /
香辛 文火慢炖 志树

/ 周边支持 /
杨帅

/ 平台支持 /
微博读书 张婷 白洁

关注新浪微博 @ 吴承恩捉妖记

新故事连载持续中，精彩插图，周边礼品，日常小剧场不断更新。

一并了解同名动画及影视改编进度。

点击关注微博，加入讨论

图书在版编目（CIP）数据

吴承恩捉妖记. 下 / 有时右逝著. — 北京：北京联合出版公司，2018.10
ISBN 978-7-5596-2135-1

Ⅰ. ①吴… Ⅱ. ①有… Ⅲ. ①长篇小说—中国—当代 Ⅳ. ①I247.5

中国版本图书馆CIP数据核字（2018）第112568号

吴承恩捉妖记. 下

作　　者：有时右逝
选题策划：北京磨铁图书有限公司
责任编辑：徐　樟
封面设计：蜀　黍
版式设计：美味的蘑菇酱

北京联合出版公司出版
（北京市西城区德外大街83号楼9层　100088）
北京嘉业印刷厂印刷　新华书店经销
字数259千字　700毫米×980毫米　1/16　印张16.5
2018年12月第1版　2018年12月第1次印刷

ISBN 978-7-5596-2135-1
定价：49.80元